新世纪文论读本　党圣元　主编

全球化与复数的
"世界文学"

丁国旗 选编

中国社会科学出版社

图书在版编目（CIP）数据

全球化与复数的"世界文学"/党圣元主编，丁国旗选编.—北京：
中国社会科学出版社，2011.1

（新世纪文论读本）

ISBN 978 - 7 - 5004 - 9456 - 0

Ⅰ.①全… Ⅱ.①党… ②丁… Ⅲ.①文学研究—世界 Ⅳ.①I106

中国版本图书馆 CIP 数据核字(2010)第 265344 号

责任编辑　李炳青
责任校对　高　婷
封面设计　四色土图文设计工作室
技术编辑　李　建

出版发行　中国社会科学出版社
社　　址　北京鼓楼西大街甲 158 号　　邮　编　100720
电　　话　010—84029450(邮购)
网　　址　http://www.csspw.cn
经　　销　新华书店
印刷装订　北京一二零一印刷厂
版　　次　2011 年 1 月第 1 版　　印　次　2011 年 1 月第 1 次印刷
开　　本　890×1240　1/16
印　　张　9.25　　　　　　　　插　页　2
字　　数　254 千字
定　　价　28.00 元

编委会名单

主编　党圣元
编委　金惠敏　刘方喜　郭沂纹
　　　　彭亚非　高建平　党圣元

总序:新世纪文论转型及其问题域

党圣元

进入新世纪以来,在迅速推进的消费社会转型、电子媒介扩张以及迅猛发展的全球化等合力的交织作用下,中国文化的发展出现了许多新的景观。文化尤其是文艺审美活动,作为最敏感的意识形式,无论是其理论形态抑或实践形态,都在回应着这种剧烈的时代变动,因此相应地亦正经历着一种转型性质的变化。对于新世纪以来中国文论研究的这种转型,只有置于中国当代社会转型中加以考察,其理论价值和实践意义才能充分展示出来。在全球化语境中,从中国当代社会转型中所出现的新的社会、文化、文艺现实出发,对新世纪文论转型以及在这一转型过程中生成的一系列重大理论问题作深入、系统的探讨,对于推进顺应当代社会转型的中国文论的整体转型,推动中国化马克思主义文艺学创新体系的建设,意义确实重大。

一

新世纪以来的中国文论研究,是以理论创新为姿态,来因应世纪之交所出现的这一发展契机的。如果从千禧之年算起的话,在经历了10年的转变之后,我们可以说当下的文论研究在学术理念和方法论意识方面确实发生了重大的变化,在话语体系、理论范式上正在经历着一场重大的转型，这一切无不意味着新世纪以来的中国文论研究，又进入了一个新的发展时期。从学理层面来考察，新世纪中国文论研究在转型的过程中产生的一系列话题和论争，实际上或显或隐地表现为许多新的问题域。这些问题域包括审美现代性、生态批评与生态美学、媒介文化及其后果、文论转型与文学史理论建构等。

（一）关于审美现代性问题

新世纪中国文论转型是在全球化进程中生成的，因此也当置于全球化中来审视。我们知道，19世纪末以来席卷资本主义世界的经济危机，尤其是两次世界大战的爆发，引发了"现代性"宿病的集中大爆发，并且促使西方学者对自己曾经热情讴歌的启蒙现代性产生了强烈的怀疑，深刻的反思也由此展开。对"现代性"弊端反思的维度是多重的，而其中的重要理论成果之一就是对"现代性"本身内在分裂的充分揭示。

"审美现代性"是现代化进程在文学艺术领域，扩大而言，在人的精神领域中所必然提出的命题。在西方，理论家们试图通过这个命题来讨论资本主义制度与审美精神的复杂关系，其中有对抗性的一面，也有同根同源的一面。尽管在现代性发轫之初，审美现代性就与资本主义的经济现代性、技术现代性等存在着对抗与互补关系，但是，对这种对抗与互补关系进行自觉而深入的反思并使之成为理论关注的焦点，却是在"现代性"宿病大爆发后，尤其是在两次世界大战前后，才较大规模展开的，其中主要理论代表有阿多诺、哈贝马斯和丹尼尔·贝尔等。丹尼尔·贝尔在《资本主义文化矛盾》中指出，后工业社会的"社会结构（技术—经济体系）同文化之间有着明显的断裂"，所揭示的实际上就是包括审美艺术在内的文化现代性与技术现代性、经济现代性之间的内在断裂。斯科特·拉什、约翰·厄里在《符号经济与空间经济》中提出，"消费资本主义"的一大重要特征是"自反性"的增强，其中包括"认知自反性"与"审美自反性"，侧重于揭示技术现代性与审美现代性之间的内在互动性。后现代社会的另一重要现象是大众文化的迅猛发展，这就进一步突出了审美现代性作为理解后现代消费社会的一种基本理论视角的重要性。

审美现代性问题很大程度上是在后现代消费转型中才凸显出来的，二战前后的西方马克思主义理论皆与西方社会新转型，尤其是消费社会转型密切相关，其后出现的西方种种社会理论也程度不等地与马克思主义有着较为密切的关联。法兰克福学派所谓的"文化批判"以及伯明翰学派所谓的"文化研究"，在很大程度上就是针对西方当代消费社会文化而展开各自的话语的。与消费社会转型密切相关的是西方学术界"语言转向"后出现了"文化转向"，所以"文化研究"引起了各学科领域的高度关注，出现了如鲍德里亚、理斯曼等研究消费社会文化的重要理论家，并对很多研究领域产生了影响。20世纪90年代以来，随着冷战的结束，市场经济的全球化全面提速，"文化转向"的势头更加强劲，出现了像费瑟斯通等重要研究者，并且提出了"日常生活审美化"等重要理论。从理论渊源上看，消费社会文化研究与马克思主义理论尤其是其政治经济学理论、法兰克福学派的文化批判理论、伯明翰学派的文化研究、法国列斐伏尔及德塞都的日常生活研究等密切相关。从方法论上来看，又与结构主义、解构主义符号学（巴特、德里达、福柯等）密切相关。消费社会文化研究与现代性、后现代主义等研究也密切相关，从学科来看，经济学有关奢侈和消费的研究是消费社会文化研究的重要组成部分之一，这方面有桑巴特、凡勃伦等重要研究者。当然，在消费社会文化研究中，"社会学"是"显学"，在这方面，丹尼尔·贝尔、弗罗姆、斯科特·拉什，以及约翰·厄里、大卫·理斯曼、波德里亚等等，都是这方面重量级的研究者。从研究对象来看，消费社会涉及了时尚（如西美尔《时尚哲学》）、身体（如乔安妮·恩特维斯特尔的《时髦的身体》）等等。这其中，波德里亚的一系列著作直接提到了文艺与美学等问题，而布迪厄的《区隔——关于趣味判断的社会批评》，更是艺术美学方面的重要著作，其中的主要观点：文艺消费活动乃是社会身份差异的生产和再生产的活动——更是成为当代消费社会文化研究重要的基本理念之一。从总体上来看，西方有关消费社会文化的理论，是以批评马克思主义的"经济决定论"为出发点的，一方面，这些理论确实揭示了马克思、恩格斯时代所未曾出现的新的社会文化现象，另一方面，总体上也产生了走向"文化决定论"的弊端。

在中国，20 世纪 80 年代中期以后，"审美现代性"问题开始引起学界注意。但是，其时关于"审美现代性"的讨论，主要还停留在观念启蒙的层面，对其的关注更多地集中在译介方面，尚缺乏深入而系统的研究，尤其是缺乏本土化的问题意识和观念立场，因此在当时的文论研究格局中并没有真正形成一个问题域。90 年代中后期以来，尤其是进入新世纪之后，文论界关于"审美现代性"的讨论出现了一个明显的变化，就是本土的社会、文化发展为"审美现代性"讨论提供了现实的土壤，现代中国文学理论学科并逐步深化，时至今日，已经渐臻成熟。从 1990 年代开始，尤其新世纪以来，中国也开始由传统的生产型社会向消费型社会转型。随之，西方的消费社会文化理论不断被引进，因而形成了"西学东渐"的又一引人注目的新景观。首先，所谓"日常生活审美化"成为文论界一段时间以来相关研究和争论的一个重要关键词，随着研究的深入，有些学者已经开始将这一问题与消费社会文化理论研究结合起来作更进一步的探讨，这方面也已取得不少研究成果。其次，与消费社会转型相关的"身体写作"现象也及时地引起了文论界的关注，许多学者开始从"身体政治"等多种角度来对此加以探讨。最后，与文论转型相关的讨论集中体现在有关"文化研究"、"文化批评"之性质和定位，及其与文艺学的关系、"文艺学学科边界"等问题的学术论争中。经过一段时间的引进、消化，新世纪中国学术界有关消费社会文化的理论研究正在全面展开，并且逐步回归学理性和趋于成熟，而其中尤为重要的是，这促进了新世纪文艺学研究的理论话语和范式的重要转型。但是，检阅新世纪十年来这方面的研究，我们认为，从总体上来说，对西方理论的引进、介绍要远远多于深入、系统的研究，而结合中国当下具体实际的本土化的问题意识尚不够自觉：一些理论在热闹的争论之后并未得到更进一步的深入探究，而在充分结合中国当代社会转型的特点，从经济现代性、技术现代化和审美现代性之间互动关系的角度而展开系统、深入的研究等方面，尚略嫌不足。

（二）关于生态批评与生态美学问题

其实，人类对自然生态的干扰和破坏早就开始了，只是人类活动对自然界施加的这种干扰和破坏行为，在后现代消费社会转型及全球化迅猛发展中愈演愈烈，因而其作为一个生存性问题，便更加凸显出来了。人文研究领域介入生态问题，有其不同于自然科学和社会科学领域的视角和价值取向，即是对于消费社会转型所带来的发达国家经济实体的过度消费能源的霸权主义，以及他们为了实现资本最大限度增殖而刺激人类过度消费行为的消费主义意识形态，采取批判的立场，并且将文化研究、文化批评的观念和方法论范式引入生态批评，使之成为一个具有终极关怀性质的本体论色彩浓重的人文性话语。在价值取向方面，则坚守了诗意生存、诗性智慧、精神和谐，以及个性化与多样性等范畴，这就为美学和文艺介入生态问题敞开了大门。

从哲学层面上来讲，生态主义首先与对西方传统文化整体上的哲学反思有关。在这方面，海德格尔对西方文化中的"人类中心主义"的批判对生态哲学的影响很大，美国学者戴维·埃伦费尔德的生态哲学著作《人道主义的僭妄》也采用了与其相近的观点。此外，亨利·梭罗的《瓦尔登湖》、蕾切尔·卡逊《寂静的春天》等，亦对西方生态主义基本理念的形成产生了重要的影响。随着生态主义理念的逐步深入人心，西方学界不断出现生态学与其他学科相结合的交叉性学科，如生态伦理学提出了"大地伦理"、"敬畏生命"、自然的"内在价值论"、"荒野"本体论等重要理念，环境社会学则有"新生态范式"、"代谢断层理论"、"苦役踏车理论"等重要理论。与此同时，又出现了生态学与文艺学、美学交叉而形成的"生态批评"学科，如美国学者彻丽尔·格罗特费尔蒂就把"生态批评"定义为"探讨文学与自然环境之关系的批评"，与此相近的还有"生态学的文学批评"或"生态学取向的批评"、"文学的生态批评"等说法。1992 年，在美国内华达大学成立了一个国际性的生态批评学术组织——"文学与环境研究会"，该组织经常举办学术研讨会，积极地推动生态批评的发展。进入新世纪以来，西方生态批评在继续发展过程中充分吸收生态主义理论的思想成果，将其运用于文学理论和文学史研究，从文艺学和美学的角度对生态主义思想作出了理论贡献，从而与生态伦理学、环境社会学等一起，共同促进了全球范围内的生态主义思潮的发展。这其中，詹姆斯·奥康纳的《自然的理由——生态学马克思主义研究》，力图将生态学与马克思主义理论结合起来，对我们尤其有理论启示。

生态批评和生态美学也是新世纪中国文论转型过程中出现的一个极具前沿性和热点性的研究领域。因其研究的对象和关注的主要理论问题与现实中的全球生态环境问题紧密地保持着同步关系，因此可以说，介入性、反思性、批判性是新世纪以来生态批评和生态美学发展建构过程中逐渐体现出来的一种越来越明晰的思想和学术品格，因而业已成为当前文学理论和美学研究中的一个极其重大的理论热点和前沿问题，为新世纪十年来的文艺学和美学研究，提供了一个新的学术生长点。西方的全球化理论、生态哲学、生态伦理学、环境社会学、文化批评、反思性社会学等等理论，对中国的生态批评和生态美学研究和理论争鸣产生了深度的影响。在借鉴西方的理论之同时，密切关注中国当下的生态问题；在保持对现实问题的话语发言权之同时，注重理论和学科方面的基础建设，尤其是注重发掘中国传统文化中的生态观念，是新世纪中国生态批评和生态美学发展所表现出的一个显著特点。

生态批评和生态美学之成为"显学",体现了文艺学、美学理论研究的现实品格,同时也在相当程度上预示着新世纪文论、美学转型的一个向度。当然,当代中国的生态批评和生态美学研究,还面临着诸多学理方面的困境和问题:1.加紧生态批评和生态美学的学科、学理建设;2.生态批评和生态美学在21世纪的文论建设中要担当起促进中国传统生态观念的现代转化和赋予其普适性价值意义的重要任务;3.揭示生态危机的思想文化根源,进行生态哲学角度的文化批判和社会批判,是中国生态批评和生态美学未来发展的主要任务。

(三)大众媒介文化及其后果问题

现代大众传播媒介乃是审美现代性与技术现代性的交汇点,或者说,作为西方当代"显学"之一的现代媒体研究,把审美现代性与技术现代性绾结在一起,形成了大众传播媒介理论研究范式。这方面,麦克卢汉提出了著名的"媒介即信息"的断言,就是说现代传媒已非仅仅只是传播信息的手段,其本身就成为信息,对人的社会活动起着重大的组织作用。因此,当代传播理论认为,"媒体"不仅只是传播信息的单纯手段,"媒体"本身也是信息生产、传播、消费的重要制约力量。创立了所谓"媒体生态学"的尼尔·波兹曼的名著《娱乐至死》,则具体地分析了大众传播媒介对人的文化、政治生活等方面所产生的巨大而深刻的影响。"娱乐化"是现代大众传播媒介的一个重要特性,这种与现代大众传播媒介不可剥离的"娱乐化",正在深刻地改变着文艺的存在方式乃至人的基本生活方式,并且对当代文学理论话语转型产生了深刻的影响。马克·波斯特、道格拉斯·凯尔纳等对现代大众传播媒介均有较为深入的探讨。与此相关,西方学者首先提出了"图像转向"问题。有关"图像"在当代社会生活中的重大作用,鲍德里亚的"拟像"理论、德波的"景观社会"理论等,均有较为深入的探讨。图像化的现代大众电子传媒迅速扩张所产生的一个重要后果是其对以语言为载体的文学产生了严重的冲击，所以德里达《明信片》中提出了"在特定的电信技术王国中，整个的所谓文学的时代将不复存在"的论断，而希利斯·米勒则相继发表系列论文，提出了"文学终结论"问题，并且被介绍进来，引发了较大反响，成为新世纪以来文论、文化研究和论争中的热门话题之一。

新世纪以来，中国学界从传播学、文化学、社会学等多重视角对现代媒体理论的研究逐步展开，文艺学和美学研究领域也及时地注意到了当代大众媒介文化对于当下中国人的文化生产和消费的深刻影响，以及由此而产生的一系列文论问题，逐步展开了这方面的研究。十年来，文论界通过对于所谓"读图转向"、"文学性泛化"、"文学祛魅"等现象的分析讨论，对现代大众媒介文化在包括文艺生活在内的当代社会生活中的重要作用的认识越来越深入。通过对于这一问题域的讨论，与媒体研究相关的"图像转向"、"文学性泛化"、"文学终结论"等问题，已经成为新世纪中国文论中的重要话题。

现代电子媒介使"文学性"越出传统的文学领域向经济领域、大众日常生活领域扩展，这同样对传统意义上的文学的存在与发展提出了挑战。这是因为，一方面，中国新时期以来的改革开放导致了剧烈的社会转型及文化转型，因此图像社会出现所带来的文化断裂、文化冲击和文化重构的力度便更大，问题也要更为复杂和独特。另一方面，中国文论自身的学科危机、学科重建问题也日益突出，而现代媒介文化及其对文艺的影响后果的研究，使得文论界对于学科危机、学科重建问题反思的角度、维度、深广度均得以确认和强化。近年来，这方面的研究又出现了一个明显的变化，就是与本土的、现实的文化、文艺新现状的联系逐渐紧密起来了，所关注和探讨的问题的在场性初步得到了体现，从而使新世纪中国文论关于媒介文化及其影响后果的研究，初步呈现出人们期待已久的问题意识本土化和现实在场性的特点。但是，从总体上来说，新世纪中国文论对于媒介文化及其后果这一问题域所涵盖的诸多问题的讨论，基本上是在分散的情况下进行的，尚缺乏整体性的观照，而围绕现代性的发展及其内在分裂来做深入、系统的研究也显得比较薄弱，同时现象性描述多于学理性分析，这便使得一些研究论文的理论性还不够强。

（四）文论转型与文学史理论建构问题

新世纪文论转型及其问题域的形成，对于新世纪以来中国文学研究产生了多方面的影响，并且引发了文学史理论的反思和重构，由此而形成了文学史理论自身的问题域。新世纪文论转型，对于既有的文学史观念提出了挑战，而西方后现代主义、解构主义对"文学"含义的无限泛化，又使文学史的研究陷入了困境。近年来文论界关于本质主义、非本质主义与反本质主义的研究和论争，也深刻地影响了文学史研究，并且促使文学史观念发生裂变。

由于受当代社会转型、文化新语境，以及诸如全球化理论、后现代史学、后解构主义、后殖民主义、反思社会学、文化诗学、新媒介理论、新传播理论、性别诗学、生态理论、文化和文学人类学等当代理论的深层次影响，文学史理论研究在文学史的问题意识、文学史方法论、文学史观、文学史本体论、文学史功能论、文学史书写和学术史反思等方面均出现了转型性质的变化。在新的社会转型、新文学理论形态的双重推动下，产生了一批新术语和新观念，出现了一批有影响力的研究成果，形成了理论与实践形态的文学史研究间的良性互动，这些都构成了新世纪以来文学史理论研究的新格局。

在中西文化的相遇中，要建构出理想形态的文学史理论研究体系，必须切实挺立中国文学的主体意识，达成现代视野与传统资源之间的健康互动，使中国文学之自性不再是以自在的形态而潜隐，而要在明确的理论自觉中成为自为的学术追求，在充分地成就文学史理论自性的自觉意识中推进中西理论互诠互释、共生共荣，从而在古今、中西文学史理论视野的互动融合中形成新的意义世界。大体而言，问题意识的转变和研究方法的更新是新世纪文学史理论研究新格局的两个基本前提条件。

但总体来说，充分利用这些新理论探讨文学史理论重构问题的研究尚有待深入展开。

二

以上在全球化的背景中梳理了新世纪中国文论所涉及的新话语，这些新话语之间的联系是非常密切的，但是总体来看，文论界从整体的角度对这些新话语之间存在的复杂的关联性的把握还做得不够，而只有在统观的整体把握中，中国文论才能真正实现自身的理论转型，全面展开自身的理论创新。新世纪中国文论乃是对新的时代的敏锐的理论回应，因此，对其统观把握首先要求对新的时代有某种整体的把握。那么，该如何来描述和把握我们这个瞬息万变的时代呢？我们更倾向于借用"边界逾越"这一表述——更准确地说是"边界开放"或"边界交融"，来描述当下新的时代特征，这种边界开放与交融发生在政治、经济、文化之间，区域之间，民族文化之间，以及科技与人文之间、知识与经验之间、哲学社会科学各学科之间，如此等等。拉什、厄里的《符号经济与空间经济》对"边界的逾越"作了更具体的描述："经济日益向文化弯折。而文化也越来越向经济弯折。为此，两者的界限逐渐模糊，经济和文化不再互为系统和环境而起作用了"。其实，这同样适用于描述其他方面的边界开放和交融。边界封闭似可相安无事，边界开放则会带来冲突，但同时也会带来发展的大好机遇，关键在于我们如何积极应对。新世纪中国文论的转型特点，正是在诸种边界的开放与交融中体现出来的。对此，我们初步有如下的概括：

其一，新世纪中国文论具有突出的全球化和跨文化色彩，因此，如何把握好"全球化视野"与"本土化立场"之间的关系，是其中的一个重要问题。

其二，新世纪中国文论具有极强的跨学科特点，处理好跨学科研究与坚持文论自身学科立场之间的关系是其要解决的另一重要问题。

其三，新世纪中国文论的重大理论问题皆与现代性问题密切相关，而在现代性的研究框架中，文学艺术又首先直接与审美（文化）现代性相关，这种审美现代性又是相对于技术现代性、经济现代性等而言的，而后现代理论的重要贡献之一就是揭示了传统所谓的"现代性"并非铁板一块，而是存在内在分裂。因此，在今日之后现代语境中，应将其置于技术现代性、经济现代性等的内在分裂与交互作用中，来重新审视审美现代性问题。

除了从诸种边界的开放与交融来把握新世纪中国文论的转型特征外，还应注意用"范式"来总结和概括文论新转型的趋向，大致说来有以下几种范式值得注意：（1）媒体本体论范式：媒介不仅只是文艺乃至人的存在的简单手段，而且也是文艺和人的存在方式，现代电子媒介在改变文艺乃至人的生存特性方面发挥着至关重要的作用。（2）消费主义范式：局限于传统的"生产主义"范式，已无法准确理解和充分把握我们当下所处时代的新特征及包括文艺在内的人类社会文化的新特征。（3）生态主义范式：生态主义理念不仅只是应对现实生态问题的一种策略，它还促使我们重新审视人的生存及包括文艺在内的社会文化的价值和意义。

媒体、消费主义、生态主义等等，不仅只是文艺研究的新视角，而且也是在整体上影响文艺研究总体发展趋向的深层的基本理论范式，只有充分认识到这些范式的重要性并充分利用这些基本范式，才能使文论在新的时代状况下实现新的有效转型。同时，如何在统观的基础上对转型文论的哲学基础进行概括，将是新世纪中国文论转型所要完成的重要理论任务之一。

三

正是基于以上认识，我和中国社会科学院文学研究所理论室的同仁选编了《新世纪文论读本》系列，其目的不外有五：其一，通过选编此读本系列，对新世纪中国文论转型与学术推进的轨迹作一次扫描。其二，在扫描的基础上，对新世纪中国文论的"新变"进行深入的反思。其三，在反思的基础上，总结和归纳出问题域，以有利于我们发现新的学术生长点。其四，为新世纪中国文论发展的前十年立此存照，留下一个思想文档。其五，通过读本的形式，为文学专业的学生和青年研究者了解新世纪中国文论转型和发展状况，掌握文论新知识，提供一个入门的路径。

本读本系列，按照话题形式，编选新世纪以来国内文论界学者围绕这些话题所发表的有代表性的重要理论论文，由于话语的连续性，也适当地选了个别发表于 90 年代末的论文。我们所选择的话题计有：

1. 审美现代性

2. 图像转向

3. 消费社会

4. 文学终结论

5. 全球文化与复数"世界文学"

6. 生态批评

7. 身体写作

8. 文学史理论

这八个方面的话题，集中体现了新世纪中国文论转型过程中所呈现出的若干大的问题域，围绕着这些问题，学界进行了广泛而深入的理论探讨和争鸣，一定程度上已经形成了分别涵盖有若干子问题的一系列理论主题，每一话题亦初步建构起了自身的思想、知识谱系，实际上构成了 20 世纪 90 年代以来我国文学理论转型演变的问题史、观念史，并且在整体上展现出了新世纪中国文论的知识和思想状况。

在具体的编辑体例方面，我们在每卷前置一《导读》，介绍该话题的来龙去脉、主要观点，并有选编者对该话题讨论情况的深度评论。

本读本系列，被列为 2008 年度中国社会科学院文学研究所重点项目。

本读本系列，有幸被中国社会科学出版社列为出版选题，在课题的研究过程，以及读本的编选过程中，郭沂纹编辑提供了诸多建议和有力的支持，赵剑英总编和王磊主任亦为该读本系列提供了难得而珍贵的建议和支持，在此一并深谢之。

编选读本系列，对于我们来说，是一个新的尝试，加之我们对于新世纪中国文论转型及其问题域的研究，还处于刚刚开始的阶段，因此一定存在着诸多不足乃至错误。为此，我们将会以诚恳的态度，接受读者、专家同行，以及入选论文作者的批评和建议。

目　　录

全球化语境中的"世界文学"问题

丁国旗

"世界文学"是由歌德与马克思、恩格斯在 19 世纪 20 年代与 40 年代先后提及的一个概念，由于这个概念的提出者并没有对这个富于创见性的词汇给予足够的解释，时至今日，这个概念在被文学界广为使用的同时，也引发了学者们孜孜不倦的探讨与研究。随着"全球化"思潮的席卷而来，今天，即使这个词语被用于大学中文系专门设立的一个二级学科"比较文学与世界文学"① 以代替昔日的"外国文学"学科，以一种官方话语方式将"世界文学"的内容加以限定，人们关于"世界文学"内涵的界定与探讨也仍然没有停止。

一 "世界文学"与西方学者的理论探讨

1827 年 1 月 31 日，在与爱克曼的谈话中，歌德最早提出了"世界文学"这一概念，这一概念的诞生源于当时他正在阅读的一部中国传

---

① 1997 年 6 月，国务院学位委员会和国家教育委员会联合颁布了新的《授予博士、硕士学位和培养研究生的学科、专业目录》。在这一新《目录》中，原有的"世界文学"和"比较文学"两个学科被合并在一起，出现了"比较文学与世界文学"这一学科名称。1998 年教育部在大学中文系专门设立了二级学科"比较文学与世界文学"以代替昔日的"外国文学"专业。

奇。这部作品使歌德对中国和中国人有了一种非同寻常的理解："中国人在思想、行为和情感方面几乎和我们一样，使我们很快就感到他们是我们的同类人，只是在他们那里一切都比我们这里更明朗、更纯洁，也更合乎道德。在他们那里，一切都是可以理解的，平易近人的，没有强烈的情欲和飞腾动荡的诗兴，因此和我写的《赫尔曼与窦绿合》以及英国理查生写的小说有很多类似的地方。"① 这的确是"非同寻常"的，因为当时的德国四分五裂，公国林立，大约有三百多个小公国，对外交流狭隘保守，别说对于东方，即使是公国内部之间的交流都是壁垒重重，举步维艰。歌德曾经谈到，对于在"德国荒原"上出生的人来说，要得到一点智慧需要付出巨大的代价。然而，正是在这样的背景下，歌德宣布："民族文学在现代算不了很大的一回事，世界文学的时代已快来临了。"②

在歌德提出"世界文学"这一概念20年后，1847年12月至1848年1月，马克思、恩格斯完成了《共产党宣言》的写作。在这篇于1848年2月第一次以单行本出版的著名作品中，马克思、恩格斯写道："资产阶级，由于开拓了世界市场，使一切国家的生产和消费都成为世界性的了。使反动派大为惋惜的是，资产阶级挖掉了工业脚下的民族基础……过去那种地方的和民族的自给自足和闭关自守状态，被各民族的各方面的互相往来和各方面的互相依赖所代替了。物质的生产是如此，精神的生产也是如此。各民族的精神产品成了公共的财产。民族的片面性和局限性日益成为不可能，于是由许多种民族的和地方的文学形成了一种世界的文学。"③

由于歌德这个"世界文学"的肇始者并没有对"世界文学"进行界

---

① 爱克曼辑录：《歌德谈话录》"1827年1月31日"，朱光潜译，人民文学出版社1978年版，第112页。

② 同上书，第113页。

③ 《马克思恩格斯选集》第一卷，人民出版社1995年版，第276页。

定，而只有一些相关的散见的文字，① 而马克思、恩格斯也没有对"世界文学"的具体内涵做出说明，这引来了后世研究者们的各种猜测与探索。韦勒克、沃伦在《文学理论》一书中认为，歌德的"世界文学"这个名称"似乎含有应该去研究从新西兰到冰岛的世界五大洲的文学这个意思"。他们还认为，"用'世界文学'这个名称是期望有朝一日各国文学都将合而为一。这是一种要把各民族文学统一起来成为一个伟大的综合体的理想"，在此基础上，"'世界文学'往往有第三种意思。它可以指文豪巨匠的伟大宝库，如荷马、但丁、塞万提斯、莎士比亚以及歌德，他们誉满全球，经久不衰。这样，'世界文学'就变成了'杰作'的同义词，变成了一种文学作品选"②。在这里韦勒克、沃伦较早提出了关于"世界文学"应该具有的"三层次"说。

不同的理论家的理解是不同的，伊列乌斯（Brius）认为，歌德的理论具有"惊人的现代性"，歌德使用"Weltliteratur"（世界文学）这个词，我们可以称之为"跨文化交流"，是指一系列的全球对话和交换，在这些对话和交换中，不同文化的共性日趋明显，而个性却也并未被抹杀。③ 厄文·科本（Erwin Koppen）则认为"世界文学"有这样三层意义：一、在全世界范围内，在任何时代中，最重要也基本上是最有价值的文学作品的选粹；二、所有时代所有地方的所有作品；三、"世界文学"是"与其他国家文学有关联的一国文学的命名"，他认为，这也是歌德的用法。④ 弗兰克·沃尔曼（Frank Wollman）于 1959 年提出了自己

① 见歌德《歌德文集》第 10 卷，范大灿等译，人民文学出版社 1999 年版，第409—411 页。

② ［美］韦勒克、沃伦著，刘象愚等译：《文学理论》，三联书店 1984 年版，第43 页。

③ 引自［美］简·布朗《歌德与"世界文学"》，见《学术月刊》2007 年第6 期。

④ 引自［斯洛伐克］玛利安·高利克《世界文学与文学间性——从歌德到杜里申》，见《厦门大学学报》（哲学社会科学版）2008 年第 2 期。

的"世界文学"思想:"一、将'世界文学'理解为全世界所有的文学,因此,'世界文学'史也就是相邻文学各自历史的总和;二、将'世界文学'理解为各国文学中最优秀作品的总和,这也可以说是关于所有文学作品的一个系统观点:经典观;三、将'世界文学'理解为不同文学中相关或相似的那些作品,它们之间的关系可以通过它们的直接关系或社会—政治状况获得解释。"① 美国前比较文学学会会长、哥伦比亚大学英语与比较文学教授大卫·戴姆劳什(David Damrosch)在《什么是世界文学》中将"世界文学"区分出的三种意义是:古典文学著作、现代杰作和现代一般文学或流行文学。②

比起这些只去探讨"世界文学"概念的人,俄国学者尤里·鲍列夫或许已经走得更远,为了表达他对"世界文学"研究现状的不满,他甚至开始研究"从世界文学走向全人类文学"的问题了。在他看来,全人类文学的特征应该由以下几个方面构成:"(a)在保持民族特色之际去获取一系列稳定的普遍共通的特征。(b)立足于本民族自身的传统,也立足于其他民族的传统,包括在时空关系上相隔甚远的那些文学的传统。既在社会意识中也在艺术传统中对全人类价值加以肯定。(c)广大读者有可能去理解其他民族的文学,包括那些相隔甚远且在日常生活上、在风俗习惯上、在文化上差异甚大的民族的文学。(d)将其他民族文学的艺术经验与技巧整合到本民族文学中去。(e)文学定位于全人类价值,这种全人类价值每一次都是用民族精神来理解的。况且,对全人类性的理解上的民族特色,同时在其各具的特色中也得到深化,而获得许许多多普遍共通的特征。(f)东方—西方(亚洲—欧洲)的艺术综合,北方—南方(欧洲—非洲)的艺术综合,大西洋两岸(欧洲—美洲)的艺术

---

① 转引自玛利安·高利克《世界文学与文学间性——从歌德到杜里申》。

② 见 David Damrosch, What is World Literature？World Literature Today 77：1 (2003)，pp. 9 - 14；另参看 What is World Literature？Princeton：Princeton University Press，2003，p. 15.

综合的形成。"①"世界文学"也罢，"全人类文学"也罢，或许我们可以将尤里·鲍列夫的这些观点看做是目前对于这一问题的一种较为丰富的理解。但尤里·鲍列夫毕竟走得太远，还是让我们回到"世界文学"这一概念上来。

美国学者简·布朗在《歌德与"世界文学"》一文中通过对歌德有关"世界文学"的多角度分析，表达了如下一些看法，兹列于此。"歌德还没有天真到期待——或者是希望——世界各国人民之间有完美的和谐，但是他非常希望借文化了解来提高宽容度，从而使今后的战争在恶意和毁灭性上要小于拿破仑一世发动的历次重大战争。""歌德的'世界文学'理念和现代多元文化主义者一样，重视文化多元、口头文化和大众文化。""他的'世界文学是作家之间对话'的理念实际上是终生学术和诗歌写作相结合的延伸。""歌德（特别是在他的后半生）创造出若干含有'世界'的含义深刻的概念，比如'世界文学'（Weltliteratur），但是除此之外还有'世界公民身份'（Weltbürgertum）、'世界信仰'（Weltf rümmigkeit）和'世界灵魂'（Weltseele）。所有这些概念都共有一个相同的特质，可以共享一个更大的体系而不丧失自己特有的个性，融合共性和特性，共享一个充满活力的共同体。"在这篇文章的最后，她还非常精辟地指出："对歌德来说，世界文学就是上帝的一百个美名。"②简·布朗的看法是公允的，在综合前人成果的基础上，她得出了比较切合实际的观点。由此，我们可以看到，歌德所创造的"世界文学"这一概念，并不是单数的，而是复数的，并且还是彼此对话和交流的复数。歌德提出"世界文学"的概念并非想让全世界的文学都成为一个模式，而是更强调不同民族的文学都应抱有一种"宽容"的态度；世界文学既

---

① ［俄］尤里·鲍列夫著，周启超译：《文化范式的流变与世界文学的进程》，《文学评论》2003年第3期。

② ［美］简·布朗：《歌德与"世界文学"》，《学术月刊》2007年第6期。

不是一体的，也不是趋同的，它们只是共享一个世界的共同的"体系"。这让我们想起歌德本人的原话，"问题不在于各民族都应按照一个方式去思想，而在于他们应该互相认识，互相了解，假如他们不肯互相喜爱，至少也应学会互相宽容"①。

或许由于马克思、恩格斯的"世界文学"概念较之歌德的"世界文学"，在范围上要宽泛一些，② 对于文学研究者而言，显得并不是十分纯粹，因此，自马克思、恩格斯提出"世界文学"这一概念后，并没有引起文学研究者们太多的注意，这方面的研究成果也并不多见。然而，在极为有限的研究中，我们还是发现了一位值得称道的马克思、恩格斯"世界文学"的研究学者柏拉威尔，他不仅出版了《马克思和世界文学》的专著，全面探讨了马克思一生与文学的种种缘分，而且还辟专节论述了马克思、恩格斯的"世界文学"问题。在柏拉威尔看来，马克思、恩格斯在《共产党宣言》一书中是在不同意义上使用 Literatur, Literature 和 Literarisch 这三个词语的，而这三个词语的不同使用反映了马克思对于文学或文学家的真正看法。③ 在马克思的观念中，文学并不是一个单独的、闭关自守的部门。诗歌、小说、剧本，显然是和另一些具有更浓厚的功利主义色彩的体裁的作品有关，并且可以有益地同这些作品联系起来加以讨论；马克思让我们看到了作家在现代社会中所起的作用，浪漫的幻想不再能掩盖市场的现实，"资产阶级抹去了一切向来受人尊崇和令人尊敬的职业的灵光。它把医生、律师、教士、诗人和学者变成了它出钱招雇的雇佣劳动者"④。在资本的世界里，文学面临着堕落。当然，柏拉威尔认为，当马克思、恩格斯说"由许多种民族的和地方的文学形成了一

---

① 朱光潜：《朱光潜美学文集》第4卷，上海文艺出版社1984年版，第458页。

② 《共产党宣言》中文版"页下注"特别注明：马克思、恩格斯的"世界文学"中的"文学"（Literatur）一词是指科学、艺术、哲学等等方面的书面著作。

③ ［英］柏拉威尔著，梅绍武、苏绍亭、傅惟慈、董乐山译：《马克思和世界文学》，三联书店1980年版，第187—189页。

④ 《马克思恩格斯选集》第一卷，人民出版社1995年版，第275页。

种世界的文学"的时候，我们无法忽略他们"对19世纪的资产阶级所作的赞扬"，"马克思从来不曾忘记他想推翻的那一制度实际上对进步事业曾起过多么大的作用"①。同时，"在这一节里，《共产党宣言》并没有充分估计到对它所发觉的这种倾向的反抗：民族的对立和分歧并没有像生产和商业的逻辑似乎暗示的那样迅速而普遍地消灭"②。或许马克思提出"世界文学"的概念时，并没有考虑到更多的民族问题的复杂性，但柏拉威尔也还是相信，《共产党宣言》的预言"并没有完全落空"，在20世纪，通过翻译、纸面书籍普及本、巡回演出、广播、电影和电视，以那些不会使马克思感到吃惊的方式改变了我们的文化视野。"我们已看到'民族的与地方的'文学的混合和世界范围的传播。作为一个庞大想象丰富的博物馆，一个伟大的巴贝尔图书馆，'世界文学'猛然到来了。"③

对于"世界文学"的这些探讨应该说已经是非常丰富与新颖了，然而，所有这些探讨与歌德的某些看法似乎又有些格格不入。这里，我们不妨引用两段歌德的话来说明这一点。"我们大胆宣布有一种欧洲的，甚至是全球的世界文学，这并不是说，各种民族应当彼此了解，应彼此了解它们的产品，因为在这个意义上的世界文学早已存在，而且现在还在继续，并且在不断更新。不，不是指这样的世界文学！我们所说的世界文学是指，充满朝气并努力奋进的文学家们彼此间十分了解，并且由于爱好和集体感而觉得自己的活动应具有社会性质。""别人说了我们些什么，这当然对我们极为重要，但对我们同样重要的，还有他们同其他人的关系，我们必须密切注视他们是如何对待其他民族的，如何对待法国人和意大利人的。因为只有这样，最终才能产生出普遍的世界文学；各个民族都要了解所有民族之间的关系，这样每个民族中才能既看到令

① ［英］柏拉威尔著，梅绍武、苏绍亭、傅惟慈、董乐山译：《马克思和世界文学》，三联书店1980年版，第193页。

② 同上书，第194页。

③ 同上。

人愉快的方面也看到令人反感的方面，既看到值得学习的方面也看到应该避免的方面。"① 由此来看，对于"世界文学"的探讨还不能结束，尤其是由于"全球化"及其各种理论的席卷而来，人们对"世界文学"的理解在获得更多探讨路径的同时，也增加了探讨这一问题的难度。

二 "全球化"与"世界文学"的中国研究

或许处于"发展中国家"这一基本的国情事实，中国学者对于"全球化"的理解与接受一直都是十分谨慎的。这一态度反映在"世界文学"的研究与论述上，大体表现为这样几种情形："全球化"的发展，使一些学者备受鼓舞，他们相信"世界文学"的到来已经是可能的事实，因而煞费苦心地为"世界文学"这种可能寻找理论依据与支持；另有一些学者则看到了"全球化"的"殖民"特性，对于"全球化"持一种抵制与对抗的态度，他们质疑"世界文学"实现的可能；还有一些学者对"全球化"保持一种冷静的态度，既带着对"全球化"的一份理解与宽容，又保持着对"全球化"的一种必要的警惕，他们更希望从歌德或马克思、恩格斯的"世界文学"的经典论述出发，从文学发展的实际出发，去探讨"全球化"语境中"世界文学"与"民族文学"的相关问题。本文无意对这诸多的情形以及学者们的详细观点做出全面的梳理或论述，而只想以本书所辑选的论文为主，就目前的研究现状与涉及的主要问题做出介绍或说明，希望读者可以借此窥见"世界文学"研究的中国声音。

（一）如上所论，自歌德提出"世界文学"开始，人们对这一概念的阐释与探讨就从来没有停止过，"全球化"的新语境，促使中国学者

---

① ［德］歌德著，范大灿等译：《歌德文集》第 10 卷，人民文学出版社 1999 年版，第 410、411 页。

以新的研究视角继续对此展开讨论，并对"世界文学"存在的可能依据，补充了许多新的看法。李衍柱撰文认为，"全球化"的到来证明了歌德"世界文学"理论的预见性与真理性。他将歌德提出"世界文学"的理由归结为这样三个方面：一、由于科学技术的进步，"世界关系及人的关系前景更为广阔"，世界各民族的科学与艺术、各民族文学之间的合作、交流等已逐渐成为现实。二、随着对希伯来人、阿拉伯人、波斯人、中国人和古希腊人及其诗歌和文化的了解，歌德突破了传统的"欧洲中心论"，逐渐形成并提出了总体性的"世界文学"理念。三、地球上的人类，虽有不同的种族和民族，但人的生理结构的相同性，不同民族的诗人在生活、爱情和情感上的相似性，文学艺术中"真正值得赞扬的东西"的全人类属性，促使歌德认识到"诗是人类的共同财富"，从而将此作为提倡"世界文学"的一个重要的理论支点。在做出了如此分析之后，该文认为，随着时间的推移和资本主义市场经济的发展，特别是在当今数字化生存的信息时代，歌德"世界文学"理论所包含的科学预见性与真理性就更加的显示出来。① 王一川认为"全球化"过程是与"现代性"过程交织在一起的，为此，他提出了一个与"全球化"不可分割的新的民族性概念，即"全球民族性"概念。"过去主要谈一种纯粹民族性，着重于世界普遍性主体中的某种'民族作风'或'民族气派'，相信这样的文学民族性是纯粹地或固定地存在的，只要个人努力把它创造或激发出来便是。而现在谈文学的全球民族性，涉及的却是处于全球化复杂因素渗透中的被建构或想象的文学民族性。"② 他试图通过对全球化语境中的文学民族性问题的思考来解决当下文学的处境问题。

---

① 李衍柱：《全球化视阈中的民族文学与世界文学——从歌德的总体性文学观谈起》，《江西社会科学》2007 年第 2 期。

② 王一川：《当前文学的全球民族性问题》，《求索》2002 年第 4 期。

面对"全球化"的席卷而来，王宁也对狭隘的民族主义进行了批判性分析和解构。他认为，全球化进程的加快不仅使得传统的欧洲中心主义思维模式被突破，同时也突破了狭隘的民族主义思维模式，从而为一种新的超民族主义思维模式的形成铺平了道路。"全球经济一体化大大地加快了中国经济的发展，而且文化上的全球化也使我们得以利用这一契机大力地将中国文化推向世界。在这方面，弘扬一种新的类似'世界主义'视野的超民族主义，应该是我们的比较文学和文化研究者努力的目标。"① 杜书瀛认为，对全球化问题，马克思主义的老祖宗早就作了理论阐发。随着经济的全球化，相应的也就会有文化的全球化。"在人类物质文化和精神文化的各个领域里，全球化恐怕是难以避免的，也可以说是不以哪个人的意志为转移的。"文化全球化符合人类精神文化（包括文学艺术）已有的历史事实，也符合人类精神文化（包括文学艺术）发展的客观规律。不管文学艺术的这种全球化性质多么特殊，从长远的历史发展来看，其全球化的方向恐怕是难以改变的。文学的全球化就是一个"世界文学"的命题。他认为，文学艺术的全球化问题就是文学价值和艺术价值的全人类共享，是价值共识，当然，它同时必须保持个性、民族性、多样性、多元性。② 姚鹤鸣认为文化全球化正在渐进之中，但是文化全球化的"西方化"实质及其"文化侵略"性质也是十分明显的。不过，他认为，这种"文化侵略"虽然有着无可避免的害处，我们却完全没有必要为此感到过分忧虑和恐惧。他以传播学中的"文化维模原理"与"适应原理"证明，"优势的文化形态要能够在一个民族中得到扩散并为这个民族所接受，必须要适应该民族的文化圈的特殊情形。而一个民族吸收其他民族的文化形态，也总是以本民族的文化形态为根本，

①　王宁：《全球化、民族主义及超民族主义》，《西南民族大学学报》（人文社科版）2007 年第 7 期。

②　杜书瀛：《文化的全球化与民族性问题》，《民族艺术研究》2002 年第 3 期。

将外来文化民族化，使之成为自身文化形态的一部分"。文章认为，在全球化的交流和影响中，中华文化既要开放吸纳，又要维模自律。① 全球化的到来，或许真的无须惊恐，全球化对于印度文学的影响就能证明这一点，侯传文梳理了印度文学在接受英国文化影响后的发展状况。印度独立之后，印度和英国的民族矛盾得到缓解，世界文学的信息在印度更加畅通、快捷，作家更加注重自己的文化修养，自觉地面向世界，印度文学与世界文学基本上同步发展，印度文学对世界文学的接受也更加多元化。与此同时，印度文学开始走向世界，由单纯的文学输入转向文学输出。② 显然，印度文学的发展经验是值得我们借鉴的。只有不断加强同世界各国的文化交流，真正地走向世界，我们才能提升本民族文学的世界化水平，这也是民族文学"经典化"的重要途径。在这里，歌德的提醒对于我们而言仍然是中肯的："各个民族都要了解所有民族之间的关系，这样每个民族在别的民族中才能既看到令人愉快的方面也看到令人反感的方面，既看到值得学习的方面也看到应当避免的方面。"③

（二）"全球化"过程是与"现代性"过程交织在一起的，然而，这种"现代性"的"西方中心"的主导模式不能不引起学人的反思，正是有了这样的反思，我们才能更清楚地看到了自己的处境，也看到了"世界文学"或"全球文学"的另一张面孔。高建平认为，学术界有一种习惯的做法，一谈到"世界文学"，就回到歌德和马克思那里去，说这是他们的伟大的预言。而实际上，当我们从理论上去分析"世界文学"的真正含义时，我们会发现歌德的"世界文学""只是以古代希腊文学为典范的世界文学"。然而，其他文学并非不能成为"模范"，实际上，许

---

① 姚鹤鸣：《文化全球化和马克思的"世界文学"》，《广西师范大学学报》（哲学社会科学版）2007年第2期。

② 侯传文：《现代印度文学与世界文学》，《东方论坛》2001年第2期。

③ ［德］歌德著，范大灿等译：《歌德文集》第10卷，人民文学出版社1999年版，第411页。

多民族的文学家和文学研究者，都或多或少有以自己的文学为典范、以外国的文学为"其他"的情况。在马克思的"世界文学"概念中，也同样有着类似的情况。在世界市场的开拓过程中，也只能是殖民者带来"模范"，而那些"野蛮人"所提供的只能是"其他"①。显而易见，"世界文学"概念包含了一种"西方中心"或文明优越论的话语逻辑。王卫东、杨琳就明确地指出："隐藏在'世界文学'概念之后的是一整套话语权力，这种话语权力不是强迫人们做什么或不做什么，而是通过这种讲述赋予世界文学一种秩序。在这套话语中，'民族文学'是特殊的、边缘的，'世界文学'才是普遍的、中心的，只有符合超越于众多'其他'民族文学的更高的'模范'标准或价值尺度的文学才可能成为世界文学，全世界的文学可以而且应该服从于同一逻辑，在一个中心、一种典范的引导下发展并走向统一。"② 他们从"世界文学"命题切入，具体分析了"世界文学"命题的遮蔽性和压抑性，对"全球化"视阈中的"世界文学"问题充满了警惕。理论上的模糊认识必然造成创作上对于"全球化"理解的一种误读，肖向明认为，在"全球化"背景中，中国当代文学的"民族性"书写存在着种种问题，中国现当代作家在作品中表现出的"把西方文明当做普世理想的思维模式"导致了"现代性"的"迷思"。实际上，从某种意义上讲，"独立性"、"主体性"才是民族价值和意义的"一种标志"，面对着"全球化"这样一个文学话语权力的象征，文学"民族性"务必通过主体性的维护和多样化的文学呈现，追求深度，从而才能达成与文学"世界性"的对话与交流。③

"全球化"强烈的殖民倾向对民族理论话语形成了一种挤压与侵害，

① 高建平：《论文学艺术评价的文化性与国际性》，《文学评论》2002 年第 2 期。

② 王卫东、杨琳：《如何走出西化的文论话语——从"世界文学"命题的遮蔽性说起》，《思想战线》2004 年第 4 期。

③ 肖向明：《论全球化语境下的中国当代文学的民族性追求》，《文艺评论》2007 年第 5 期。

这还可以从我们今天文艺理论术语的运用上表现出来，仪平策在论文中写道："打开20世纪以来我们的美学—文艺学教科书，我们看到了什么？本质、反映、再现、表现、上层建筑、意识形态、优美、崇高、悲剧、喜剧、直觉、理性、形象、典型、现实主义、浪漫主义、主题、结构、机制、媒介、符号、形式……这些我们耳熟能详的、构成美学理论、文艺理论主体框架的概念、范畴、词汇、术语，有哪一个真正来自于我们民族的、自己的'话语'系统？可以说，我们今天仍在使用的一整套文艺美学规范和批评术语，几乎无一不是来自于代表'世界文学'范式的'西方'。""我们在'现代化'神话的激励和鼓舞下，过于强调文学艺术的普遍性、世界性、人类性价值（而说到底，这种所谓'现代化'其实就是'西方化'），而忽略了文学艺术的特殊性、本土性、民族性属性，忽略了文学艺术所最终无法超越的民族文化根基。"① 这或许只是问题的一个方面，"全球化"的殖民结果，甚至可能造成更为严重的后果，正如欧阳友权对"中文的拉丁化"所分析的那样："当我们的民族语言成为全球化祭坛上的牺牲品后，由文化商品和消费活动构成的一种国际化意符体系就将代替原初的民族语言。那时候，全球化图式中的文学焦虑就将演绎为失语悲剧，民族文学的生态根基就更加岌岌可危了。"② 其实，情况未必会有这样严重，我们相信任何民族都不会坐以待毙，实际上当"全球化"试图横扫一切的时候，每一民族都将本能地做出反抗的姿态。

其实，伴随着经济的"全球化"，我们不仅没有看到文化的一体化，而且看到了更多的文化之间的冲突与斗争。"21世纪的世界文化似乎比过去增加了更多的冲突和麻烦，有时甚至比冷战时期的对抗还要激烈。"③ 这是文明的冲突与矛盾，这是与经济全球化伴随而生的必然冲

---

① 仪平策：《文学民族性身份的现代人类学还原》，《文史哲》2007年第3期。
② 欧阳友权：《全球化图式中的文学焦虑》，《益阳师专学报》2002年第5期。
③ 高小康：《"世界文学"与全球化文学界说》，《社会科学辑刊》2002年第2期。

突。当东方感受到西方强大的经济、科技的一体化压力与理性的强势的时候，东方所能拿出来与之抗衡的就只有文化传统与民族的东西了。文明的冲突实际上就是文化的冲突，是不同的价值观之间的冲突。文学作为某种价值观的艺术化阐释，因而必然处于冲突的显要位置。

（三）面对"全球化"诡谋的本质，我们应该做出怎样的判断与选择呢？尽管有很多人在谈论文化的全球化，但与此相对，也有许多学者坚信，"全球化"所引发的"一体化"可以是经济的、科技的、物质的，但永远不可能是文学的或文化的。"不同文化之间可以交流互补，但交流互补并不是、也不可能让原本不同的文化'化'为一体。"① 而作为以语言为载体的文学，它在不同的民族那里，在不同的语种之间是难以翻译的，难以被不同语种的人阅读。而真正到了世界上只有一种语言，如高建平先生所说的，一个"世界语"的时代，至少在今天看来，那是难以实现的。因此，"避开语词的定义带来的种种不确定情况，我们可以确定的是，至少在今天，从非西方国家的文学教育的情况可以得出一个结论，'世界文学'并不是一种单数的名词，而是一个复数的名词。从不同的角度出发，就会有不同的视野，就会形成不同的'世界文学'"②。"世界文学"是复数的，这是我们面对"全球化"时，必须明确的认识。这一认识，既可以使我们警惕"西方中心论"对民族文化可能造成的伤害，同时，也可以使我们在面对民族文学的重建时，采用一种"外位性立场"去审视外来的文化资源。"外位性立场"是巴赫金提出的，他认为："理解者针对他想创造性地加以理解的东西而保持外位性，时间上、空间上、文化上的外位性，对理解来说是件了不起的事。要知道，一个人甚至对自己的外表也不能真正的看清楚，不能整体地加以思考，任何镜子和照片都帮不了忙；只有他人才能看清和理解他那真正的外表，因为他人具

① 盛宁：《世纪末·"全球化"·文化操守》，《外国文学评论》2000年第1期。
② 高建平：《论文学艺术评价的文化性与国际性》，《文学评论》2002年第2期。

有空间上的外位性，因为他们是他人……即使两种文化出现了这种对话的交锋，它们也不会相互融合，不会彼此混淆；每一文化仍保持着自己的统一性和开放的完整性。然而它们却相互得到了丰富和充实。"① 始终保持一种"他者"的地位，这就是不同民族文学文化交往的真实情景。邱运华运用巴赫金的"外位性"理论对跨民族文学研究中的文化站位问题进行了深入论述，并认为，只有这种"外位性立场"，"全球化时代跨文化的世界文学研究，才是真正的世界文学研究，而不是文学世界的殖民"②。金惠敏借助于社会学家罗伯森的"球域化"这一术语或许能更为直观地表明"全球化"语境中"世界文学"的真实意义。他提出了以"全球"取代"世界"、以"全球文学"取代"世界文学"的主张，认为："'全'已经包括了'世界'，而'球'则呈现出立体的、动感的、旋转的、解中心的趋势，这样的'全球'就是我们全球化时代的文学的特征。"这样，"一切文学都将进入我们所谓的'全球化'之中，也就是说，它们将成为'球域性'的，既是全球的，又是地域性的。"③

三　结论：努力建设"民族文学"

由以上论述可知，"全球化"的到来，将"世界文学""民族文学"的讨论与研究引向了一个多层次、多角度的新境地，虽然论家观点不同，立场不一，但我们还是可以透过这诸多的讨论与研究看到这样一个基本的事实："全球化"已经成为历史发展的必然趋势，每一民族，它的任

① 巴赫金：《答〈新世界〉编辑部问》，见《巴赫金全集》第 4 卷，河北教育出版社 1998 年版，第 370 页。

② 邱运华：《"世界文学"概念的建立与跨民族文学研究中的文化站位问题》，《民族文学研究》2006 年第 4 期。

③ 金惠敏：《作为哲学的全球化与"世界文学"问题》，《文学评论》2006 年第 5 期。

何行为，不仅经济的，而且文化的、艺术的，都将成为"世界的"；当然，"全球化"并不能将一切整合划一，它在将各民族的经济文化活动紧紧夹裹在一起的同时，也使各民族自身的文化传统与身份认同更加突出与鲜明。因此，在这样一个"世界性"与"民族性"分别都需要重视的时代，我们所要做的就是好好把握这一历史机遇，拥有一种世界性的眼光，努力建设好我们的民族文学。

这是一个网络信息十分发达的时代，然而信息交流的便捷并不能毁坏各民族之间的界限，在"地球村"的大家庭中，居住着的仍然是有着鲜明民族标记的不同国度的人民。当希利斯·米勒声称，民族独立国家之间的界限正在被互联网这样的信息产业所打破，任何人只要拥有一台电脑、一个调制解调器、一个服务器，几乎马上就可以链接到世界上任何一个网址，"国际互联网既是推动全球化的有力武器，也是致使民族独立国家权力旁落的帮凶"①。面对这样一个似乎耸人听闻的事实，我们其实更应该关心的是，这种事实又将带来怎样的后果。也就是说，如果米勒的说法没错，那么由网络媒介留给民族国家的这种后果，势必激起民族国家捍卫自身权力与利益的本能力量，而作为同这种后果对抗的这种力量一经得到人们的认同，那么，米勒所说的这种事实的存在就将是可疑的，或者说根本就不存在了。互联网的效力根本没有米勒想象的那样巨大，根本没有大到足以动摇一个民族国家稳固存在的根基，因为所有使用互联网络的人，都会以他们自己的方式去获取来自网络上的东西。"确实，我们自己的文学在某种程度上也会由于这样的接触而改变它的性质，但这只会是一种丰富，而由此产生共生现象，诸如歌德自己的《西方与东方的合集》和《中德四季晨昏杂咏》，仍然会继续带有独特的民族文化的印记和这些作品的作者的天才和个人性格的印记，通常人们是

———————

① ［美］J. 希利斯·米勒著，国荣译：《全球化时代文学研究还会继续存在吗?》，《文学评论》2001 年第 1 期。

在本国文化范围之内接受外国的作品的。"① 这就是民族文学面对"全球化"的基本立场与事实。

每一民族都有其深厚的文化传统与人类学积淀，如果试图离开这些对不同国度的文学作品进行理解，永远都无法真正弄懂作品的本来意义，无法理解作品的伟大之处。这也就是为什么米勒也希望"当今的文艺批评家或理论家要在一定程度上自觉地成为自身文化产品，具体地说是文学作品的人类学学者"的原因所在。虽然米勒看到了文学研究在全球化条件下面临的转型，但他还是比较客观地说出了文学研究的当下现实，"伴随着经济和技术的全球化，文学研究转移扩展至全球规模已是大势所趋，但温和地讲，区域性仍然侵蚀着全球性。全球区域化将成为未来几年里文学研究的主要目标"②。笔者认为，从时间上看，"全球区域化"不仅仅只是"未来几年"，而是可能需要很长的时间，这或许就是一个超乎我们想象的数字，或者就是永远。

理论从来都是有局限的，"在全球化时代中，文学研究既包含全球性因素也包含地域性因素。一方面，虽然几乎每一种理论都来自特定的区域文化，却无不寻求阐释和方法论的充分有效性。理论在翻译中旅行。另一方面，无论用任何一种语言写成的文学作品都是独特、特殊、自成一类的，文学作品拒绝翻译，拒绝旅行"③。因此，"世界文学"作为一种理论，它存在着阐释的局限性，无法真正概括和说明各国文学发展的真实状态。如果仅就文学已经进入一个对话与交流的时代而言，"世界文学"是成立的，然而若是将"世界文学"作为一个实体去看，以为它可以超越民族而自成一格，那么，这种文学就是不存在的，它只在人们的

---

① ［英］柏拉威尔著，梅绍武、苏绍亭、傅惟慈、董乐山译：《马克思和世界文学》，三联书店1980年版，第192页。

② H. 米勒著，梁刚译：《作为全球区域化的文学研究》，《社会科学辑刊》2002年第1期。

③ 同上。

想象里。任何民族，它只有真切地尊重本民族的文化与传统，才可能在"全球化"的场域中占有一席之地。换句话说，一个民族的文学正因为有了民族的东西，它才能真正成为"全球化"中的一员。"和而不同"，文学的魅力正在于文学言说了对于另一个民族（或个人）而言是陌生的东西，文学的魅力正在于它是对不同民族个体的"生命"的叙述。

今天，当冷战已经成为人们久远的记忆，当文明的冲突与文化的矛盾已经成为各民族间的主要矛盾与冲突，如何重建一个民族自己的文学、文化、精神，将会是每一个国家与民族必须认真对待的问题。冲突就是一种博弈，一个民族到底在多大程度上可以真正焕发出本民族的力量，恐怕是这场博弈最终谁能获得进步的关键因素。虽然，我们希望这世界是和谐的。但和谐并非没有矛盾，马克思主义的创始人相信，只有矛盾运动才能真正推动事物不断地向前发展，因而各民族之间的这场民族文化与精神的重建运动，最终将会使人类整体文明向前推进一大步。人们越来越企盼各个民族以各自不同的风姿出现在世界的舞台之上，文化的多元将会成为世界人民的共同追求。

因此，可以这样说，这场关于全球化、民族化与世界文学的理论探讨，实质上是中国学人对于这一关乎民族文学生存与命运的一次清醒的理论探索，这种探索将让我们更为真切地看到，中国民族文学的发展迎来了一次良好的机遇。作为一个大国，当中国的经济得到了很好的发展，中国的文学便不能不承担同样的责任。构建一个大国的文学，通过文学叙事提升中国的形象，让世界了解中国，让西方尊重中国；同时，也在中国文学精神的塑造中，让中国人学会自信，学会自我尊重。这是摆在中国文学家面前的一个重要任务。

理论是灰色的，让我们站在"全球化"的大地之上，努力培育"民族文学"这棵"常青之树"吧！

2008 年 9 月

论文学艺术评价的文化性与国际性

高建平

近几年乃至近几十年间，中国人，从学术界到新闻界，直到一般民众，对一些国际性的文学、电影、美术、音乐等奖项都倾注了很大的热情。这种情感也许与拿奥运金牌和申办奥运属于同一性质。如果说有什么经济全球化带来的文化全球化意识的话，这也许是。外国人也很高兴，因为一个过去的"中央帝国"毕竟对他们搞出来的东西在意了。中国的文学艺术事业出现了前所未有的被世界承认的需要，这种世界的承认反过来又在推动国内的承认。于是，"只有中国的才是世界的"这个口号失去了诱惑力。你的东西固然是中国的，但只是一心追求它的中国性，而不想它的"世界性"，就只能是孤芳自赏。这时，就会另有一些人感到，这是抱残守缺加守株待兔。新的流行口号是，"只有世界的才是中国的"。挟洋人以自重。外国人都承认了，中国人也就只好承认。体育运动中就是如此，拿一个世界冠军，胜于十个国内冠军。文化上似乎也应如此。这个口号的倡导者们摸准这一点，开创着一个又一个打出去再打进来的事业。这么做，有人赞成，有人反对。对于我们要讨论的问题来说，赞成与反对本身并不重要。重要的是，澄清这种态度背后的理论意味。作为这个工作的第一步，我想问这样一些问题：一个为不同文化所共同认可的最高文学或艺术成就是否可能？如果可能的话，它的根据是什么？有没有普遍的文学与艺术标准？或者说，有没有绝对美与

一　对审美与艺术标准探讨的历史与现状

对文学艺术的世界性评价涉及一些基本的美学问题。它包括纵向的美的标准的时间性与横向的美的标准的空间性。在很长的一段时间，在中国，美学的讨论都是围绕着时间性而展开的。

围绕着美的标准的时间性，形成的是一种关于美的标准的历史变迁的思考。它首先表现为马克思主义对浪漫主义式绝对美的概念的批判，后来则表现为对马克思主义的两种不同的解读。

为了论述的简便起见，我想以一个例子为焦点来概述这场延续了相当长的时间的争论。俄国作家屠格涅夫有一句名言："弥罗岛的维纳斯大概比罗马法或者 1789 年的原则更不容怀疑。"①普列汉诺夫在回应这句话时，说出下列几点意思：（1）"非洲的霍屯督族人不但完全不知道 1789 年原则，而且对弥罗岛的维纳斯也是一无所知。如果他看见了弥罗岛的维纳斯，他一定会对她有所'怀疑'。"（2）"基督教的……圣像崇拜者对弥罗岛的或其他所有的维纳斯都表示极大的'怀疑'，他们把所有的维纳斯都叫做女妖，只要有可能就到处加以消灭。"（3）"欧洲人愈是具备宣布 1789 年的原则的条件，弥罗岛的维纳斯在新欧洲就变得愈是'不容怀疑'了。"（4）"绝对艺术""在任何时候和任何地方都不曾有过。"②从这个例子，我们看到了两种相互对立的观点；一是浪漫主义式的绝对美与绝对艺术的观点；一是认为美是由

①　出自屠格涅夫的中篇小说《够了》，转引自曹葆华译《普列汉诺夫美学论文集》，人民出版社 1983 年版，第 1016 页。

②　以上四段引文均引自《普列汉诺夫美学论文集》，第 838—840 页。普列汉诺夫是在一篇他于 1912 年在列日和巴黎所作的学术报告中说这番话的。此文后来以《艺术与社会生活》的题目发表。

社会所决定的观点。

这个争论当然远不是从屠格涅夫和普列汉诺夫开始，也远不是到他们为止。在他们之前，欧洲浪漫主义的"纯粹艺术"观与艺术社会学派的争论就显示出了这种差别。①在 20 世纪中后期的苏联和中国，美学界不约而同地形成两种看法：一种看法是，存在着永恒的、客观的美，从无机的自然、植物、动物，再到人，这个进化的阶梯中每一步都有美，都显示出美的发展。②对于这种美，人只能去发现它。一物过去不被认为是美的，而现在却被认为是美的，并不说明美是由社会所决定的，而只是说明，社会为人们对（一种客观存在的）美的认识提供条件。于是，霍屯督人不能认识维纳斯的美，是由于他们缺乏审美能力；圣像崇拜者们宣布维纳斯为女妖，是由于偏见遮住了他们眼睛。

另一种看法，即认为并不存在着永恒的美，也不存在着"绝对艺术"。每一个时代，每一个社会，都会有自己的美的典范和艺术理想。于是，对于霍屯督人和欧洲中世纪的圣像崇拜者来说，弥罗岛的维纳斯并不美。③这种观点的依据是历史进化论。在不同的时代，由于人的社会实

① 这一描述请参见 Monroe C. Beardsley，*Aesthetics：From Classical Greece to the Presenst*，Alabama The University of Alabama Press，1966. Chapter XI，"The Artist and Society"。其他一些西方美学史著作中也有相似的描述。

② 参见［苏］格·尼·波斯彼洛夫著，刘宾雁译《论美和艺术》，上海译文出版社 1981 年版。波斯彼洛夫的著作的"现实的审美属性"一章，论述了进化的不同阶梯上事物的美。从这种思想中可以看到黑格尔式理念的发展最后回到自身观点的影子。中国学者蔡仪先生则发展了恩格斯的典型概念，并将这个概念运用到自然和生物界，指出美在于典型，认为在事物进化的不同阶梯上，都存在着美。

③ 参见［苏］列·斯托洛维奇著，凌继尧、金亚娜译《现实中和艺术中的审美》，三联书店 1985 年版，和凌继尧译《审美价值的本质》，中国社会科学出版社 1984 年版。前一本书讲美的客观性与社会性，后一本书则强调美是一种价值。在中国，李泽厚先生持一种他称之为"客观性"与"社会性"的统一的观点。他的论述可见《美学论集》与《美学四讲》。在后一本书中，他对"社会性"略有修订，加强了对个体性的论述，但基本理论框架则未变。

践，特别是生产方式的不同，人的意识，包括对美的意识也不同。美是由人的这种社会实践所决定的。由于人的社会实践具有客观性，因此，美也具有客观性。但是，这种客观性不是永恒性，美随着人类社会的发展而发展。①

从20世纪80年代后期到90年代，中国学术界对这一美学上的争论持放弃的态度。在这一时期，有关美学与艺术的研究在其他方面有了很大的拓展，然而，很少有人再回到这样一个在一般人看来太具有形而上学意味的争论之中。然而，一些基本的理论问题是绕不过去的。没有了理论，我们就只能满足于感性的批评和更具现实意味的政治意识形态批评，并将之冒充为理论。

让我们回到霍屯督人、希腊人、中世纪人和文艺复兴后的西方人这一区分上来。这个例子在人类学研究中可以形成两种解读：一种解读大致说来，可以说是属于19世纪的解读，另一种则是20世纪的解读。

按照19世纪，或者虽活到了20世纪，但在19世纪形成其基本的思想方法一些著名的人类学家，例如摩尔根（Lewis Henry Morgan, 1818—1881）、泰勒（Sir Edward Brunett Tylor, 1832—1917）、弗雷泽（Sir James George Frazer, 1854—1941）、涂尔干（mile Durkheim, 1858—1917）等人的观点，人类的历史社会组织和思维形态必然经历一系列的进化阶段。例如，摩尔根就按照人类的生活资料的获得方式与人的社会组织形态等标准，将人类的历史分为蒙昧、野蛮到文明这三个时期。在摩尔根的笔下，现代原始民族的资料，考古学家所发掘上古文化遗存，与有文字记录的历史学资料都用来填补一个构造出来的人类总体历史框架中的各个空白点。于是，现代的易洛魁人代表了人类在古希腊以前的一个阶段，

---

① 在这种观点的指导下，出现了一系列对美的历史的著作，其中影响最大的是李泽厚《美的历程》。这些著作，就一个文化之中的美的趣味变化进行描述，有着很强的说服力。

前者是氏族社会，后者则经历了氏族社会解体，人类进入文明时代的过程。①再如，弗雷泽持人类思想方式的进化主义观，认为人类经历了一个从巫术经宗教再到科学的思维进化过程。②这些人类学家们受到斯宾塞的进化论影响，具有一种普遍主义的世界观，认为全人类都会经历大致相似的进化过程，在进化的不同阶段，出现大致相似的思想文化特征。③我们所熟悉的一些关于人的审美趣味的社会解读背后，都存在着这种大的理论框架。按照这种框架，国家的、民族的、文化的差异本身并不重要，所有这些空间的差异，都可以被解读成时间差异。一些部落艺术，例如澳大利亚、新西兰或太平洋上的一些岛屿上原住民的艺术成了在理论上具有普遍性的艺术起源的证据。在研究者的心目中，最重要的是旧石器、新石器、青铜或铁器时代这种按照工具区分的时间上顺序关系，而不是种族、民族、文化间的差异。不仅对待所谓的原始民族是如此，对待文明社会也是如此。当人们说美是由社会所决定的时候，我们就读到了许多所谓奴隶社会、封建社会、资产阶级、无产阶级的美。我们曾经非常重视所谓美的阶级性，这种观点的产生，除了当时特定的政治意识形态原因之外，更为深层的原因是这种普遍性的意识。全世界的无产者具有共同的美，而全世界的资产者具有共同的美。这种阶级论的理论框架，是从进化论发展而来。它们同属于普遍主义的理论体系。在这种理论体系中，文化间的差异被忽略不计了。

① 参见路易斯·亨利·摩尔根著，杨东莼、马雍、马巨译《古代社会》，商务印书馆1977年版。亦可参见中国科学院历史研究所根据俄文译出的马克思《摩尔根〈古代社会〉一书摘要》，人民出版社1965年版。这本书由于马克思的阅读和摘录而无论在东方或西方都变得更加重要。这里需要强调的是，尽管马克思非常欣赏这本书，但并没有在这本书面前丧失批判的立场。

② 参见根据《金枝》的简写本所翻译的中文本，中国民间文艺出版社1987年版，特别是该书的第68章和第69章，徐育新、汪培基、张泽石译。

③ 当然，达尔文的影响也是重要的。但是，受达尔文思想影响更深的是一些被称为生理（physical，一译体质）人类学家的人。这里主要讲的是文化人类学，讨论的重点是人的文化而不是人的生理特征对人类的行为模式的影响。

一种本质上属于 20 世纪的人类学，则对这种普遍主义的进化论观点构成了挑战。这种挑战本来是从方法上开始的。在 19 世纪，人类学的研究主要还依赖于第二手的，来自旅行家和传教士的笔记资料，因而被人们称为"摇椅上的民族学"。20 世纪初期，出现了一场所谓的"人类学的革命"①。马林诺夫斯基（Bronislaw Malinowski, 1884—1942）就是这方面的代表性人物。这时的人类学具有强烈的对田野工作的爱好，认为只有通过田野工作所获得的第一手资料，才是通向可靠结论的唯一途径。这种原本是在科学主义的精神指导下进行的方法上的变化，却导致了人类学观点和这个学科性质的根本变化。人类学不再用来填补一个巨大的、具有普遍性的理论框架中的缺环，而成了具有描述性，力求避免先入为主的框架的民族志（ethnography）。马林诺夫斯基认为，一个文化特征是由物质与精神两方面的因素，用他的话来说，就是"器物"的与"习惯"的因素。"器物和习惯形成了文化的两大方面——物质的和精神的。器物和习惯是不能缺一，它们是互相形成及相互决定的。"②文化以及它所包含的社会组织和社会制度构成了一个整体，当我们确定一件艺术作品的价值时，应该从这件艺术品在它所属的文化之中所具有的功能来衡量。"艺术作品总是变为一种制度的一部，我们只好把它置于制度的布局中去研究，才能明了它的整个功能与发展……只有把某种艺术品放在它所存在的制度布局中，只有分析它的功能，亦即分析它的技术，经济，巫术，以及科学的关系，我们才能给这个艺术品一个正确的文化的定义。"③实际上，并不存在着一种普遍的，与社会的物质生产发展水平相对应的艺术与文化产品。那种文化"归根结底"是由物质生产的发展状况决定的思想，不能解决为什么此文化具有这些而不是另一些特征的具

---

① I. C. Jarvie, *Revolution in Anthropology*, New York: Humanities Press, 1964.

② ［英］马林诺夫斯基著，费孝通等译：《文化论》，中国民间文艺出版社 1987 年版，第 6 页。

③ 同上书，第 89 页。

体问题。根据形式逻辑的一些基本规则，研究的对象越是具体，所要考虑的因素就越多。当研究者从"归根结底"式的哲学思考层面向具体文化的描述层面转化时，更多的因素就必定要被容纳进来。按照马林诺夫斯基的观点，不同的文化具有不同的精神"习惯"，这种"习惯"与"器物"相互作用构成文化的特征。①

人类学上的这种转向的另一个后果是文化相对主义的出现。露丝·本尼迪克特（Ruth Benedict, 1887—1948）曾指出："对人类学家来说，我们的风俗和新几内亚某一部落的风俗是用以处理某一共同问题的两种可能的社会方案，而且，只要他还是一位人类学家，他就必须要避免偏袒一方。"② 波亚士（Franz Boas, 1858—1942）则指出："我们可以说在社会科学的绝对标准的实际应用是没有的……例如：非洲中部的黑人，澳洲人，伊斯奇摩人和中国人……的社会理想均与欧美人不同，他们对人类行为所给予的价值实无可以比较的，一个认为好的而别个则认为不好的……因此，一般社会方式的科学研究，依据我们自己文化的调查者，应从一切价值中解放其自己才对。"③ 文化相对主义的产生，基于这样一些原因：第一，人类学家作为人的状况的描述者，努力持一种价值中立的立场，以便得出一种科学的结论。这是与当时的社会科学致力于借鉴自然科学的方法，用一种客观的态度对待所研究的对象联系在一起的。当时的人类学与西方宗主国研究殖民地有着密切的关系。坚持这样一种文化相对主义的立场，有助于克服当时根深蒂固的宗主国对殖民地人民

---

① 这是一个涉及历史唯物论的重大理论问题。我在这里提醒读者注意恩格斯于1890年致约·布洛赫的信。在这封信中，恩格斯指出，那种将经济因素说成是"唯一决定性的因素"的说法，是对马克思主义的歪曲。经济运动作为一个相对变动着的因素，"归根结底"推动着在其中包含着多种相互矛盾的因素的既有状况的变化。请参见《马克思恩格斯选集》第4卷，人民出版社1972年版，第477—479页。

② ［美］露丝·本尼迪克特著，何锡章、黄欢译：《文化模式》，华夏出版社1987年版，第1页。

③ ［美］弗兰茨·波亚士著，杨成志译：《人类学与现代生活》，商务印书馆1984年版，第148—149页。

的偏见，克服种族中心主义，从而提高研究的质量。第二，这也是研究进入所研究对象内部层次的需要。对于这些研究者来说，文化的各种要素构成了一个整体，其中的某一个或者某一组要素的意义，不能从这些要素的普遍的，或者说是对于研究者来说所具有的意义，而是从它在该文化中的功能来考察。

我们从这里再次回到普列汉诺夫的例子。霍屯督人与希腊人的美有没有高下之分？普列汉诺夫没有提供明确的回答，但通过对普列汉诺夫基本思想体系的考察，我们可以看到，他持这样的一种观点：一方面，霍屯督人与希腊人具有不同的美，并且各自有着充分的理由坚持自己的审美观点；但另一方面，由于不同民族的境况"归根到底受它的生产力和它的生产关系制约"，因此它们又从生产力与生产关系的发展水平的角度具有高下之分。[①]这个结论可能会被简化成这样一句话：每个时代都有自己的美和艺术，时代进步了，美和艺术也进步。这一似乎合情合理的观点之中，却可能隐藏一种将世界时间化的危险。现存世界上的各个不同的民族的文化产品被转化为一个历史表上的不同时间段，并进而依据这一在时间表上的位置来决定其价值。

文化相对主义的魅力正是在这里现出的。它本来是发达国家的人类学家与社会学家们的一种在研究中形成的工具性观念，这时却成了不发达国家捍卫自己的文化独特性的理论武器。

二　普遍主义标准的现实诱惑、历史起源及其困境

20世纪的文学与艺术在世界范围的比较和评价活动常常以一种普遍主义的面貌出现，似乎在它们的背后，具有一种放之四海而皆准的标准。

---

①　普列汉诺夫的这一观点可以参见《论艺术——没有地址的信》，曹葆华译，三联书店1973年版。这里所引的这段话引自该书第47页。

然而，我们从什么地方，以什么为依据来建立这种标准？我们在前面讨论过审美的进步主义观点与相对主义观点，这两种观点在这里都具有适用上的困难。依照进步主义的观点，审美的标准被归结为社会状况，从而最终归结为人在社会中的经济关系。然而，经济上占据着强势的国家和民族并不一定代表着最高的审美标准，而用政治上的强势取代审美标准，或者用政治意识形态置换审美标准，则必然会遭到普遍的抵制。另外，相对主义的观点取消一切世界范围内的比较和评价活动的可能性。当各个不同的个人、人群、民族、文化都自美其美时，世界范围的评价活动就是不可能的。

将文学与艺术创作在世界范围内进行比较和评价，也许可以与世界性的体育比赛来比拟。也许，这种比较、评价和评奖活动的发展，正是与这种世界性的体育赛事的刺激有一定的关系。奥林匹克运动会要决出金牌，必须依据普遍的标准。这种标准有不同的情况。有些是由尺子、秒表决定的，有些是由评委评分、裁判吹哨决定的。不管具体的决定方式如何，都有着一个客观尺度。比赛的结果由规定条件下人的能力发挥的情况决定。这些比赛甚至有着一个被称为世界纪录或各个级别的纪录一类的东西，使一位运动员在此时此地的比赛中所达到的成绩与其他时间、其他地点中自己或他人的比赛成绩具有可比性。

体育中有一个口号：公平竞争（fair play）。将来自不同文化与社会的人放到一个标准之下来评判，这是奥林匹克运动的理想。但是，奥林匹克运动的可比性是通过对运动形式本身作出规定而形成的。体育运动中有所谓的奥运会项目和非奥运会项目。比起世界各地存在的各种民族、民间的体育运动项目来说，奥运会项目只是非常少的一部分。一个非奥运会项目要想变成奥运会项目，就要依照奥运会的方式进行改造，制定一整套的规则，从而使公平竞争成为可能。无法公平竞争，从而成为可授予奖牌的项目，就无法成为奥运会的正式项目。这种公平主要是在一种同质（同一项目）内的量（更快、更高、更强）的竞争中体现出来的。

这种公平的背后，具有一个理论预设：存在着一种共同的人性。我们都是人，因此可以假定，我们的先天构造是一样的，我们可以在一个场地上，按照同一种客观尺度进行公平竞争。让龟与兔在一道赛跑不公平，因为它们的先天构造不一样。人与人也不一样，于是，为了实现公平，需要将男子与女子分开，正常人与残疾人分开，等等。在做出了一些区分后，就假定在已区分的类别之中，所有的人，不分其种族与文化，更不论个人的先天条件，都应该是一样的，应该放在同一个标准下来衡量他们的能力。体育背后有着人种因素，也有文化因素，但这些不能成为衡量的标准。在普遍人性的前提下，这些因素从尺度的基础变成了被衡量的对象。要想证明人种和文化的优越吗？到奥林匹克这个被认定的公平场所来证明你自己吧。恰恰是由于这一点，才使奥林匹克运动不仅具有健身强体，而且具有各国家间进行竞争的含义：不是在战场上，而是在这里证明你的力量吧！从这个意义上理解，奥林匹克运动甚至被理解为促进了世界和平。

文学艺术的评价与评奖活动，是不是也可以这种共同的人性为理论预设？中国古代就有人提出："口之于味也，有同耆焉；耳之于声也，有同听焉；目之于色也，有同美焉。"①康德也将美的普遍性建立在共同人性之上，然而，他已经认识到问题的复杂性，而不像古人那样理直气壮了。康德所讲的是"主观的普遍性"，即不管事实上是否具有普遍性，主观上要求普遍性。②今天的国际美学界，艺术与运动的关系已经被维希（Wolfgang Welsch）这位具有挑战性的所谓后现代美学家提了出来。③他

---

① 《孟子·告子章句上》。

② ［德］康德著，宗白华译：《判断力批判》上卷，商务印书馆1964年版，第48—54页。

③ 维希在定义运动与艺术时这样表述："运动是一种艺术。艺术（在其通常的意义上）是另一种。"参见 Wolfgang Welsch "Sport – Viewed Aesthetically, and Even as Art?"（运动——从美学的观点，甚至作为艺术来看待?），Filozofski Vestnik, 2/1999, Ljubljana 1998。

说："运动是一种艺术。"笔者曾经对他说，这不对。但笔者认为，将运动或游戏与艺术作比较，会有助于我们对艺术特性的认识。①

到目前为止，理论界还很少有人将艺术与体育运动作比较，但在实践中，体育运动式的比较是无所不在的，只是人们将这种比较推进到一定程度后，就自觉地或是不自觉地停止了。这种比较就是以普遍主义文学观为理论预设的，同质之中的量的比较。

量的比较的第一种可能性是词汇量。对于一门外语的学习者，我们通常都以所掌握的词汇量来衡量该学习者对这门语言的熟练程度。每一位作家都有自己的词汇范围，同样的标准也被一些评论家与文学史家用于对作家掌握语言的能力的评论上。例如，人们常常评价说莎士比亚的词汇量大，能将社会上不同阶层的语言都包括到作品中去，并且能够熟练地而巧妙地运用。与此相反，词汇贫乏则是一位作家低能的标志。

第二种可能性是一位作家怎样纯熟地运用各种创作技巧，对于诗人来说是全面地用各种韵律、音步和格式写诗；而对于小说家来说是全面掌握各种叙事方法和手段，并使作品的内容与形式形成有机结合。

第三种可能性是，人物众多，生动有个性，不雷同。读文学史，

---

① 有关笔者对维希这篇文章的反应，请参见《畅饮知识的甘泉——第十四届世界美学大会》一文，收入拙著《走出唐人街》，中国文联出版公司 2000 年版，第214—216 页。在文中，笔者提到，冠军不属于踢得最美的足球队，而属于踢进了球的球队，这里隐藏着运动与艺术的根本区别，这一简单的事实具有重要的理论意义。在另一处，笔者曾对中国古人将绘画与围棋作比拟的现象作了专题讨论。见 Gao Jianping, "Significance of Analogy – Drawing Between Go and Painting", *Journal of the Faculty of Letters* (*Aesthetics*) (*Tokyo: Faculty of Letters, the University of Tokyo*) Volume 25, 2000, pp. 19—34. 笔者的基本观点是，运动不是艺术，但将运动与艺术的比较，有助于阐明一些艺术的基本特征。在这两处，笔者只是对这一巨大的问题作了局部的尝试。一个全面的运动与艺术的比较工作还有待于今后在另一个语境中更加从容地展开。在目前的语境中，笔者所要做的是将艺术和运动分别与普遍人性的关系作一比较。

我们常见到对巴尔扎克与狄更斯人物刻画才能的称赞，我们甚至见到有人判定《红楼梦》优于另外某个作品，例如《水浒传》，理由是前者人物个性众多、丰富、完整而又有发展，而不像后者个性平面而单一化。

第四种标准是，一位作家怎样将一个时代的宏大画卷史诗般地描述出来，在他的作品中，融合了社会、历史、经济、政治、人的心理等各方面的知识，使之成为一个时代的百科全书，同时，这种描述又是生动的，相互间具有有机联系的。于是，托尔斯泰成为一面镜子，而欧洲的每一位最出色的现实主义作家都是一面镜子。

这些标准的设定，都有使比较成为可能，但同时我们又可以看到，这些标准都具有局限性。这些标准，当它们不仅仅是对某一个作家的称赞，而且也是这位作家与其他作家进行比较时，具有一种对个人才能衡量的特点。它们可能成为一些文学评论的说辞，成为我们对这些作品赞扬的理由。它们也确实体现了一些文学作品的价值。但是，它们似乎都不足以成为普遍标准。所使用的词越多就越好吗？使用的手法越多就越好吗？人物越多越丰满就越好吗？成为镜子就好吗？文学史家与文学评论家们很容易就能找到反证。在文学中，存在着种种客观的尺度，但是，文学评价似乎既依据这些尺度，又不完全是。在一些表面的尺度之后，总是有着某种更高的尺度或标准在起着作用。

除了这种量化的考查以外，我们是否还有一些并不脱离文化传统但又被假定具有普遍性的衡量尺度？当然，这种尺度是有的。诺贝尔文学奖就定过这样一个尺度："富有理想倾向"，这是一个具有德国古典美学色彩和道德主义色彩的标准。然而，实际上，这一尺度很难坚持下去。在20世纪初一些年份里，评委们坚持这一尺度，结果却起了相反的效果，评出一些思想上保守、艺术上平庸的作家。后来，这种理想被自由地解释，第一次世界大战后被解释为人道主义倾向，第二次世界大战后，评选的标准实际上换成了文学性和文学上的创新精神，尽管负责评选工作的人仍小心地避免与诺贝尔遗嘱直接对抗。①任何评奖都会有自己的标准，但这些标准并不像奥林匹克运动那样对文化因素忽略不计。只要文化因素成为标准，评价相对性就是不可避免的，原因在于，这时的相互比较已经不再是同质中的量的比较，而是不同质的对象之间的相互比较了。体育中也有从欧文斯奖到中国的十佳或二十佳运动员评选，那属于不同质之间的比较，这时，就有某些运动项目比其他项目更为人们所看重的情况。只是在体育中，这一类的评选既没有奥林匹克式的比赛重要，又以奥林匹克式的比赛为基础，是一种对比赛结果的跨越具体项目的承认。

文学与艺术在世界范围的评价和评奖活动，常常是某一个国家或某几个国家中的评价活动的延伸和发展。在一个社区以至一个国家之内的评奖活动开展的动机，本来并非评出一种在审美意义上，或其他一般意义上的最好的作品，而是一种对文学与艺术生产活动从外部来进行影响的方式。文学艺术创作既是一种精神创造活动，也是艺术家们用自己的劳动产品来换取生活资料的活动。文学与艺术家总要生活，而在不同的时代和不同的社会中，他们取得生活资料的方式不同。在传统社会中，作家艺术家寄食于宫廷、贵族、官僚和商人门下。到了近代社会，支配

① 笔者在 2000 年初写的一篇旧作《诺贝尔文学奖与中国》中，对这个奖项的历史及与中国的关系史作了评述。那篇文章曾被《文化月刊》2000 年 4 月号以《诺贝尔奖不是文学法庭》为题发表。由于该刊的性质，文章发表时所作的编排和删节都不恰当。这里摘引该文的一段有关的文字："诺贝尔的遗嘱中有一个限定语：'富有理想倾向'（in an ideal direction）……怎样的作品才叫'富有理想倾向'？诺贝尔在写'理想'这个词时，曾作了一个修改。他原来写的是 idealirad，这不是一个瑞典语词，其中漏了字母。研究者们认为，诺贝尔心里想的是 idealiserad，即"理想化"。然而，诺贝尔不满意'理想化'这样一个在瑞典语中含有'修饰'一类含义的词，因而将之改为 idealisk，即将 rad 改为 sk。斯图尔·阿伦教授在经过这一番考证后，联系诺贝尔的一贯思想，指出，这里的'理想'，是一个分类性的形容词，而不是一个评价性的形容词。也就是说，他不是指'理想的文学作品'。在这一表述中，'理想'可能成为'优秀'、'完美'一类评价性形容词的同义词。他所指的是'其方向通向一个理想'（in a direction towards an ideal）。用我们的话说，在诺贝尔的心目中，艺术标准并不是第一的，作品的'有益于人类'的效果更重要。"

职业的作家艺术家的是双重的力量，一种力量是市场，另一种力量是作家、艺术家对艺术的理解和热爱。评价与奖励行为所要刺激和推动的，正是后一种力量，它对市场起平衡作用。①对没有遵循正确的途径取得成功，从而成了市场的奴隶的作家艺术家进行批判，奖励向市场挑战的文学艺术家（如文学奖励一些被认定具有艺术价值但一开始并不畅销的作品），通过这种奖励行为影响市场（如一些电影奖本身即可为电影创造票房价值），所有这些评价与奖励活动，都是以文学艺术的现实存在状况为前提的一种对它们的影响方式。它们具有通过举着金牌往人们脖子上套而对人施加影响的特点。这个金牌与奥运金牌具有不同的性质，距离以一种对文化因素忽略不计的普遍人性标准要遥远得多。

我们曾经讨论过审美标准在不同时间与不同空间上的差异。这种讨论方法容易产生一个错觉，即认为古代社会或现代原始民族之中也存在着一些或多或少的统一的审美标准，只是它们的标准与我们不同而已。美学史上的事实告诉我们，一种统一的关于艺术的观念，一种普遍的美的观念，以至一个以美与艺术的一般特性为对象的学科，都是近代社会的产物。今天，许多研究现代性的学者都重视民族国家的产生一类的话题，其实，与此相对应的另一个话题对于文学与艺术的研究来说更为重要：与民族国家的各自独立相反的跨越国界，跨越民族和文化的美与艺术概念的形成。这种概念构造出一种文学艺术的共性，使文学艺术在世界范围内的比较成为可能。

现代社会与古代社会一个重要区别就在于，在古代社会中，文学艺术是为着较为单一的对象和目的而制作出来的，受着当时当地的情境性制约。当时人们没有产生要将这个或那个作品从这些情境中抽取出来，形成一个一般性概念的需要和动机。将不同的作品放到一道进行比较，

---

① 这方面的描述利用了［法］罗贝尔·埃斯卡皮《文学社会学》（于沛选编，浙江人民出版社 1987 年版）中的一些材料。

这是一种后起的现象。这种现象的出现，需要对作品进行抽象。也就是说，将文学作品从具体情境制约下出现的语言性和文字性活动抽象出来，按照一种被称为文学性的标准来寻找其共性。这是文学走向自觉的一个推动力。这与艺术作品从实用性中抽象出来，被当做一个单独的类来对待是一致的。这是一个世界历史向现代的大转型。在社会向现代转型的过程中，市场经济日益活跃，形成一种用马克思的话说就是艺术生产"作为艺术生产出现"①的情况。市场本身，正如马克思在讨论经济活动时所指出的，将一些过去不可比较的东西放在一道比较了。不同物品的使用价值是不可比较的，但是，它们作为商品，又有着交换的需要。于是，在千差万别的物品的使用价值中，它们作为商品所包含的抽象劳动的量，构成了它们的交换价值。这种可比较性由于欧洲资本主义的历史展开而获得其内在的规定性，并为人们所认识。马克思曾以"劳动"这个简单的范畴为例，说明重农主义只承认农业劳动，而资本主义生产最为发展的地方，人们才形成抽象劳动范畴。因此，抽象劳动范畴"是历史关系的产物，而且只有对于这些关系并在这些关系之内才具有充分的意义"②。这种经济方面的思想，当然可以成为理解文学艺术间相互可比较性形成的基础。千差万别的劳动产品本来也是不可相互比较的，只是由于资本主义生产和流通方式的发展，它们才变得可以相互比较，从而形成一般性的价值观念。然而，从另一方面看，文学艺术的生产，具有与一般商品生产不同的特点，一般商品生产与流通的经济规律并不能成为文学艺术评价的标准。这种评价的普遍性要以资本主义的经济和社会发展为基础，但并不能直接从价值规律来寻求解释。

一方面，文学艺术的生产与相互比较固然遵从某种经济活动的规律，

---

① 马克思：《〈政治经济学批判〉导言》。引自《马克思恩格斯选集》第2卷，人民出版社1972年版，第113页。着重号为笔者所加，目的在于区分前后两个"艺术生产"，以引起读者注意。

② 同上。马克思这方面的论述见第106—108页，引文摘自第107—108页。

但另一方面，文学艺术相互比较还为另外一些非价值的，并且与价值相对立的因素而推动。这就是人们由于艺术生产的意识形态性质而对这种产品生产的有意识地操纵和调节。文学艺术的批评、评价、评奖等活动，就是在这一个层次上展开的。这些活动不完全等同于商业性活动，如果那样的话，那只是广告的延长而已。广告不可作比较，而评价则是一种比较活动，原因在于，广告活动不是以评判者的身份出现，而评价以具有评判资格为前提。

在韦勒克、沃伦的《文学理论》一书中，曾对文学作品的价值（value）与评价（evaluate）作出了区分。①这种价值，实际上大致相当于马克思所说的使用价值，即作品的效用。在历史上，文学的存在并不是从评价开始的，而是从价值开始的。文学在一开始可以没有评价，但必须有价值。只有这种价值才能为文学艺术的生产提供动力。评价的出现表明一种文学和艺术的自觉。通过评价，一文学作品开始与其他文学作品进行比较，一时代的文学作品与其他时代的作品进行比较，一民族的作品与其他民族的作品进行比较，一文化圈的作品与其他文化圈的作品进行比较。这种比较对于文学艺术的理论工作来说，是一个挑战。我们究竟根据什么才能令人信服地断定，一件艺术品优于另一件艺术品？这类问题的出现，迫使人们制定出评价文学与艺术的标准。② 这是文学艺

---

① René Wellek and Austin Warren, *Theory of Literature*, Middlesex: Penguin Books, 1993, pp. 238 – 239；中译本可参见韦勒克、沃伦著，刘象愚、邢培明、陈圣生、李哲明译《文学理论》，三联书店 1984 年版，第 272—273 页。这一章的第一句话原文为"It is convenient to distinguish between the terms'value'and'evaluate'"，中文译为"要区分'价值'和'评价'这两个术语是很方便的"，似不妥。译为"对'价值'与'评价'这两个术语做出区分，会为我们提供方便"，则更接近原意。

② 斯托洛维奇也对"价值"与"评价"作了区分，并且断言，价值体现了主客体间的实践关系，而评价体现了主客体之间的理论关系，前者是客观的，而后者是主观的（《审美价值的本质》，第29—37 页）。英国学者 H. A. 梅内尔（Hugo A. Meynell）也强调价值的客观性，指出它是"客观 B"（H. A. 梅内尔著，刘敏译：《审美价值的本性》，商务印书馆 2001 年版，第8—9 页）。然而，这种实践关系，只是从归根结底上讲才有意义。实际存在的是价值与评价不断相互作用的关系链。

术的批评活动与理论活动在一个相当长的时间里的推动力。理论具有天然的追求普遍性的冲动，但是，在普遍人性的立足点受到置疑之后，哪儿才是这种理论的新的立足点？

三 世界文学命题与人类学的新思路

我们在普遍主义的进化史观与相对主义的文化人类学之间，处于一种两难的境地。我们又发现，我们所有对美和艺术的观念，都是在人类社会朝向现代的大转型中被构造出来的。人类在没有艺术概念之时，曾经创造出了大量的艺术作品，人类在没有美学概念之时，也曾经写出了大批具有美学意味的文字。但是，自从18世纪这些概念被创造出来以后，艺术与美学就具有了一种与过去完全不同的，对于普遍性的追求。这种追求先在一个文化圈范围内表现出来，后来就向世界的每一个角落传播。怎样才能为这种普遍性寻找一种现实的，与奥林匹克式的普遍性不同的基础？这是我们所面临的问题。

让我们从一个我们所熟悉的命题出发，这个命题是：世界文学。众所周知，19世纪前期，歌德在与爱克曼谈话中提到这个命题，而马克思恩格斯在《共产党宣言》中也提到这个命题。

歌德关于世界文学的谈话，是由对中国传奇（朱光潜认为，可能指《好逑传》）阅读经验引起的。他否定了当时常见的那种对中国传奇，以及对一切来自中国和整个东方的文学的猎奇心理，表示他对中国文学的欣赏是由于作品中所表达的思想可以理解，可以产生共鸣，而不是由于它奇特、怪异。他特别指出："中国人在思想、行为和情感方面几乎和我们一样，使我们很快就感到他们是我们的同类人。"由此，他得出结论，"诗是人类的共同财产"。他劝人们不要"学究气的昏头昏脑"，他自己就"喜欢环视四周的外国民族情况"。在说完这些话之后，他充满激情地下结论，"民族文学在现代算不了很大的一回事，世界文学的时代已快来临了"①。歌德想要做的事是，了解和欣赏外国的文学，特别是欧洲以外的，那些在那个时代人的感觉中还很遥远的地方的文学。他理解外国文学的原因，不是由于外国人与自己的不同之处，而正是由于外国人与自己的相通之处。这说明，他的基础是普遍人性。当然，这个普遍的人性，与奥林匹克的普遍人性不同。他指的不是人的体力，而是"思想、行为和情感"。人是否有可能具有普遍的情感，从而形成对文学的普遍的标准？这里面有种种复杂的情况，歌德并没有意识到。

马克思与恩格斯的《共产党宣言》是在谈到资产阶级在历史上的进步作用时谈论"世界的文学"的。他们从世界市场，以及生产和消费的世界性的论述转到精神生产上来，指出："各民族的精神产品成了公共的财产。民族的片面性和局限性日益成为不可能，于是由许多种民族的和地方的文学形成了一种世界的文学。"②在马克思、恩格斯笔下，这种"世界的文学"只不过是他们对资产阶级给世界历史所带来的结果所作的客观描述而已，他们并没有将之作为一种对未来社会的理想来描绘。

学术界习惯的做法是，一谈到"世界文学"，就回到歌德和马克思那里去，说这是他们的伟大的预言。与这些做法不同，我更愿意分析这个预言在理论上的含义。

歌德一方面谈"世界文学"，一方面又谈艺术的"模范"。他说："我们不应该认为中国人或塞尔维亚人、卡尔德隆或尼伯龙根就可以作为模范。如果需要模范，我们就要经常回到古希腊人那里去找，他们的作品所描绘的总是美好的人。对其他一切文学我们都应只用历史眼光去看。碰到好的作品，只要它还有可取之处，就把它吸收过来。"③由此可见，他的"世界文学"只是以古代希腊文学为典范的世界文学。在一种文化

---

① 这里关于歌德的话均引自爱克曼辑录的《歌德谈话录》1827 年 1 月 31 日；中译本见朱光潜译，人民文学出版社 1978 年版，第 111—114 页。

② 《马克思恩格斯选集》第一卷，人民出版社 1972 年版，第 255 页。

③ 《歌德谈话录》中译本第 113—114 页，着重号为笔者所加。

之中成长起来，以一种文学为"模范"，从而形成基本的趣味、情感和教养，再以此来看待别国文学，从中发现其中与自己的趣味和情感的相通之处。这种做法意味着存在两个层次的因素，一是"模范"，一是"其他"。被当做"模范"的东西是根本，它总是美好的，它自身就是标准；而被当做"其他"的东西则需要"用历史眼光去看"，它们的美是相对的，需要以一个外在于它们的标准来对它们进行选择。歌德这里讲的"模范"是古希腊文学，他没有设想以其他文学为"模范"的可能性，因为那些对于他来说不是"模范"。然而，其他文学并非不能成为"模范"，而且实际上，许多民族的文学家和文学研究者，都或多或少有以自己的文学为典范，以外国的文学为"其他"的情况。这里，他们的所见所想，所创作的作品，所构建的理论，所形成的价值观，当然就会很不相同。是否存在着以其他文学，例如以古代中国、印度、波斯等为典范，"历史地"看待其他文学，从而构成另一种的世界文学的可能性？这一点歌德并没有提出，也许他认为根本就不可能。一些杰出的欧洲人以一种博大的胸襟来将世界上一切优秀的文学吸纳到他们的视野之中，以为这就是世界文学了。但是，不要忘了，这个世界上还可能有其他具有博大胸襟的人，以世界的另一个地方，另一种文化为立足点，将世界的文学吸纳到他们的视野之中。实际上，如果在歌德时代，对外国文学的阅读和研究，特别是非欧洲的文学的阅读研究是少见的情况的话，那么，在今天，外国文学大概已经成了世界上所有国家的文学教育的基本组成部分和一般人的普遍文学教养的组成部分。这时，"世界文学"的理想是实现了，还是没有实现？回答只能以人们对这个词的定义而定。避开语词的定义带来的种种不确定情况，我们可以确定的是，至少在今天，从非西方国家的文学教育的情况可以得出一个结论，"世界文学"并不是一种单数的名词，而是一个复数的名词。从不同的角度出发，就会有不同的视野，就会形成不同的"世界文学"。这时，作家、作品还是那些，但进入视野、被认为重要的作品就不同，评价的标准也会很不一样。这就像同样的一片风景，从不同的角度看，就得到不同的印象一样。从这个意义上说，"世界文学"从文学上相互阅读，相互评说的意义上讲是实现了，而从文学在全世界范围内的一体化而言，则远没有实现，而且只要文化差异没有被抹平，只要作为文学载体的语言没有统一，就不可能实现。在全世界都用一种语言——"世界语"——之前，就没有一体化的"世界文学"。

马克思与恩格斯关于"世界的文学"论述，也应该作出这样一种区分：资产阶级性质的由于世界市场开拓，由于殖民化过程而形成的由西方为主动，而其他地方为被动而形成的"世界的文学"，与由于非殖民化过程而形成的各文化以自身为主体而对周围文化以至世界文化和文学的了解、学习和借鉴是很不相同的。在《共产党宣言》中，马克思、恩格斯对前者进行了描述，并且肯定它在历史上的进步意义，但绝不等于说，他们要在将来实现这样的"世界的文学"。这种"世界的文学"与资产阶级对"野蛮人"的征服，与西方对东方的征服属于一类的情况。它使世界上的所有角落都卷入文明的进程之中。这时，在这个过程中，殖民者带来"模范"，而那些"野蛮人"所提供的，只能是"其他"。

让我们再次回到人类学的思路上来。19 世纪的人类学致力于建立某种进化论的大框架，并将不同的民族文化安放在总的进化阶梯的不同台阶之上。20 世纪前期的一些民族志作者们致力于民族文化的记录工作，并通过田野工作积累了大量的材料。他们具有一种科学主义的追求，要研究具体生活方式，构造一个又一个自成体系的地方整体。从政治立场上，他们努力将自己描绘成"受到全球西化，特别是殖民主义威胁的文化多样"的拯救者。①从这个意义上讲，如果说这些人具有反殖民主义立

---

① 这里的描述参考了 George E. Marcus and Michael M. J. Fischer, *Anthropology as Cultural Critique*（《作为文化批评的人类学》），Chicago：the University of Chicago Press，1986。中译本王铭铭和蓝达居译，三联书店 1998 年版。这句话引自该书中译本第 46 页。

场的话，那也应将他们仅仅看成是西方思想内的后殖民主义者，这与超越西方中心的人类学立场具有根本的区别。

民族志研究的弊端由一些被称为"倒置的民族志"或"逆向的民族志"的情况暴露出来。民族志的作者假定所研究的民族文化是一种封闭的，自成体系的文化。然而，一种绝对纯粹的，没有受到任何外来影响的民族文化从来就没有存在过。一个原始氏族的生活史，本来就是一个不断与它所接触到的其他氏族交往的历史，而这种情况随着"整个世界不断'收缩'成一个相互依存的世界体系"而变得越来越明显。在人类学界流传着一些荒谬的传说。例如，当一位人类学家要给一个当地人拍照片时，这个人会说，你等一下，我去换一件民族服装来。这是说，这位当地人知道人类学家要什么，于是就按照人类学家的要求提供他所要的东西。类似的情况有美洲印第安人为了回答人类学家的问题而去读阿尔弗雷德·克鲁伯的作品，而非洲乡民读梅耶·福特兹的著作，而印度的托达族人在评述自己的文化时，向西方人重复英国广播公司的表述。①民族志越来越成了被研究者对研究者的"良好的"配合的结果，因而成了研究者自身文化观的折射。对于人类学家来说，这种结果当然是不幸的。被认定为纯粹的对象，其实早就不再纯粹了。只有联系文化具体的历史情况，该文化与周边文化的关系，受现代生活的影响情况等，才能对一种文化有更为准确的了解。马尔库斯和费彻尔在转述沃伦斯坦（Immanuel Wallerstein）的观点后指出："任何一个历史或民族志研究计划，只有把自己放在较大的世界政治经济历史框架中，才能获得自身的意义。"②意识到这一点，避免研究中的封闭性，才是寻找正确答案的途径。

在这种研究中，需要注意的是，研究对象是正在生活着，正在不断地寻找自己的新的生活方式的一个具有主动精神的群体。民族志研究者所发

---

① 关于这几个例子的详细描述，可见《作为文化批评的人类学》，第60—61页。
② 同上书，第118—119页。

现的一些民族的传统和特征，只是文本而已。这些文本作为符号，具有被动的性质。它们起作用的方式，是这些民族和文化中的人对于这些传统和特征的运用。从这个意义上说，一个当地人见到人类学家后回去换衣服，对于他自己来说，本来没有什么荒谬之处，因为这种服装确实已经成了他自身民族的符号。这与他们跳民族舞，唱民族歌时穿民族服装，与他们出席正式的场合时用民族服装来表明他的身份性质上是一样的。从陈永贵到阿拉法特再到卡斯特罗，他们的服装本身并无荒谬之处，那是他们的符号。荒谬的是人类学家的误读，以为这表明一种封闭的，异于西方的特性。正如马尔库斯与费彻尔在叙述了雷蒙·威廉斯（Raymond Williams）的思想后指出的："世界各地的大多数地方文化，都是文化的剥削、抵抗和兼容史的产物。"①一个人受现代生活影响不等于他已经与自身的传统绝缘。相反，一个人保持传统也不等于他与现代生活绝缘。民族的符号已经成为在世界语境中的符号，既从属于民族，也从属于世界。他以多种方式与传统联系。现代社会并不取消这种联系，相反，正是由于现代性的压迫，使他们更加感到寻找自我的身份的必要。

马克思、恩格斯所描述的，体现出资产阶级在历史上的进步作用的"世界的文学"，会带来什么样的前景？在他们的著作中还没有表现出来。他们生活的时代，殖民的历史还没有结束，"民族的片面性和局限性"仍然存在。一百多年过去了。在资本带着强势的力量走向全球的今天，文学和艺术会怎么办？会建立什么样的"世界文学"？我们仍面临着两个选择，一是单数的"世界文学"，一是复数的"世界文学"。马克思、恩格斯讲"国际主义"，讲国际工人阶级的平等的联合，这可以理解为由资本带来的统治与支配力量的反作用力。这是一个很好的词。国际文化间平等的对话，从不同的文化视野中形成的不同的、复数的"世界文学"观念之间的对话和互动，应成为我们寻找不同文化之间文学与

---

① 关于这几个例子的详细描述，可见《作为文化批评的人类学》，第115页。

艺术价值观沟通的正确途径。

四　结语

在这篇文章中，我力图说明：文学艺术的标准要从文化性与国际性这两个方面考虑。

文化性的意思是说，不存在永恒的、绝对的美和艺术标准，也不存在着被解读为历史发展阶段的特性决定的美与艺术的社会性。文化的因素不是一个可以省略的东西。并且，这种文化的特性应从两个方面理解，一是文化不是封闭的，而是一个流动的过程；二是文化中的个人，不仅是文化的载体，也将文化作为符号来解读和加以利用。

在国际性的术语之下，我想对"世界文学"的概念进行解读，说明不管歌德还是马克思、恩格斯，都只说了单数的"世界文学"。但这个概念是可以作复数的解读的。资产阶级上升时期的"世界文学"概念，与今天后殖民时期的"世界文学"概念，应该有根本的区别。这一新的"世界文学"概念，是世界各民族、各文化立足于自己文化立场的对全球文学的各自解读与接受。

（原载于《文学评论》2002 年第 2 期）

全球化视阈中的民族文学与世界文学

——从歌德的总体性文学观谈起

李衍柱

歌德（Johan Wolfgang Goethe，1749—1832），世界文学史上伟大的诗人和剧作家，著名的文艺理论家。与歌德同时代的弗·施莱格尔早在18世纪末就把歌德与但丁、莎士比亚并列，他高度赞扬《浮士德》，认为它将超过莎士比亚的《哈姆雷特》，因为它更富有哲学的意味和形象的真实。称歌德是一个全新的艺术时代的肇始者。① 马克思在《自白》中也明确宣布他最喜爱的诗人是"莎士比亚、埃斯库罗斯、歌德"②。恩格斯从青年时代起，也是一个歌德的崇拜者和赞颂者。直到恩格斯在1888年发表的《路德维希·费尔巴哈和德国古典哲学的终结》中，他仍给予歌德以很高的评价，称歌德和黑格尔在各自的领域中"都是奥林波斯山上的宙斯"③。

歌德既是民族的，又是世界的。他是德意志民族的伟大的儿子，他的作品是德意志民族精神的象征。如同海涅所说："精神到了他的手里，变成物质，他赋予它优美可爱的形式。于是歌德变成我们文坛上最伟大

---

① 参见高中甫《歌德接受史》，社会科学文献出版社1993年版，第36、42页。

② 参见马克思、恩格斯《论艺术》第4卷，中国社会科学出版社1985年版，第357页。

③ 《马克思恩格斯选集》第四卷，人民出版社1995年版，第218—219页。

的艺术家，凡是他写的东西，都变成圆润光洁的艺术品。"① 歌德一生精心创作的《浮士德》，便成了"德国人世俗的圣经"②。

歌德是德国历史上出现的伟大的爱国主义诗人，但他又最少狭隘民族主义观念。在西方文艺史上，他鲜明地反对世界文化的"欧洲中心论"，大力提倡发展民族文学，并且在世界史上第一个从理论上提出了"世界文学"的概念。他的文学观是最早具有全球化视阈的总体性的文学观。歌德提出的关于民族文学与世界文学的理论，直至今天仍然闪烁着真理的光辉。

一　关于民族文学建设的理论

恩格斯说："歌德在德国文学中的出现是由这个历史结构安排好了的。"歌德作为德国民族的伟大作家，非常希望德国能够实现统一，他认为，实现民族统一是建设民族文学的前提条件。他说："德国应统一而彼此友爱，永远应统一以抵御外敌。他应统一，使德国货币的价值在全国都一律，使得我们的旅行箱在全境36邦都能通行无阻，用不着打开检查，而一张魏玛公民的通行证就像外国人的通行证一样，在德国境内邻邦边界上不被官吏认为不适用。德国境内各邦间不应再说什么内地和外地。此外，德国在度量衡、买卖和贸易以及许多其他许多不用提的细节方面也都应统一。"③ 只有统一，才有利于发展个别人物的伟大才能，才有利于为人民大众谋幸福。实现德国统一是发展德国民族文化的重要条件；大力发展民族文化，又是实现德意志民族统一的重要途径。歌德说：

---

① ［德］海涅著，张玉书译：《论浪漫派》，人民文学出版社1979年版，第49页。

② 同上书，第55页。

③ 《歌德谈话录》，人民文学出版社1978年版，第175页。

全球化视阈中的民族文学与世界文学

43

德国假如不是通过一种光辉的民族文化平均地流灌到全国各地，它如何能伟大呢？但是这种民族文化不是从各邦政府所在地出发而且由各邦政府支持和培育的吗？试设想自从几百年以来，我们在德国只有维也纳和柏林两都城，甚或只有一个，我倒想知道，在这种情况下德国文化会像什么样，以及与文化携手并进的普及全国的繁荣富足又会像什么样！①

歌德总结了古希腊以后欧洲各民族文学形成的经验，以历史发展的观点，论述了民族文学的建立问题。他说：

一个经典的民族作家在什么时候和什么地点会产生呢？在这样的情况下：他在自己民族的历史上发现了伟大的事件同它们的后果处在幸运和意义重大的统一之中，他不放过他的同胞的思想中的伟大之处，不放过他们感情中的深沉，不放过他们行为中的坚定不移和始终如一，他自己充满民族精神，并且由于内在的禀赋感到有能力既以过去也对现在产生共鸣；他发现他的民族已有很高的文化，因而他自己受教育并不困难；他搜集了很多资料，眼前有他的前人做过的完善或是不完善的试验，如此众多的外在与内在的情况汇总在一起，使他不必付高昂学费就可以在他风华正茂之年构思安排一部伟大的作品，并能一心一意地完成它。②

在这段论述中，歌德清楚地表明，一定民族文学的建立，一位伟大的民族文学作家的产生，不能离开一定时代的民族生活的土壤。"作家与

---

① 《歌德谈话录》，人民文学出版社 1978 年版，第 176 页。
② ［德］歌德著，范大灿、安书祉、黄燎宇等译：《论文学艺术》，上海人民出版社 2005 年版，第 12 页。

普通人一样不能制造他降生和工作的条件。每个人，包括最伟大的天才在内，在一些方面爱他所处的那个世纪的苦处，正如在另外一些方面会从它那里受益一样。因此一个出类拔萃的民族作家的产生，我们只能向民族要求。"① 在歌德看来，民族的统一是形成民族文学的重要前提，同时民族文学的形成与发展，又不能脱离本民族的优秀文化传统的继承与弘扬。一个优秀的民族作家，只有在汲取自己民族一切伟大的前辈和同辈的有益的东西的基础上，将民族精神与自己的思想感情融为一体，并在行动上、在创作实践中体现出来，他才有可能对民族文学的发展作出新的贡献。歌德曾以自己的体会说明这个问题。他说："如果我能算一算我应归功于一切伟大的前辈和同辈的东西，此外剩下来的东西也就不多了。"② 莱辛、温克尔曼、康德都对歌德发生过影响，席勒、施莱格尔兄弟虽比歌德年轻，但是歌德也从他们身上"获得了说不尽的益处"。

在歌德的时代，也有人认为，诗人需要的只是他自己，而且必须在孤独中才能最确切地听到文艺女神的启示，创造出不朽的作品。歌德说："所有这一切只不过是自我欺骗，要知道，假如诗人和造型艺术家在他们之前，没有千百年来各民族的创作——他们作为最杰出人物的成员献身于这种创作，并且努力使自己无愧于这样一批人物——那么他们将会是什么呢？如果一位艺术家不了解最高尚的公众并且总是在心中记住他们，那么艺术品创作出来有什么用呢？那些赢得声誉的古人，他们之所以能达到艺术之巅峰，不正是因为全民族都参加了他们的奋斗吗？不正是因为他们有机会仿效同行并同他们一起创作吗？不正是因为可贵的竞争心需要每一个人用最大的努力去完成我们力所能及的事业吗？"③ 歌德认

① ［德］歌德著，范大灿、安书祉、黄燎宇等译：《论文学艺术》，上海人民出版社 2005 年版，第 12 页。

② ［德］爱克曼辑录，朱光潜译：《歌德谈话录》，人民文学出版社 1978 年版，第 88 页。

③ ［德］汉斯—尤尔根·格尔茨著，伊德、赵其昌、任立译：《歌德传》，商务印书馆 1982 年版，第 91 页。

为，对于作家、艺术家来说，需要的不是闭门不出的孤独，而是作家与人民群众之间的相互交往，作家之间的相互交往。在无拘无束的、开诚布公的相互交往中，可以得到最大的启示和满足。"一个暗示，一句话，一个忠告，一阵掌声，一个异议往往能在适当的时候在我们心中开启一个时代。"① 歌德在自己的创作历程中，不断从人民生活中吸取了丰富的养料，从民族的文学传统中吸取力量。他在临终前几个星期，曾对自己一生的创作下了这样一个评语："老实说，如果我具有看见和听清周围世界的一切、然后再传达给别人的天才和爱好的话，那么我的作品不仅归功于自己，还要归功于成千上万的现象和人们。他（它）们给了我以创作的素材。在他们当中，有头脑清醒的人和糊涂人，有聪明人和蠢人，有孩子、青年和德高望重的老人。他们把自己的智慧告诉我，而我只不过是汲取这些智慧和收割他人播种的庄稼而已……我的创作是用歌德这个姓氏的集体创造物。"② 歌德的这个体会，深刻地说明了作家、艺术家同民族生活的关系，同人民群众的关系，它对于我们今天的作家成长，也是有教益的。

歌德在阐述民族文学的建设时，一再告诫作家、艺术家，一定要认识自己民族的特点，并在作品中显示出民族的特点；文艺作品越具有民族特点，越有利于各民族文学的相互交往，越有普遍的价值。他说："人们必然认识每一民族的特点，这样才能使它保持这些特点并且通过这些特点同它交往……一个真正的、全面的、宽容的肯定能以做到，如果人们使每一个别的人和民族的特点能够自己保存下来，因为他们确信，真正有价值的东西会因此而显露出来，而它是属于全人类的。"③

---

① ［德］汉斯—尤尔根·格尔茨著，伊德、赵其昌、任立译：《歌德传》，商务印书馆1982年版，第91页。

② ［德］艾米尔·路德维希著，甘木等译：《歌德传》，天津人民出版社1982年版，第623页。

③ ［德］汉斯—尤尔根·格尔茨著，伊德、赵其昌、任立译：《歌德传》，商务印书馆1982年版，第182页。

在进行民族文学建设的过程中，绝不应拒绝吸取外来民族的优秀文学传统，但吸取外来民族的东西，必须与本民族的文学实际结合，并化成本民族的东西。歌德说：

> 真正具有绝对独创性的民族是极为稀少的，尤其是现代民族，更是绝无仅有。如果想到这一点，那么，德国人根据自己的情况从外部吸收营养，特别是吸收外国人的诗的意蕴和形式，就用不着感到羞耻。
>
> 不过，外来的财富必须变成我们自己的财产。要用纯粹是自己的东西，来吸收已经被掌握的东西，也就是说，要通过翻译或内心加工使之成为我们的东西。①

歌德提倡民族文学是与他的爱国主义思想分不开的。他说："我希望找到一种爱国主义精神，每个王国、每个地区、每个行省，甚至每个城市都有权拥有这样精神。如果一个人能不受环境支配，并进而能支配和征服环境，那我们就赞扬他的这种性格。同样，如果一个民族、一个民族的分支能有这样一种性格，我们也向它们表示敬意，这种性格是由一名艺术家或其他方面的杰出人物体现出来的。"② 歌德本人，正是这样一位充分体现德意志民族精神的杰出作家，在他的作品中爱国主义精神与民族精神达到了完美的统一。

二 关于"世界文学"的理论主张

随着科技的进步和人类文明的发展，歌德对世界历史各民族的相

---

① ［德］歌德著，范大灿、安书祉、黄燎宇等译：《论文学艺术》，上海人民出版社 2005 年版，第 180 页。

② 同上书，第 214 页。

互关系了解和认识，也日益宽广和深入，他的文学观念也在相应的发生变化。歌德不仅熟悉和精通本民族的文学，而且通晓拉丁、希腊、英国和法国的主要文学作品，他力图系统地了解世界各民族文学的全貌。他通过研究伊斯兰教诗人的诗集，进入了近东世界。自1820年开始，他又试图了解印度文学和中国文学。① 在这个历史过程中，歌德以艺术家的敏感，清楚地觉察到一个世界性的文化艺术交流的新时代已经开始了，他确信带有普遍性的世界文学将要形成，而德国民族文学并将在其中占有一个荣誉的地位。1827年1月31日，他在同爱克曼谈话时，首次明确提出了"世界文学"快要来临的问题，并且以欣喜的心情希望所有的作家、艺术家都应该以自己的实际促使它的早日到来。他说：

> 诗是人类的共同财富……我们德国人如果不跳开周围环境的小圈子朝外面看一看，我们就会陷入上面说的那种学究气的昏头昏脑，所以我喜欢环视四周的外国民族情况，我也劝每个人都这么办。民族文学在现代算不了很大的一回事，世界文学的时代已快来临了。现在每个人都应该出力促使它早日来临。不过我们一方面这样重视外国文学，另一方面也不应拘守某一种特殊的文学，奉它为模范。……对其他一切文学我们都应只用历史眼光去看。碰到好的作品，只要它还有可取之处，就把它吸收过来。②

从1827年到1830年间，歌德多次谈到"世界文学"的形成与发展问题。他还在国外的报刊上介绍和阐释自己的见解。他说："我在法国报

---

① 参见彼得·伯尔纳著，关惠文等译：《歌德》，人民文学出版社1986年版，第118页。

② ［德］爱克曼辑录，朱光潜译：《歌德谈话录》，人民文学出版社1978年版，第113—114页。

刊上介绍的那些情况，其目的绝不仅仅是回忆我的过去，回忆我的工作。我已怀着一个更高的目的，现在我想谈的就是这个目的。人们处处都可以听到和读到，人类在阔步前进，世界关系以及人的关系前景更为广阔。不管总体上这具有什么样的特性，而且研究和进一步界定这一整体也不是我的职务，但我仍然愿意从我这方面提醒我的朋友们注意，一种世界文学正在形成，我们德国人在其中可以扮演光荣的角色。"①

歌德为什么说"世界文学正在形成"？综合他的观点我认为其主要理由有三：

首先，歌德看到，由于科学技术的进步，"世界关系及人的关系前景更为广阔"，世界各民族的科学与艺术、各民族文学之间的合作、交流，不仅仅必要，而且逐渐成为现实。他说："这里特别提到那些竭力想在艺术和科学的领域中大展宏图的朋友们之间的思想交流，是理所当然的，虽然日常的生活也应当重视。不过，对科学和艺术来说，不仅这种更为紧密的合作十分重要，而且就是同读者或观众的关系也同样重要，因为它成为一种需要。人们想到的和做到的一旦具有了普遍性，它就属于世界，而且世界从个人的成就中获得有利于自己的东西，也使世界本身趋于成熟。"② 随着歌德视野的扩大，使他亲自体会到，在审美范畴方面，本民族德国是"最虚弱的"，"看到现今英法德之间的文化交流如此密切是令人欣喜的，我们能够相互更正。这是世界文化最伟大的效用，它将日益显现出来"③。在文学艺术领域，民族文学走向世界文学，已成为文学艺术发展的必然趋势。歌德所说的"世界文学"，正是指这种顺应历史潮流，"充满朝气并努力奋进的文学家彼此间十分了解，并且由于爱好

---

① ［德］歌德著，范大灿、安书社、黄燎宇等译：《论文学艺术》，上海人民出版社 2005 年版，第 378 页。

② 同上书，第 48 页。

③ ［德］爱克曼辑录，吴象婴、潘岳、肖云译：《歌德谈话录》（全译本），上海社会科学出版社 2001 年版，第 302 页。

和集体感而觉得自己的活动应具有社会性质"①。

其次，歌德的思想是开放的，认为整个世界是一个统一体，特别随着他对东方世界及其文学艺术的了解，随着他对希伯来人、阿拉伯人、波斯人、中国人和古希腊人及其诗歌和文化的了解，使他突破了传统的"欧洲中心论"，逐渐形成和提出了总体性的"世界文学"的理念。在《西东诗集》，他以诗的语言宣布：

> 东方诗人比我们西方诗人
> 更为伟大，这一点你得承认！
> 但要说敌视跟我们同等的人，
> 这方面我们却完全超过他们。②

在《希吉勒》一诗中，他称东方为"纯洁、正义之地"，可以"欣赏青春的境地"；"使你返老还童"③。由此，他进一步表达出了东西方融为一体，相互交流、学习，共同推进世界文学的发展的思想。他写道：

> 了解自己和别人的人，
> 也会在这里认识到：
> 东方和西方
> 不再相互分开。
>
> 我承认，我深思地
> 摇摆在两个世界之间；

---

① ［德］歌德著，范大灿、安书祉、黄燎宇等译：《论文学艺术》，上海人民出版社 2005 年版，第 379 页。

② 参见冯至等译《歌德文集》第 8 卷，人民文学出版社 1999 年版，第 272 页。

③ 参见钱春绮译《歌德名诗精选》，人民文学出版社 1997 年版，第 353—354 页。

因此在东方和西方之间

就向最好的方面转移。①

　　最后，歌德提倡"世界文学"，一个重要的理论支点是："诗是人类的共同财富。"他认为民族性与人类性（即人性）虽有区别，但从根本上说又是统一的。在歌德看来，人类出现在地球上，虽然有不同的种族和民族，但作为人，它就有其相似性、共同性和普遍性。他说："人的普遍的东西在所有的民族中都存在，但如若是以陌生的外表，在远方的天空出现，这就表现不出本来的利益；每个民族最特殊的东西只会使人诧异，就像我们还不能用一个概念加以概括的，我们还没有学会把握的一切别具有特色的东西一样，它显得奇特，甚至常常令人反感。因此，必须从总体上看待民族的诗，因为只有这样才能看到和判断出，是丰富还是贫乏，是狭窄还是宽广，是根底深厚还是平庸肤浅。"② 人的生理结构的相同性，不同民族的诗人在生活、爱情和情感上的相似性，在文学艺术中"真正值得赞扬的东西，所以不同凡响，乃是因为它属于全人类"③。莎士比亚的诗作，之所以能够引起世界各族人民的共鸣，这是因为在莎士比亚的作品中，生动地揭示出了人性的丰富和多样。在他的作品中，世界变得完全透明，"我们突然发现，我们对美德与陋习，伟大与渺小，高贵与卑贱都非常熟悉，而且这一切，甚至还不止这一切，却是用最简单的方式实现的"④。更为高明的是，"莎士比亚完全是对着我们的内在感官说话，通过内在感官想象力所编织的图像世界立即有了生命，像活的一样，于是就产生了一种完整的效应，对于这种效

---

　　① ［德］汉斯—尤尔根·格尔茨著，伊德、赵其昌、任立译：《歌德传》，商务印书馆1982年版，第165页。

　　② ［德］歌德著，范大灿、安书祉、黄燎宇等译：《论文学艺术》，上海人民出版社2005年版，第336页。

　　③ 同上书，第367页。

　　④ 同上书，第217页。

应我们不知道如何解释"①。莎士比亚属于全世界，他又是英国民族的。"他很了解人的灵魂行为，在这一方面所有的人都没有区别。有人说，他对罗马人的描写好极了，我们以为不然，那是彻头彻尾的英国人。"②

"世界文学"的发展，与各民族文学的相互交往，对话，相互切磋、讨论、争鸣是分不开的。歌德认为："科学如同一切具有纯真基础的事物一样，与其说通过一致，不如说通过争论反而常常获得更多的收益。但是争论同样是一种交往，而不是孤独，于是我们在这里甚至通过矛盾而被引上一条正确的道路。"③ 歌德特别感谢书籍印刷和印刷自由给各民族文学交流带来的方便和不可估量的利益，通过交流对话，相互学习吸取，大大促进了各民族文学的发展，进而为正在形成的"世界文学"增添了具有不同民族特色的艺术珍品。通过交流、对话，相互学习吸取，大大促进了各民族文学的发展，进而为正在形成的"世界文学"增添了具有不同民族特色的艺术珍品。

歌德关于民族文学与世界文学的理论主张，虽然已过去近两个世纪，但随着时间的推移和资本主义市场经济的发展，特别是在当今数字化生存的信息时代，更显示出歌德提出的理论所包含的科学预见性与真理性。歌德的思想是开放的，他是从世界一体化的视阈提出问题的。他关于民族文学建设的前提条件、关于弘扬民族精神、保持民族文学的特点和培养民族优秀作家的论述；关于"世界文学"时代的到来以及世界总体文学之中各个民族文学之间相互学习、相互对话交流、相互吸取、借鉴的论述，不仅属于歌德所处的那个时代，而且属于未来。它对于我们正在

---

① ［德］歌德著，范大灿、安书祉、黄燎宇等译：《论文学艺术》，上海人民出版社 2005 年版，第 218 页。

② 同上书，第 220—221 页。

③ ［德］汉斯—尤尔根·格尔茨著，伊德、赵其昌、任立译：《歌德传》，商务印书馆 1982 年版，第 91 页。

建设有中国特色的社会主义和谐文化和文学艺术，显然有着重要的理论价值和现实的启迪意义。

（原载《江西社会科学》2007 年第 2 期）

文化全球化和马克思的"世界文学"

姚鹤鸣

一

全球化的浪潮从经济领域开始在世界全方位地展开。经济全球化是指世界各国在全球范围内的经济融合。它是世界生产力发展的结果，其推动力是追求利润、取得竞争优势和谋求经济的发展。尤其是近20年以来，随着国际直接投资与贸易环境出现新变化，经济全球化的趋势大大加强。而文化领域的全球化恰恰是各个民族在经济、政治领域的全球合作和势力扩展的必然结果。如果我们都坚持国际间的经贸与技术合作只能深化不能停止，那么文化领域内的全球化，从本质上说，是不可避免的。

早在一百多年前，马克思、恩格斯有关这一议题就有过深刻的论述："资产阶级，由于开拓了世界市场，使一切国家的生产和消费都成为世界性的了。不管反动派怎样惋惜，资产阶级还是挖掉了工业脚下的民族基础……过去那种地方的和民族的自给自足和闭关自守状态，被各民族的各方面的互相往来和各方面的互相依赖所代替了。物质的生产是如此，精神的生产也是如此。各民族的精神产品成了公共的财产。民族的片面性和局限性日益成为不可能，于是由许多种民族的和地方的文学形成了一种世界的文学。"① 这里的"世界文学",该著作中文版"页下注"特别注明:"这句话中的'文学'(Literatur)一词是指科学、艺术、哲学等等方面的书面著作。"所以差不多和我们现在通常讲的狭义文化概念内涵一致。从这一点看来,马克思的"世界文学"概念很有文化的全球化意味。他的论述表明,文化的全球化从资产阶级开拓世界市场就已经开始,至今已有相当长的历史了。

中国的情况比较特殊,文化全球化的社会现实在中国本土到20世纪90年代才比较明确地显露出来。关于文化,有广狭两义之分。把它看做是物质文化和精神文化的共体是一种比较宽泛的解释,还有一种狭义的解释,可以把文化视为一种具有规范性、整体性、历史发展的价值观念、行为系统,这与广义的文化概念并不矛盾。无论是广义还是狭义的文化理解,中国文化融入世界,世界各国文化进入中国,已成趋势,并日益广泛和深入。学术界的人士对之也趋向共识。人们的衣食住行,无不见之于这种趋同之势,中国人享受着西方物质文明所带来的种种好处,精神生活上,我们也享受着西方文化千余年来的结晶,古希腊的文明、古罗马的辉煌、文艺复兴时期的繁荣,直至现代的美国大片、欧洲浪漫情怀,通过现代传播渠道深刻地影响着国人的感觉器官和思维头脑,让我们开阔了视野,甚至调整了我们习惯已久的思维方式。反过来,世界也正在从越来越多的交往中熟悉中国,熟悉中国文化。虽然这种逆向的影响远小于顺向的影响,但互相影响总是避免不了的。

既然文化的交流和互相影响给中国,也给世界带来那么多的实惠和好处,但为什么学术界人士会为此感到不安和忧虑?例如中国的学者肖鹰认为:全球化在技术—经济层面以无限发展为目标,趋向于整体化;在文化—精神层面,其根本意义是消解地域内涵和本土属性。这就必然

---

footnote
① 《马克思恩格斯选集》第一卷,人民出版社1972年版,第254—255页。

造成弱势民族在面对强势文化冲击时产生的自我认同的危机。① 孟繁华则着重讨论了全球化语境中的霸权问题。全球化的虚假景象下其实是文化帝国主义和后殖民主义的阴影。我们从此纳入了另外一种价值观，于是认同与身份的问题成为我们挥之不去的焦虑。② 更加尖锐精彩的文章还是戴锦华的《文学备忘录：质疑"全球化"》，③ 她直接将人们对于全球化的沾沾自喜视为对文化的误读，这个名词原本指的就是世界经济政治的一极化格局和跨国公司的全球垄断，其造就的文化现象只有整齐划一和单调乏味的世界图景，而那些对于在全球化语境下中华文化得以与世界文化相融合共发展的种种期待无非是一个乌托邦的幻想，一个空前巨大的谎言。

原因乃在于在全球化的背后实质是"西方化"。因为西方文化的无孔不入让世界其他各国人民所感受到的，已经不再是精神生活的丰富多彩，而是对本民族文化的压制，对本土文化资源的侵略。这就是文化霸权主义的问题了。话语即权力，我们生活在所谓的全球化话语之下，实质上却是在西方，尤其是美国文化强势的控制之中。经济生活日渐发达，本土文化领土却日益缩小。人们担心的就是本土文化会就此变异，甚至消亡，逐渐丧失本来具有的民族特质。就比如孟繁华的那篇文章所指出，全球化的语境中，权力/支配的关系已不只是在理论、态度和立场上的争执，它已经成为一种现实的实践影响着人们的生活。

对此，马克思、恩格斯也早就有所论述，他们在论述物质生产、精神生产的世界市场化包括"世界文学"产生的必然性后紧接着这样说："资产阶级使乡村屈服于城市的统治。它创立了巨大的城市，使城市人口比乡村人口大大增加起来，因而使很大一部分居民脱离了乡村生活的愚

① 肖鹰：《九十年代文学：全球化与自我认同》，《文学评论》2000年第2期。
② 孟繁华：《全球化语境中的文化霸权》，《钟山》2000年第2期。
③ 载《山花》2000年第3期。

昧状态。正像它使乡村从属于城市一样，它使未开化和半开化的国家从属于文明的国家，使农民的民族从属于资产阶级的民族，使东方从属于西方。"①

"使东方从属于西方"，在21世纪的今天，世界的格局基本上就是如此，文化全球化的本质也基本上就是如此。中国学者的忧虑也就在这里。尽管面对着巨大的生存压力和同样巨大的生存机遇，不同的人自可有不同的看法，譬如同样面对文化的全球化，余秋雨就认为，全球化给中国文明带来的结果利大于弊，因为中华文明好多价值系统构成的时间太长，空间太受局限，而全球化可以有效突破这方面的缺点，此外，越是全球化的东西，越会保存得好，因为我们有了国际的坐标，那是符合人类进程的坐标。② 但隐藏在不同看法背后的，实质上明确地发出了两个相同的信号，一是都深刻地体会到文化的全球化趋势已是一个不争的事实，谁也无法回避；二是在内心深处都期盼着中华民族文化能够重振雄风，而不被淘汰出局。拳拳的民族之心可见一斑。

那么，为什么文化的全球化并不是完全平等和合理的全球化，其实质是西方化，具有"文化侵略"的性质？马克思主义的历史唯物论可以说很好地回答这个问题。"资产阶级日甚一日地消灭生产资料、财产和人口的分散状态。它使人口密集起来，使生产资料集中起来，使财产聚集在少数人的手里。由此必然产生的后果就是政治的集中。各自独立的、几乎只有同盟关系的、各有不同利益、不同法律、不同政府、不同关税的各个地区，现在已经结合为一个拥有统一的政府、统一的法律、统一的民族阶级利益和统一的关税的国家了。"③ 这里的"统一"（中译本为黑体字）显然不是严格意义上的统一，而是指资产阶级按照自己的经济

① 《马克思恩格斯选集》第一卷，人民出版社1972年版，第254—255页。
② 余秋雨、王尧：《文化苦旅：从书斋到遗址》，《当代作家评论》2000年第5期。
③ 《马克思恩格斯选集》第一卷，人民出版社1972年版，第255—256页。

利益而制定出的各个资本主义国家相似的经济体制、政治体制、意识形态等一整套的游戏规则。这就是说，包括文化在内的一整套游戏规则，是资本经济运作的结果，是资本主义经济全球化指导下的必然产物。肯特基文化的背后是肯特基资本经济在运作，迪士尼文化的背后是迪士尼资本经济在运作，好莱坞电影文化的背后是美国好莱坞资本运作的结果。它们的"全球化"，不仅让背后的资产阶级获得了利润，也让他们的价值观念由此推向了全世界。由此可见，所谓的全球化，包括经济的全球化和文化的全球化，从本质上说，是西方资产阶级打遍天下的结果，是西方资产阶级的胜利，因此，就必然使得这种"全球化"具有"侵略"的性质。虽然从客观上看，从某种意义上看，这种"全球化"对于东方国家、对于发展中国家有有利的一方面，但毫无疑问有害的一方面不能轻视。

二

虽然上述的情况是一种客观的存在，文化的全球化有着"文化侵略"的性质，有着无可避免的害处，但是我觉得完全没有必要为此感到过分忧虑，更不必恐惧。

首先，文化的全球化是一个长期的过程，它相比之于科技和经济的全球化要缓慢和久远得多。文化是漫长历史的积淀，它绝不是在一代人的生命历程中就能完全改变和看到的。一个民族要在文化领域内发生深刻的变化，所耗费的时间比在物质基础与上层建筑层面内和他国的相互影响和学习——譬如引进技术、改革体制，建立法律，等等——要漫长得多，这样的时间哪怕是再剧烈的革命也无法缩短。相互影响还是相互毁灭，原不是在几十年时间里就可以看出来的。我们不必看整体的文化现象，就是某一种文化现象从他民族传播到本民族并能为之吸收，并能影响一个民族的生活，也需花费相当长的时间。文艺复兴运动从意大利兴起后波及全欧洲，历时3个世纪之久；印度佛教传入中国后经变革成为中国式的禅宗佛学，花去了800—1000年的时间。当然，现代人的生活节奏要比古代人快得多，现代的传播工具也为文化的快速传播和吸纳提供了有力的帮助，但是，各民族文化的交融仍然不能和科技、经济的交流影响相提并论。就在文化全球化的长期过程中，各个国家、各个民族的经济、政治、科技的发展将会经历意想不到的变化，主流的文化也必将随之而发生转换。昨天欧洲文化是主流文化，今天美国文化的强势令欧洲也感到不安和愤慨，明天呢？谁能够保证美国文化一直雄霸天下？所以，重要的是各个国家和民族如何从现在做起，振兴经济，振兴政治，振兴科技，乃至于振兴文化。

其次，我们可以发现，随着经济全球化的趋势越来越加快，随着美国文化对其他弱势民族文化的强侵入，文化领域里的本土化呼声也随之日益高涨，这可以看做是对前者一个强烈的回应。对此，我们可以借用塞缪尔·亨廷顿的"文明的冲突"的思想来理解这一现象。他认为，随着冷战的结束，各个国家都在寻找新的思考世界政治的框架，而以前未受注意的文化因素于是走到了前台。"文明的冲突"这一模式强调文化在塑造全球政治中的主要作用。在全世界，人们正在根据文化来重新界定自己的认同。我们甚至可以这样理解：正是全球化催生或者说进一步加强了各民族自身的本土意识。这种类似共生的关系也许可以给我们提供一个新的思考角度，同时也带来莫大的希望。《老子》中有一段名言："故欲翕之，必先张之。"汤因比也说，文明的前进在于它受到了挑战。当各个民族都意识到保护和发展本土文化的重要时，也许真正的全球文化共同繁荣便会初见端倪。

再次，在文化的全球化渐变中，各个民族的文化，哪怕是处于弱势地位的民族文化，都不会是被动地接受他民族文化的。在各民族文化的交流和传播过程中，"文化维模原理"起着非常重要的作用。关于这一点，我想着重谈一谈。

世界各民族文化的交流和传播表面上看好像呈散乱无序状态，但实质上有一定的规律可以寻找。首先，各民族文化的传播交流不是对等的，往往只有处于先进地位的文化，才可能对其他民族的文化发生积极的、重大的影响。达尔文以他科学的头脑曾经发现了生物进化的规律：优胜劣汰，适者生存。在文化的竞争中，也存在着优势征服劣势的特点。所谓优势，就是指先进的、文明程度较高的文化形态；劣势，则表现为愚昧落后的文化形态。这一种文化传播交流上的特点，传播学上叫做"优势扩散原理"。在世界各民族中，越是先进的、发达的、文明程度较高的文化形态，越容易得到传播和扩散。优势的文化形态正是通过这一传播规律，传到世界各民族，促进了整个人类社会的向前发展。例如从鸦片战争到五四运动，我国的仁人志士不断地从西方吸取救国救民的思想文化，而不是倒过来西方从中国吸取思想文化，就是由这一文化上的优势扩散规律决定的。当前，美国文化以其强有力的势态波及世界各民族，也是遵循着这一"优势扩散原理"。当然优势和劣势的文化形态不是绝对的，它随着时代的变迁会有所转化。比如中国唐代，文化的整合与文明程度达到了空前的高潮，其影响通过传播几乎波及整个亚洲，但是随着岁月的流逝，特别是与西方工业革命带来的社会变革相比，中国的文化形态开始由优势转为劣势，逐步陷入困境，这对于我们中华民族来讲，无疑是一个深刻的教训。

但是，优势文化对处于弱势文化地位的民族和地域的扩散并不可能长驱直入，它必然受到受体民族文化的顽强阻抗。这在传播学上又叫做"文化维模原理"，认为在文化传播中，维模功能使文化圈对外来文化起到一种选择作用和自我保护作用。当外来文化有利于原有的文化模式的维护时，便容易被接受，而如果外来文化对原有的文化模式具有危害或破坏性时，维模功能便起到一种"守门人"的作用，竭力阻止外来文化的侵入。也就是说，文化的优势扩散并不能够强行让其他的民族接受优势文化形态。优势的文化形态要能够在一个民族中得到扩散并为这个民族所接受，必须要适应该民族的文化圈的特殊情形。而一个民族吸收其他民族的文化形态，也总是以本民族的文化形态为根本，将外来文化民族化，使之成为自身文化形态的一部分。传播学上的另一原理——"适应原理"说的就是这个道理。当一种文化传播到另一个文化圈中时，就好像一棵树要移植他地，必须先适应那里的土壤，没有这种适应，传播就不能正常进行，甚至有可能半途夭折。"适应原理"实际上和前面所讲的"维模原理"是一个事物的两个方面。"维模原理"是从文化传播的接受者角度说文化保护对传播的影响，"适应原理"则从文化传播的主体的角度面对文化保护所涉及的传播问题。

从这两个原理中，我们可以增强对各民族文化传播的认识，也可以回应前面我们谈到的如何看待在全球化文化的渐进过程中民族文化的自律问题。

就我个人的认识而言，对于西方文化，尤其是美国文化以强势扩散到我们国家和民族区域内部，我们既用不着过分的忧虑和恐惧，也不能坐视不管，任其自然。我们中华民族有着悠久的文化传统。任何传统，总是利弊双得。它的利，在于使得一个民族成为一个整体而独立于世界民族之林，使得一个民族文化绵延长久而滋润一代又一代的子孙；它的弊，则在于使得一个民族的文化容易形成封闭圈，它所形成的传统外壳很难突破，非得有一个强大的外力才能促使它变革。中国的传统文化在百年前很大程度上就已经进入了这样的封闭圈。中国是一个很值得骄傲的文明古国，然而正是这悠久的古文明给中华民族套上了无数的束缚手脚的枷锁，并且越悠久，它因袭的传统负荷越重。中国从很早时候起，就一直处在闭塞的、难于交通的地理环境里，加上长期的自给自足的自然经济方式和大一统的政治局面，形成了中华民族文化结构上的许多弱点：好静怕动，求稳怕乱，以及建立在小农经济生产方式和大一统政治基础上的血亲意识和群体意识。这一些文化心理特征几千年来不知扼杀了多少人的创造能力。如果不认清这一点，如果不解除这些精神文化的枷锁，中华民族就无以再在世界上有立足之地。百余年来，经过鸦片战争，到五四运动，再到新时期的改革开放，仁人志士们正是借助于外力来打破传统文化的外壳，从而使得我们有今天的巨大社会变化。我们必须看到这一点，必须从历史的发展过程中看到中国在和外民族文化交流影响所发生的这一变化现实。在此，我倒更多地赞同在全球化文化渐进中所持的那种比较乐观的态度。

再从另一方面来说，文化的全球化趋势，也并不是现在勃然而起的，只不过现在更明显、速度更快一点而已。各民族文化的交流自资本主义开拓了世界市场那时起，就已经是一个客观存在的现象了。但是，还没有听说有哪一个民族文化已经消融于理想化的所谓"全球文化"之中。欧美各国家和民族之间的文化交往比世界任何地方都要来得早，甚至有许多还存在着血缘的关系，但是，各国家、各民族之间无论物质文化还是精神文化，还都保持着自己国家和民族的特征。日本，这个被欧美国家的人称之为"东方的小偷"的民族，从古时候起，它就不断地吸收着其他民族的文化精神，在古代，他们学习中国；在明治维新前后，他们学习欧洲；第二次世界大战以后，又强烈地受到美国文化的渗透甚至控制，但是，日本还是日本，日本文化还是日本文化。这些都是文化传播上"维模原理"和"适应原理"使然的结果。

当然，这并不等于说，一个民族在文化的全球化趋势中可以"无为而治"。日本是一个极其开放的民族，他们善于吸收世界上任何民族一切有用的东西；但日本又是一个极会自律的民族，他们尊重自己民族中一切自认为优良的文化传统，并始终视之为民族的骄傲。我们中华民族，自古也并不缺少像日本那样的民族精神。汉唐时代人们的文化心态，就是一种意识相当开放的历史形态，对此，鲁迅曾做过这样的描述："遥想汉人多少宏放，新来的动植物，即毫不拘忌，来充装饰的花纹"；"汉唐虽然也有边患，但魄力究竟雄大，人民具有不至于为异族奴隶的自信心，或者竟毫无想到，凡取用外来事物的时候，就如将彼俘来一样，自由驱使，绝不介怀"①。我们应该继承和发扬我们祖先的这种宏放的文化精神，任何感情上的文化"民粹主义"倾向必须清除。如果我在这里再说得具体一点的话，那就是，在目前美国文化"大举入侵"的形势面前，我们不应该有意无意地过分强调传统的民族文化，以至于以传统的民族文化来和美国文化相抗衡。美国文化中确实有许多有害的东西，但也确实有许多先进的东西，我们应该要善于学习和借鉴它，把它的先进成分融入我们的民族文化之中，整合和发展我们的民族新文化。在这一方面，作为人文工作者是有许多事情可做的。

（原载《广西师范大学学报》哲学社会科学版 2007 年第 2 期）

文化全球化和马克思的「世界文学」

---

① 鲁迅：《看镜有感》，见《坟》，人民文学出版社 1972 年版，第 162 页。

"世界文学"与全球化文学界说

高小康

一 一元论文化观念中的世界文学

自 20 世纪 90 年代以来，"全球化"成为一个热门的文化话题，也成为文学研究者们所关心的话题。人们关心的是，在中国的经济、政治乃至整个文化的发展都面临着"全球化"问题时，文学研究应当怎样应对这一文化形势？与经济、政治等方面不同的是，有关文学的"全球化"似乎所涉及的实际利害问题较少，因而人们有可能从更通达的角度去理解这个问题，也就是将文学的"全球化"问题更多地从全球性的文学交流等积极方面去认识，但也因此可能产生对这个问题的种种误解。一种最容易产生的误解就是将文学的"全球化"与文学的世界性或"世界文学"这一概念联系甚至混同起来。

当今人们所说的"世界文学"的说法主要出自歌德。在谈论全球化语境中的文学问题时，人们很容易联想到歌德在近 200 年前提出的"世界文学"这一观念。有时人们会当真认为"全球化"就意味着文学会成为"世界文学"，歌德的文学理想快要实现了。然而，歌德心目中的"世界文学"与我们现在谈论的"全球化"语境中各民族的文学关系毕竟不是一回事。

人们常常引用的歌德关于"世界文学"的观点出自他与爱克曼的谈

话。歌德是在与爱克曼讨论一本中国的传奇小说时引出这个话题的：

> （中国传奇）并不是像人们所猜想的那样奇怪。中国人在思想、行为和情感方面几乎和我们一样，使我们很快就感到他们是我们的同类人，只是在他们那里一切都比我们这里更明朗，更纯洁，也更合乎道德。
>
> ……我愈来愈深信，诗是人类的共同财产……民族文学在现代算不了很大的一回事，世界文学的时代已快来临了。现在每个人都应该出力促使它早日来临。①

他在读了中国的传奇后得出不同文化可以相互理解的结论。这个结论本身似乎没有什么问题。但应当注意的是，歌德所理解的中国"一切都比我们这里更明朗，更纯洁，也更合乎道德"，这个见解靠得住吗？他读的中国传奇据说可能是《好逑传》之类的才子佳人小说，而这一类小说，即使在我们看来也是过于"纯洁"、过于"道德"的矫饰之作。在此基础上得出的不同文化的相互理解和共同性当然难免是一相情愿的主观意见。同时，歌德在承认各民族文化的共同性的同时，还提出了一个超越于各民族文化的更高的"模范"标准或价值尺度，这就是古希腊文化："如果需要模范，我们就要经常回到古希腊人那里去找。"②

由此可知，歌德的"世界文学"观念基于这样的文化观念：各民族文化和文学本质上是同类的，是可以在一个标准或模范的引导下共同发展的。这是一种一元论的文化观念。

---

① ［德］爱克曼辑录，朱光潜译：《歌德谈话录》，人民文学出版社1978年版，第112—113页。

② 同上书，第114页。

在前资本主义时代，世界各个文化区域不同的文化轴心形成了不同的文化传统，相互之间的关系是隔膜的。对于任何一个文化轴心而言，其他的文化形态可能是陌生、奇异的，但也是平行独立地各自存在和发展着的。文艺复兴以后，西方文化的殖民扩张出现的新特点是由资本主义商业的活力和科学技术的运用带来的相对于其他文明的优势。在殖民主义的冒险家看来，西方文明相对于被殖民的文明具有无可置疑的先进性和优越性；而许多殖民地也被迫承认和接受了这种优劣之差的观念和后果，不仅从实际的物质意义上被殖民统治，而且从整个文明形态上也被吸纳到西方文明的体系中，因此而逐渐形成了西方中心的文化辐射圈，破坏着原来的平行文化轴心格局。

一元论的文化观念就来自文艺复兴以后殖民主义发展过程中形成的文化优势和建立在这种文化基础上的一种理性主义文化观念。由于西方文明相对于其他文明的优势，同时由于在殖民过程中证明了西方文明所体现的文化观念可以被其他文化所接受，因而形成了这样一种观念：全世界的文化可以服从于一种发展逻辑并在一个中心、一种典范的引导下发展和走向统一。从黑格尔的历史逻辑到进化论的世界观都体现着这样的历史发展观念，科学技术的进步、物质生产能力的高低成为衡量任何一种文化发展的统一标准，即先进与落后的标准。优势文化本身就意味着历史的合理性，因而劣势文化便不得不服从优势文化，并使自身也转化为与优势文化同一的文化。这就是影响了中国精英文化近一个世纪的科学主义与理性主义的西方中心观念，这是一种由西方文化单向度地向外辐射和吸纳而形成的同心圆式的一元论文化模式。

歌德在谈论中国文化时也持这样的理性主义态度，即一方面相信不同文化具有共同的性质，这是他心目中各民族文化相互理解的理性根据；另一方面也相信不同文化应有统一的、合乎理性的价值标准。因此，他心目中的"世界文学"观念本质上是具有统一价值尺度和发展逻辑的文学进步观念。换句话说，歌德的"世界文学"概念不是一个简单的全世界文学的集合概念，而是对全世界各民族文学发展的共同趋势和前景的期待。这样一个理想主义的文学观念的前提就在于不同文化应当具有共同的或统一的价值标准，而这种标准只能来自西方的理性主义精神。

二 全球分裂时代的文学冲突

然而，歌德的预见失败了。整个说来，德国古典人文主义者们所向往的理性主义社会理想和文化理想都在19世纪的急风骤雨中破灭了。从根本上说是因为殖民主义的一元论世界观在进入20世纪的时候遇到了抵抗。事实上早在19世纪，当英国殖民主义者发动鸦片战争的时候，就意味着此前一直不成问题的优势文化征服和吸纳劣势文化的殖民主义一元论文化发展模式遇到了挑战。无论中国的清政府如何腐败无能、中国文化相对于资本主义的西方文明在可量度的意义上是如何衰败落后，有一点却无可置疑，就是无论用多少坚船利炮或鸦片，中国文化不可能简单地被吸纳到西方文化模式中去。与此同时还有自彼得大帝以来一直辗转于西方化和泛斯拉夫化的矛盾中的俄罗斯，无论是彼得大帝还是十二月党人，抑或是拿破仑，都没能使俄罗斯彻底转向西方。从那时候起，西方文化的殖民扩张所形成的文化单向度辐射开始转变为文化冲突。这种冲突的一个鲜明标志就是列宁领导的俄国十月革命。

十月革命与其说是经典意义上的社会主义革命，不如说是一种以社会主义革命为形式的民族主义革命。十月革命对中国的影响也应当从这个角度来理解：由于苏联的影响，中国的社会发展从学习和追赶西方转向与西方文化的冲突与对抗。从十月革命到中国革命，再到第二次世界大战后社会主义阵营的兴起乃至"三个世界"格局的形成，从20世纪前半期世界政治与文化的基本形势就可以看出，正是从十月革命开始形成了殖民主义和民族主义、东方和西方、中心和边缘的对抗。这就是美国学者斯塔夫里亚诺斯（L. S. Stavrianos）在他的《全球分裂》一书中所说的"全球分裂"。"全球分裂"背景下的文学观念最重要的特征就是文化冲突意识：民族矛盾、阶级斗争、意识形态冲突等。文化冲突的高峰时期是从第二次世界大战之后到20世纪60年代，冷战、非殖民化和"三个世界"观念是"全球分裂"时代的政治标记。

文化冲突和对抗格局的形成意味着殖民主义时代一元论世界观的结束。换句话说，歌德心目中的各民族互相理解（按照古典人文主义者的方式）、以古希腊为典范的一元论"世界文学"理想破灭了。20世纪的文学意识是"古典"意识与现代主义、西方中心与民族传统、审美需要与社会功利等方面的冲突。这些文学意识方面的冲突本质上是文化冲突，即西方古典文化在与20世纪文化冲突中所面临的挑战。在中国，新文化运动以来文化精英们对西方的人文主义和浪漫主义精神的推崇也逐渐被民族主义精神所取代，从左联、毛泽东《在延安文艺座谈会上的讲话》到"革命化、民族化、大众化"口号的提出，总的趋势是对文学越来越强调其政治意义，而这种政治意义的深层文化根据则是对西方资本主义文化意识的警觉和对抗，从而显示出文化冲突对中国现代文学发展的深刻影响。不仅中国如此，可以说第二次世界大战后的"第三世界"文学的普遍趋势就是在这种文化对抗意识的背景下形成的政治自觉。

三　"全球化"与文学的对话时代

20世纪60年代是所谓"全球分裂"，也就是文化冲突和对抗时代的高潮，随之而来的后20年则是这个时代的结束。

冷战的结束是"全球分裂"时代结束的一个重要标志，随后的一系列世界性的政治和文化事件曾经使未来学派对世界文化发展的新趋势产生了非常乐观的想法。他们心目中的"全球化趋势"是以政治民主、贸易自由、保护环境、尊重人权和全球性合作为特征的统一趋势。

未来学派对世界文化发展前景的估计可能是过于理想化了。20世纪

90 年代中期开始的金融危机造成了新的全球性的经济、政治和社会问题，这是未来学派的乐观主义者们所没有料想到的。与此同时，在冷战时期的超级大国两极对抗的格局结束之后，人们又在担心新的单极化霸权的控制。这不仅是指对美国在国际政治中作用的担心，而且也是作为一个更广泛、深刻的文化危机的焦虑而出现在人们的学术视野中。"后殖民主义"、"文化帝国主义"等概念的提出都反映出这样一种焦虑，似乎冷战对抗的结束，不过是为更强大的跨国公司所代表的金融帝国主义霸权扫清了道路。有学者认为，当代的资本主义民主政治可以允许一个人当街骂总统，而在一个公司的内部却不能允许一名职员骂老板，这表明已形成了一种由公司资本的专制力量控制社会取代政治专制的"公司社会"。这种激烈的对当代资本主义的批判意识中或多或少地包含着某种传统的焦虑，即相信跨国公司资本可能具有帝国主义的经济垄断和政治专制性质。

　　人们常常把帝国主义与资本主义，尤其是当代资本主义相提并论，当然事实上资本主义的发展过程中也的确往往带有帝国主义的倾向。然而就资本主义的基本特征而言，恰恰不是帝国主义的唯意志论体系，而是建立在具有特殊活力的商业风险意识上的资本信用体系。换句话说，资本可能会依靠政治力量来实现它的经济目的，但这并非资本主义独有的特征，而是任何一种社会形态都办得到的事。真正属于资本主义特征的东西在于它的信用关系。非资本主义形态的社会同样有商业活动和资本的存在，而资本主义的经济活动之所以比其他的传统商业经济形态更有活力、发展得更快，是因为它不是靠实际的、算术级数增长的商品交换发展，而是靠建立在风险预测基础上的信用体系来实现超前的、几何级数增长的资本运作发展的。现代资本主义体制采用的是通过信用关系而形成的经济活动的动态反馈和自组织机制，这种机制保证了资本的势力不像帝国那样，当一个唯意志论的单向控制体系失灵时走向崩溃；相反，它的动态反馈和自组织性能使它不断适应着新的形势而自我调整、顺应和发展。这一点越是到了当代，尤其是在信息交流与反馈技术获得长足发展的今天，就越表现得突出，由此而形成了当代资本主义文化以信息反馈与对话为特征的经济与文化形态。

在冷战和文化对抗的语境中，人们较多地注意到的是资本主义体制中的传统帝国主义倾向，即对边缘的、弱势的文化经济实体的强权侵害和剥夺；而到了冷战之后的跨国公司时代，人们就不得不注意资本主义的动态反馈机制对世界经济和文化秩序的重组所具有的重要影响。当今天的人们谈论经济的"全球化"问题时，并不是在谈论一种帝国主义经济体系，而是在谈论由于跨国公司的发展而带来的更广泛的经济实体之间的相互反馈与对话。在这样的经济和文化背景下的世界范围内文学的交流和相互影响，当然也就不再是一个简单的不同价值之间的文化对抗问题，而是不同文化的相互反馈、影响和对话。

当我们研究当今"全球化"语境中的文化和文学问题时，需要认识的一个重要的文化背景问题就是区别帝国主义的唯意志论体系与资本主义信用体系的不同。当美国的文化影响通过好莱坞、麦当劳等种种文化形态向全世界渗透时，人们往往喜欢将这种影响解释为一种帝国主义，即所谓"文化帝国主义"的扩张。然而这种认识在很大程度上是一种对美国文化的误读。

就拿好莱坞来说，这是美国的一个招牌，从某种意义上说，也是当代娱乐文化的一个图腾。从大众娱乐文化的角度讲，20世纪电影的发展基本上可以说就是好莱坞的发展，因而也就是美国文化的发展。到20世纪的后半个世纪，好莱坞不仅征服了绝大多数第三世界国家，而且也对传统上文化和电影事业的强国产生了强大的冲击。时至今日，好莱坞已成为所谓的美国文化帝国主义——或者用另一个术语——美国式的后殖民主义的标志，受到越来越多国家的警惕或抵制。在许多民族主义意识强烈的人看来，好莱坞的胜利无疑是美国文化对其他民族文化的胜利。

什么是好莱坞？简单地说，就是以娱乐性为主的叙事电影风格。更具体地说，好莱坞电影的娱乐性还表现在以高投入、高科技和高度产业化的方式生产，电影的风格是富于视觉刺激效果、场面豪华、故事精彩、对话幽默，有时再加上白日梦般的幸福结局或扬善惩恶的道德教训。好莱坞是美国文化的产物，这是没有问题的。但好莱坞是否就代表了美国文化精神？好莱坞在其他国家的成功是否就意味着美国文化精神的单向度辐射式传播和对其他民族文化的控制？

中国 20 世纪五六十年代的电影最突出的特点就是强烈的社会主义意识形态倾向，与好莱坞追求娱乐性、追求票房价值的商业性倾向形成了鲜明的对比；同时在艺术风格、审美趣味方面也表现出中国的民族特色。可以说这个时期的中国电影所表现出的文化精神与美国文化精神是很不相同的。但如果仔细研究一下这个时期的中国电影，会发现一些有趣的现象。比如有一部反特惊险故事片叫《铁道卫士》，叙述的故事当然从思想性而言应当说具有明显的意识形态倾向，叙事风格也是典型的中国特色。但耐人寻味的是，这部电影的真正精彩之处是一些扣人心弦的惊险打斗动作与特技镜头——吉普车于千钧一发之际抢冲过飞驰的火车头，侦察科长在飞速前进的火车车厢顶部与特务展开一场殊死搏斗，与车顶搏斗场面作平行蒙太奇进行的是定时炸弹上计时器"滴答滴答"的走动……用当今一个时髦的术语来说，这部电影除了思想性外，还很有一些票房"卖点"。而这些"卖点"毫不夸张地说，都可以找到人们心目中的"好莱坞风格"的影子。如果说《铁道卫士》中的那些精彩的"卖点"与真正好莱坞电影中体现好莱坞风格的精彩镜头有什么不同，那只能说是技术、投资和拍摄经验上的差距，而不是电影艺术观念上的分歧。

显然，像《铁道卫士》这样的电影不可能是受好莱坞影响而创作的。电影中的那些"卖点"其实不需要好莱坞的指点，中国电影制作人自己也完全可以构思出来。这就是说，人们当做好莱坞特点的东西，并不是美国文化独有的东西。好莱坞发展起来的特点是由电影艺术本身的特征所决定的。电影是一种大众文化现象，是当代大众娱乐活动的一种方式。从某种意义上说，好莱坞的武器不是美国文化，而是它的世界性；

它不是向其他国家输入一种异质的东西，而是向他们输入本来就属于他们自己的需要，而又没有得到发展或满足的东西。因此可以肯定地说，好莱坞不是美国文化的唯意志论体系，而是信息化商业机制的产物，它是全球化娱乐产业体系的一部分。好莱坞的扩张力量不是来自美国的政治实力，而是来自它的资本主义商业性质。好莱坞通过不断扩张的商业运作而形成越来越广泛的反馈交流，它越来越多地接受了不同文化环境的影响，从而使好莱坞影片从制作到推广都越来越体现出全球化的特征，它作为"梦工厂"的文化性质也因此发生着变化，从20世纪前期比较传统的美国式的"梦"逐渐扩大、转向世界性的"梦"。当中国导演们也开始效法好莱坞拍摄"大片"时，遇到的最多的批评来自后殖民主义批评模式，即相信中国"大片"不过是美国"大片"的中国盗版，是美国文化借助中国导演进行殖民的一种形式。但如果把中国和美国的"大片"放在一起认真个个比较就很容易看出来，二者之间除了技术和视觉效果的相似性之外，深层的文化差异仍然存在。

好莱坞作为一个当代文化的象征表明，"全球化"并不意味着简单的美国化，也并非严格意义上的帝国主义化。"全球化"语境中的文学的世界性问题不再是一元论时代的"世界文学"问题，当然也不是文化对抗时代的民族主义文学或阶级斗争文学问题，而是不同民族、不同文化圈的文学观念、语体对话的问题。这一点在20世纪80年代中国文学开始走向世界时表现得十分鲜明：80年代初改革开放刚开始时，文学观念的开放还主要表现为简单地把西方文学视为"先进"的文学经验而无条件地学习和模仿，生搬硬套的"意识流"创作和所谓"三大论"（系统论、信息论、控制论）的文学研究"新方法热"就是这个时代的典型现象。随后则逐渐形成了对西方文学的批判与怀疑态度。这种怀疑导致了与西方文学和文化进行对话的倾向，拉美的魔幻现实主义影响下发展起来的"寻根"文学就是这种对话趋势的先导：它表现出的既是对经典化的西方文学价值意识（即歌德式的"世界文学"典范所代表的价值）

的怀疑，也是对民族的、传统的文学价值的怀疑。然而这种怀疑的表现方式不是否定，而是两种文学的对话。在文学研究方面，法兰克福学派及哈桑、赛义德等人对中国学术思想的影响助长了对西方中心论的怀疑和批判态度。尽管对"文化帝国主义"或"后殖民主义"的批判带着浓厚的文化对抗时代的民族主义和激进左派色彩，但无论如何毕竟作为一种文化立场参与到了当今的世界性文化对话的潮流中。

21世纪的世界文化似乎比过去增加了更多的冲突和麻烦，有时甚至比冷战时期的对抗还要激烈。但激化的冲突和对抗与全球化的交流和对话并存，成为文化研究不得不关注的复杂现象。全球化时代的各种文学既面临着相似的问题，又具有不同的文化传承和认同背景，多样化的文学活动形态与多元化的价值观念并存和交流，使得文学在当代世界文化的对话交往中具有了特殊的意义。

（原载《社会科学辑刊》2002年第2期）

「世界文学」与全球化文学界说

作为哲学的全球化与"世界文学"问题

金惠敏

"全球化"这个新鲜出炉的术语在我们概念上的似是而非可能一点不亚于它在实际上将我们的生活及其前景所抛入的不确定性。它究竟是什么？它对我们又意味着什么？然后，对它我们该如何去应对？围绕全球化的研究目前已全面展开，并且确也取得了相当之成果，例如在社会学、政治学、经济学、宗教学、伦理学，甚至在广义文化以及作为其构成的文学研究等领域。但是，严格说来，这些论说多数尚徘徊于现象的描述和简单的逻辑推论及预测层面，缺乏宏深的哲学开掘，或者说，尚未形成一个启导性的理论框架。而没有这样一个哲学框架，我们的讨论将会一如既往地盲人摸象下去。文学研究自不例外，因为既然要研究文学，我们就无法回避方法，回避理论。拒绝理论，本身就是一种理论或理论态度。同多数同行一样，笔者认定文学和文学研究与全球化相关，但更期望能够在一个哲学的层次上对此相关性做出综合而辩证的描述。因而本文的任务就是：第一，为纷纭杂沓的全球化论争理出一个头绪，当然说它是一种理论或知识框架亦无不可；第二，试着在此框架中重新审视马克思的"世界文学"概念，并尽可能赋之以新的思想维度。

对某物的认识通常决定着对它的态度趋向。这虽为老生常谈，但仍然适用于当前的全球化研究。我们看见，是赞成全球化抑或反对全球化均取决于对全球化是什么认识。这里"是什么"包含两层的意味：它原本上是什么和它被认为是什么，原本上是什么要通过被认为是什么而显现出来。我们先来看全球化被认为是什么，以及由此观念性的全球化所决定的全球化意义。

一 "全球化"即现代性

这几乎是西方左翼批评家和所有第三世界知识分子对全球化的体认和反应。其渊源可溯至马克思和恩格斯的《共产党宣言》："资产阶级，通过对世界市场的开拓，使一切国家的生产和消费都成为世界性的了。使反动派大为恺惜的是，资产阶级挖掉了脚下的民族基础。古老的民族工业被消灭了，并且每天都还在被消灭。它们被新的工业排挤掉了，新的工业的建立已经成为一切文明民族的生命攸关的问题；这些工业所加工的，已经不是本地的原料，而是来自极其遥远的地区的原料；它们的产品不仅供本国消费，而且同时供世界各地消费。"①其所谓"成为世界性的"也就是今日所谈论的"全球化"，顺便提及，法国人就用"世界化"（mondialisation）来表示"全球化"，尽管法文中也有"globalisation"一词。显然在马克思和恩格斯看来，"全球化"的驱动者是资产阶级，其内在驱动力是资本主义市场本身的欲望逻辑，因而从根本上说"全球化"就是一种主动的和单向的运动：以工业革命以来的世界史看，不存在来自另一极的"全球化"运动，套用

---

① 《马克思恩格斯选集》第一卷，人民出版社1995年版，第276页，引文第一句有实质性改动。原文："Die Bourgeoisie had durch die Exploitation des Weltmarkts die Produktion und Konsumption aller L? nder kosmopolitisch gestaltet."（Karl Marx, Friedrich Engels, Werke, Band 4, Berlin: Dietz, 1959, S. 466.）中译文为："资产阶级，由于开拓了世界市场，使一切国家的生产和消费都成为世界性的了。"窃以为用"由于"翻译"durch"不够到位，因为"由于"一词只表示原因，而这里和以下诸句都十分"主动"或显出"主动"，所以改译为"通过"，以揭示资产阶级征服世界的主动性。

费正清的模式，如果说西方资本主义的"全球化"也存在有与另一极的交互作用的话，那么它只是"刺激—反应"，是主动的刺激与被动的反应之间的关系。"全球化"不是主体间性的交互全球化，而是主体对他者的全球化，是现代认识论的全球化，是强势力量的全球化。因此人们很有理由将当今的全球化理解为"西方化"，尤其是"美国化"，事实上如杰姆逊所言："在美国与其他任何一个国家之间，不仅是与第三世界国家而且是与日本和那些欧洲国家之间，都存在着一种根本的不对称性关系。"① 所谓"不对称性"就是交往过程中的单向性，即这种交往为单向性所主导，因而便不再能够被称为严格意义上的"交往"；所谓"不对称性"暗示了全球化的现代性和它的帝国主义本质。我的意思是，现代性就是帝国主义，或者换言之，全球化是现代性的帝国主义阶段。

杰姆逊注意到："经济的文化化与文化的经济化经常被指认为如今众所周知的后现代性的特征之一。"② 对于杰姆逊来说，"后现代性"是晚近资本主义的文化逻辑，即是说，"后现代性"在历史上和本质上都应该归属于资本主义。因而，当他这里将经济的文化化与文化的经济化说成是后现代性的一个特征时，他所指示的仍旧是作为现代性的后现代性，是帝国主义阶段的现代性或资本主义。他是在现代性的框架内描述后现代性，在资本主义的历史发展中理解帝国主义。显然，这是他作为马克思主义学说的当代传人所必然采取的立场和视角。

通过"文化的经济化"，他所揭露的是"美国帝国主义"之内在的资本主义品性，文化产品的输出绝对不只是文化性的，它同时还是商业性的："美国电影和电视向来就既属于经济基础，又一样地属于上层建

① Fredric Jameson, "Notes on Globalization as a Philosophical Issue", in Fredric Jameson and Masao Miyoshi (eds), *The Cultures of Globalization*, Durham & London: Duke University Press, 1998, p. 58.

② Ibid., p. 60.

筑；它们是经济学，也完全是文化，而且确实与农产品和武器一起，作为美国的主要经济出口产品，作为一个纯利润和收入的巨大来源。这就是我们为何不能将美国执意打破外国电影配额限制，视作一种北美文化怪癖，如偏嗜暴力或苹果派等，它毋宁是一种讲究实际的商业需要，一种形式上的经济需要，而不顾那浅薄无聊的文化内容。"[1]资本主义从来如此，它只承认商品和利润，文化产品在它之所以有意义完全是因为同其他产品一样也能够被转化为商品、被用来创造利润。根本上是反商品化的精神自由及其文化表现竟被一反其本性地商品化了！我们知道，正是在这一点上马克思断言资本主义生产同某些精神生产部门如艺术和诗歌相敌对。资本主义为商品而生产，而精神生产则是为精神而生产，这就是它们"相敌对"之所在；精神生产一旦被纳入资本主义生产体系，它便不再是纯粹的精神生产，而成了一种商品生产。可以看出，詹姆逊的"文化的经济化"隶属于其对资本主义的文化批评战略。

如果说"文化的经济化"更多地带有传统马克思主义的色彩，它说的是资本的彻底性，那么"经济的文化化"则揭示的是商品生产的当代特征："商品生产现在是一种文化现象，你购买产品不仅因为它的直接使用价值，而且因为它的形象……在这种意义上，经济变成了一个文化问题……今天的物化也是一种美学化——商品现在也以'审美的方式'消费。"[2]虽然商品的形象化或审美化今天通常被视为"后现代"景观，如波德里亚等人所认为的那样，但应当说这种后现代性只是就图像本身的演变而言的，图像因其不再表达其通常所表达的意义而成为后现代性的，

---

① Fredric Jameson, "Notes on Globalization as a Philosophical Issue", in Fredric Jameson and Masao Miyoshi (eds), *The Cultures of Globalization*, Durham & London: Duke University Press, 1998, p. 58.

② 弗雷德里克·詹姆逊著，王逢振译：《全球化和政治策略》，《江西社会科学》2004年第3期，第193页。

但表面上后现代的图像另一方面又是以商品为轴心的，它以无意义的拟像完成其有意义的商品消费，如我们在别处已经讲过的，① 后现代图像服从于现代性的商品语法；它是塞壬的歌声，表面意义并不就是或者说有意掩盖其本真的意义。这就是杰姆逊何以将资本主义、帝国主义与后现代主义相提并论，何以将马克思主义的批判性锋芒穿过他所归纳的诸种后现代主义文化现象的根本性原因。

"经济的文化化"应当还包括另外一层含义，即是说，商品的美学化不仅灼烁于资本主义的"经济世界"，而且也必然地推移于其"世界经济"，其时附着于商品的审美的致幻剂就可能比对其内部的消费者发生更多的作用和意味。对于第三世界、对于被殖民化的一方来说，帝国主义的经济入侵同时就是另一方面的"文化怀柔"。近代以来，中国知识分子对文化传统、对"国民性"的反思和批判，内在地隐含着一个似乎无须证明的"文化决定论"，即先进的经济是由先进的文化造成的，因而先进的经济必就意味着先进的文化。对此文化决定论，我们当然可以非常理性地指出其不当之处，例如说文化只是经济的一个决定因素，而且是一外部的因素，它不能对经济承担完全的责任，但一定程度上它是有责任的，而且在绝大多数人的无意识中，在他们的文化实践中，譬如儒家文化就成了中国经济不发达的替罪羊。这是一种典型的"强势幻相"或"权力晕圈"，即当某物或某人在某一方面占据强势位置时，人们就可能将此单项强势扩大到其他方面，原本不算优秀或者就是劣质的东西跟着便一起光鲜起来。人们在嘲笑东施效"颦"时，实际上是将并不算美的皱眉也认做西施之美了。较之这类审美幻觉，政治权力、经济强势或许更容易引发"强势幻相"。可以看到，引导生活时尚的总是经济上发达的国家和地区，或者必须得到它们的首先认可。从这一角度看，经济帝国主义因其有能力推行其自己

---

① 参见金惠敏《图像增殖与文学的当前危机》，《中国社会科学》2004 年第 5 期。

即是说使自己在他者世界显示为优越的主体，它同时就是文化帝国主义，经济强势同时就是其文化的优势因而值得效法的典范。并非有意要如此，经济帝国主义已经筛选和重构了第三世界的文化传统，有经济作后盾的文化形式的征服性交往是一种情况，经济本身的文化改造力量也是深刻而绵远的，因为它能够在"强势幻相"的意义上对接受者或他者施加潜移默化的影响。

视"全球化"为一种现代性，并非只有马克思主义一家。更为雄辩的是，法国历史学家费尔南·布罗代尔从历史的真实出发将我们通常以为是资本主义核心的"市场"概念从资本主义的定义中剔除，他认为资本主义的根本特征不是"市场"，而是"垄断"，是对市场的垄断，如伊·沃勒斯坦所概括，"竞争和垄断是势不两立的两种结构，而唯独垄断才称得上是'资本主义'"①。这种观点自然是片面的，即便说它确乎是资本主义的核心，那么此核心还包括其另一矛盾着的方面即"竞争"，单是"垄断"还不能区别资本主义，只有加上"竞争"才能构成一个完整的资本主义，即资本主义的基本原则是通过自由"竞争"来实现其"垄断"的主体性目标，至于能否最终实现"垄断"都不妨碍它已经就是资本主义了。众所周知，微软公司所遭到的起诉就是涉嫌垄断。美国的资本主义制度不支持垄断。从另一方面看，资本主义的主导性价值观自由就是建立在市场或竞争之上的，没有市场经济，就没有资本主义的"自由"。尽管如此，布罗代尔的"垄断"观却是一针见血地指出了资本主义的本质冲动、发展方向和实际结果："资本主义始终具有垄断性，商品和资本不断在同时流通，资本和信贷历来是取得和征服国外市场的可靠手段。早在 20 世纪前，资本输出曾是佛罗伦萨（13 世纪）以及奥格斯堡、安特卫普和热那亚（16 世纪）的日常现实。到了 18 世纪，资本

① ［法］费尔南·布罗代尔著，顾良等译：《资本主义论丛》，中央编译出版社1997 年版，第 34 页。

作为哲学的全球化与「世界文学」问题

在欧洲和世界的流通已很迅速。"①布罗代尔反对列宁将资本主义的发展区划出商品输出与资本输出或者竞争与垄断两个阶段，他提出资本主义一开始就存在资本输出，一开始就意在垄断，也就是说资本主义一开始就是帝国主义性的；如果转换为我们的语汇说，资本主义一开始就是全球性的，即资本主义推进的过程就是一个全球化的过程，因而布罗代尔的"垄断"不过就是"全球化"的同义语："资本主义始终建立在开发国际资源和潜力的基础之上，换句话说，它的存在具有世界规模，至少它的势力向全世界伸展。"②布罗代尔并非无视于资本主义数百年来的变化，例如在生产规模、交换方式、技术手段等方面，但坚持："从大处着眼……资本主义的本质没有彻底的改变。"③ 没有改变的"垄断"追求，始终如一的"全球化"推进，从不放弃的帝国主义征服，通过这一切布罗代尔向我们暗示的是，似乎是一新生事物的"全球化"不过就是一直以来的资本主义现代性。

二　全球化即后现代性

尽管杰姆逊也在谈论全球化的后现代性，或者后现代语境中的全球化，如前所述，他将经济与文化的相互转化作为后现代的一个显著特征，在另一篇文章，他又将此作为全球化的一个特别的经济现象——"让我们看看……全球化的经济方面。事实上，经济似乎不断地消融到全球化的其他各个层面：控制新的技术，强化地缘政治的兴趣，并最终因后现代性而使文化融入经济之中——而经济也融入文化之中"④——这就是

---

① ［法］费尔南·布罗代尔著，顾良等译：《资本主义论丛》，中央编译出版社1997 年版，第 118 页。

② 同上书，第 117 页。

③ 同上书，第 116—117 页。

④ 弗雷德里克·詹姆逊：《全球化和政治策略》，《江西社会科学》2004 年第 3期，第 193 页。

说，全球化也是一种后现代性，无论它可能还是别的什么；但是，正如我们已经揭示的，杰姆逊的"后现代性"是现代性的"后现代性"，是现代性的一种特殊的表现形式，或者说，本质现代性的后现代性表象。因而其"全球化"就是一种被作了后现代性表述的现代性。这就是说，杰姆逊关于"全球化"的后现代主义学说还不是真正的后现代性的，它是关于"全球化"的一种现代性学说。在如何认知图绘全球化的问题上，我们认为，现代性与后现代性视角的一个原则区别是：现代性着眼于纵的坐标，其优点是在此易于显出资本主义的本性、其历史发展轨迹；而后现代性视角则是横的坐标，它被用于确定资本主义的影响、后果，即在其历史的发展中对他者的作用和与他者的相互作用。这一区别是方法上的，同时也是对象性的，因为不同的方法将显示出不同的对象。由此而衡量杰姆逊的"全球化"研究，不能说他没有看见位处横坐标的资本主义与他者的关系，问题是他将此关系作了纵坐标的处理，将"全球化"只是作为资本主义的单向扩张，因而就一定是帝国主义的——这实质上仍旧是坚持了纵坐标的方法，其所见仍是在纵坐标之所见。退后一步说，即使我们认可杰姆逊"全球化"观的后现代性质，那也只是在其揭露和批判资本主义罪恶本性这一意义上，而关键的是出发点；考虑及此，我们仍需将杰姆逊的"全球化"观定位在现代性上；"后现代"思想赋予他的是对资本主义现代性的批判灵感。必须指出，对于杰姆逊而言，现代性既是他批判的对象，他因此而与后现代主义遥相呼应，又是他解剖后现代文化现象的出发点或立场。他是在现代性之内展开对现代性的批判的，不过这丝毫不使他感到为难，因为他所坚持的马克思主义属于别一种的现代性。我们知道，现代性从来不是单一的，它具有多重向度，相互之间或平行、或叠印、或交叉、或互补、或对抗，其关系错综复杂、不一而足。

杰姆逊的"全球化"观同时也暗示了后现代性的多向度性，如果我们能够称其为一种最低限度的后现代主义的话。不言而喻，对现代性的批判立场是后现代性之成为后现代性的一个最基本的前提；彻底的后现代性还必须在此基础上迈出实质性的一步，将从前批判之立场转换为立场之批判，而后现代性之批判对现代性之批判立场。

或许完全彻底的后现代性只是一个理论的幻想。但相比于杰姆逊半途而废的关于"全球化"的后现代性论述而言，那种认为"全球化"是一个正向与反向作用同时发生的过程的观点则要后现代得多。吉登斯辩证地指出：

> 现代性的根本后果之一是全球。它远不止是西方制度向全世界的弥漫，其它文化由此而被摧毁；全球化不是一平衡发展的过程，它在粉碎，也在整合，它开启了世界相互依赖的新形式，其中"他者"再次地不存在了⋯⋯从其全球化之趋势看，能说现代性特别地就是西方的吗？不能。它不可能如此，因为我们在此所谈论的，是世界相互依赖的新兴形式与全球性意识。①

吉登斯不否认杰姆逊所看见的"全球化"的西方性、资本主义性和帝国主义性，在其《现代性的后果》里他也正面引述过沃勒斯坦那承继于布罗代尔的观点，即资本主义一开始就是一种世界性经济而非民族国家的内部经济，因为资本的欲望决然不会接受国家边界的限制，他还将此"世界资本主义经济"论纳入其全球化的理论框架，"将世界资本主义经济视做全球化的四个维度之一"②；但是，他更看见"全球化"的非西方性甚或是反西方性，更看见全球各种力量间被不断地强化着的相互依赖关系——这本是他那全球化定义的题中之意。"9·11"事件之后，

---

① Anthony Giddens, *The Consequences of Modernity*, Stanford: Stanford University Press, 1990, p. 175.

② Ibid., p. 70.

在为"莱思讲座"所写的第二版序言中，他更感切于作为唯一超级大国的美国在全球经济、政治和文化中从前之霸权的逐渐弱化，他慨叹："其总体影响力可能还不如冷战时期。在那段时间，美国能够干预世界的大部分地区，建立一系列强大的联盟以遏止共产主义的扩散。今日，其全球影响力是愈加涣散了"，美国已不再能够为所欲为、一意孤行，"从地缘政治看，世界变得越来越多中心化了"①。因而从经验层面上或者到理论层面上，他重申，"今日的全球化已不再是对过去的一个简单重演，它不等于美国化，也不等于西方化"②，即便美国或西方国家过去以至现在都可能仍在执掌那可以撬动地球的杠杆。

全球化就是如此的复杂和不可意料。一个起初绝对是有意识的全球化的发动者，一旦其实际地进入全球化过程，便不再是这一运动的主宰者。这个世界最终变得不确定起来，"它并非越来越在我们的控制之下，而是似乎脱离于我们的控制——像是一个失控的世界。再有，一些曾经被认为能够将我们的生活变得更确定和可预测的影响，包括科学和技术的进步，也常常具有完全相反的效果"③。全球化导致一个"失控的世界"，前文引及而未深及的是，当吉登斯将全球化与科技的发展在后果的不可预测性上相提并论时，通过"失控的世界"他所表达的无疑就是"全球化"的一个后现代性结果，它是主体性的被挫，是现代认识论的破产，是福山"历史终结"论的终结。

吉登斯"辩证性"的全球化论述催促他向着后现代主义走去，不过其"辩证性"又使他不能舍弃未竟的启蒙计划和对此计划的信心。一方面，他正视全球化在后果上的失控；另一方面，则更试图去调控全球化。他警告，全球化尽管带来许多问题，反全球化运动不是全无道理，但退

① Anthony Giddens, Runaway World, *How Globalisation Is Reshaping Our Lives*, London: Profile Books, 2002, p. xxiii.

② Ibid., p. xxii.

③ Ibid., pp. 2–3.

出全球化并不能解决任何问题。因此，问题只是如何地全球化，如何在全球化过程中发挥团结互助精神。"我们需要推进全球化，而不是去阻碍它，但是必须更加有效、更加合理地管理全球化，而不是像它过去几十年所发生的那样。"① 这就是吉登斯的全球化结论，既不那么现代性，也不那么后现代性，但是这一"第三条道路"在我们看来仍可宽泛地归入后现代主义，其所表述的"激进的现代性"（包括"高度现代性"、"现代性的反思性"或"反思性现代化"等）事实上说的就是"温和的后现代性"，因为他毕竟于全球化中看见了"他者"，特别是"他者"对主体的转型作用；这次"他者"不再是被征服、同化而不存在了、消"逝"了，而是不再单独存在，即与主体一道消"融"于"世界相互依赖的新形式"。一句话，吉登斯的后现代性又在于他对"相互依赖"的强调。

三　"文化帝国主义"批判与解释学或接受美学

在坚持全球化之后现代性这条理路上，汤姆林森于英美学界可能是走得最远也最偏的一位。通过对"文化帝国主义"或"媒介帝国主义"理论的批判，他要将"现代性"从全球化或全球化概念中清理出去。

汤姆林森启用的主要理论是哲学解释学或者为接受美学所充分发展了的文本与阅读的互动性。这一观点简单地说就是不承认作者意图及其所形诸文本的支配地位，大幅提升读者在文本意义生成过程的能动作用。运用于解决在全球化中是否存在"文化帝国主义"这样的争论，解释学似乎就是一个颠扑不破的金规则。汤姆林森不想否认"帝国主义"或"文化帝国主义"的存在事实，如以迪士尼卡通、好莱坞大片、麦当劳快餐、牛仔裤等为表征的西方资本主义的文化经济化和经济文化化在第

---

① Anthony Giddens, Runaway World, *How Globalisation Is Reshaping Our Lives*, London: Profile Books, 2002, p. xxix.

三世界、全球的无往而不胜，他确乎看见了"源自西方的媒介文本，大量地体现在其他文化之中"，但是他笔锋一转，提出质疑："难道这种出现就代表了文化帝国主义？"依照他的观点，"单是这一纯粹的出现并不能说明什么"。他从解释学，这里我宁愿说是从接受美学发难，"一个文本除非被阅读就不会发生文化上的意义"——这话简直就是伊瑟尔《阅读行为》开篇伊始那句名言"除非被阅读一个文本就不会成为作品"的文化挪用。汤姆林森接着说："一个文本在被阅读之前无异于一张进口的白纸：仅有物质的和经济的意义，而无直接的文化的意义。在这一层次上进行分析，那么，阅读帝国主义文本在判别文化帝国主义上就成为至关重要的问题了。"① 关键在于阅读，在于阐释和接受。汤姆林森认为，假如不能证明文本在意义传输过程的完整无损，则"文化帝国主义"就是不可能的。

汤姆林森选择泰玛·利贝斯和埃利胡·卡兹对电视剧《达拉斯》(Dallas) 的效果研究来支持他对"文化帝国主义"的否定。据利贝斯和卡兹描述："《达拉斯》这一名字在 20 世纪 80 年代成为一部美国电视连续剧征服全世界的象征。《达拉斯》意味着一次全球观众的集会（历史上最大的集会之一），人们每周一次地聚集在一起，以追随尤因王朝的传奇——它的人际关系与商业事务。"② 这一《达拉斯》效应通常被视为一个典型的"文化帝国主义"事件，是美帝国主义"文化意义"的输出和接受，其流程按照"文化帝国主义理论家们"的观点是："霸权信息在洛杉矶被预先包装，然后被运往地球村，最后在每一个天真的心灵中被解开。"③对于"文化帝国主义"论者的观点，利贝斯和卡兹试图通过自

---

① John Tomlinson, *Cultural Imperialism*, *A Critical Introduction*, London/New York: Continuum, 2001, p. 42.

② ［英］泰玛·利贝斯、埃利胡·卡兹著，刘自雄译：《意义的输出：〈达拉斯〉的跨文化解读》，华夏出版社 2003 年版，第3—4 页。

③ ［英］泰玛·利贝斯、埃利胡·卡兹：《意义的输出：〈达拉斯〉的跨文化解读·前言》，第1 页。

已对观众实际反应的调查研究予以检验。汤姆林森十分欣喜地看到，他们的实证研究表明，"观众比许多媒介理论家所假定的都要更加活跃、更加富于批判精神，他们的反应都要更复杂、更带反思意识，他们的文化价值对于操纵和'入侵'都要更具抵制力"①。确实，利贝斯和卡兹的效果研究证实"解码活动是观众文化与生产者文化之间的一个对话的过程"②，这因而也就是颠覆了前引"文化帝国主义理论家们"关于文本意义之"文化帝国主义"性即视其为一个线性传输过程的假定。

抓住解释学的后现代性，汤姆林森仍感不足：以哲学解释学和文化解释学观之，假定说有"文化帝国主义"的存在，其情形就必然是，既有作为入侵者的帝国主义及其文本，又有作为被入侵者的弱势民族及其阅读。为了一个彻底的后现代性，汤姆林森不再需要如此的解释学框架，即使它可能还允诺一个抗拒性的甚或真正颠覆性的读者概念，因为无论怎样它都会或起或伏地拖着一条现代性的尾巴。汤姆林森决绝的观点是，既无"帝国主义"的存在，也没有什么弱势民族。若谓两者皆为事实性存在，则需先有其所建基的作为主体性的"民族国家"的存在。汤姆林森看到，要否认"文化帝国主义"，比解释学之读者反应论更根本的是，否认"民族国家"，这一招无异于釜底抽薪，解释学将因之而不继，"文化帝国主义"也因之而绝灭。换言之，没有"主体"，又何谈"主体间性"？

与此相类，汤姆林森还试图以文化过程的动态本质来否认"文化""传统"的存在，进而达到对"文化帝国主义"的否认。按照他的概括，所谓"文化帝国主义"就是"他们如何生活"威胁了"我们如何生活"。这没有什么不妥，"文化帝国主义"确就是一种文化威胁了另一种文化。

---

① John Tomlinson, *Cultural Imperialism*, *A Critical Introduction*, Landon/New York: Continuum, 2001, p. 50.

② ［英］泰玛·利贝斯、埃利胡·卡兹：《意义的输出：〈达拉斯〉的跨文化解读·1993 年版导言》，第 5 页。

但是汤姆林森批评，这样的"文化帝国主义""忽视了文化过程本质上的历史性质"，视两种文化"在空间上分开、而在时间上'凝固'"，即是说，它"以一种纯粹空间—共时的方式"看待文化。汤姆林森认为，"'我们如何生活'从来不是一种'静态的'情形，而总是某种处在流动和过程中的东西"①。跟随老赫拉克利特，他深信不疑，文化的变异将使得我们无从对它进行确然的"把握"或"界定"，所谓"文化"、"传统"、"民族"等不过是人们的主观想象和发明。因而文化帝国主义所能威胁的绝不是作为实体的文化，而是"我们对于一个文化上确定的过去的集体想象"②。既然没有了文化的"存在"（existence）或者说"存在性的"（existential）文化，哪里还能有什么"文化帝国主义"？

在此我们实无必要展开对汤姆林森逻辑的仔细抉择，我们只想简单地指出两点：第一，文化之"变"本身即前设了一个"不变"的文化；第二，"想象"、"发明"云云不仅不能取缔或削弱文化帝国主义，恰恰相反，它们是一种特殊的强化和肯定，因为有"人"去想象、发明，即是说，有这样一种"主体"的"存在"。

从解释学到文化取消论，汤姆林森表现为一个理论学术上的实用主义者，凡是有助于其证明全球化之后现代性者，不问来源，不问其是否相互协调，随时抓取，其逻辑的混乱、其内容的荒诞离奇、其思想的芜杂于是便不可避免。但是，相对于其论证过程的破绽百出，汤姆林森所论证的标的即他们意欲达到的结论倒是令人无法不深思、无法不想着怎样去接受。这个结论就是"从帝国主义到全球化"（此为《文化帝国主义》一书结语部分的标题），换用我们的话说，就是从现代性的全球化转向后现代性的全球化。

这是一个"新时代"的到来，汤姆林森认为，如果说"帝国主义"

①　John Tomlinson, *Cultural Imperialism, A Critical Introduction*, p. 90.
②　Ibid. , p. 92.

作为哲学的全球化与「世界文学」问题

是20世纪60年代以前所谓"现代时期"的特征的话，那么自那以后"帝国主义"就被"全球化"取代了。汤姆林森辨别道：

> 全球化之有别于帝国主义之处可以说在于它是一个远不那么前后一致的或在文化上被有意引导的过程。帝国主义这个概念虽然在经济的与政治的含义间游移不变，但它至少意指一个目标明确的计划：有意将一种社会制度从一个权力中心推向全球。而"全球化"的意思则是说全球所有地区以一种远不那么目标明确的方式所发生的相互联结和相互依赖。它是作为经济和文化实践的结果而出现的，这些实践就其本身而言并无目的于全球整合，但它们还是生产出这样的结果。更关键的是，全球化的效果将削弱所有单个民族国家的文化一致性，包括那些经济大国，即前一时代的"帝国主义列强"①。

汤姆林森最终走向吉登斯的"失控的世界"。但是他"失控"不仅意味着"控制"于实际上的不可能，而且更从根本上说是没有谁"有意"于"控制"，也没有谁（因为就没有"谁"这样一个主体的存在）可以行使"控制"。全球化的后现代性之维被汤姆林森以难以想象的极端性放大了出来。

这或许还不是汤姆林森尽管荒谬绝伦但仍可最有启迪之处。他那荒谬得令人瞠目的全球化描述将我们彻底推抵后现代的境况和其理论境况，于此我们当然感谢他。所谓"启迪"者也，其极致应是说为我们开启连开启者也不曾见过的异象，在这一理想的意义上说，汤姆林森的"启迪"之功可能更在于其以"全球化"取代"帝国主义"的意图。他的意图虽然只是落实在以后现代性的全球化取代现代性的全球化，但是我们

---

① John Tomlinson, *Cultural Imperialism, A Critical Introduction*, p.175.

可以由此"意图""取代"而达致一个更高远的超越，即一个超越了不仅现代性而且后现代性的"全球化"概念。既然我们不能抹杀我们自己的主体性存在或者我们有理性的意识和行动，既然另一方面我们又总是解释学地"词不达意"，总是无法认识论地完全支配我们的意图和预料我们的行为后果，那么一个超越或"扬弃"了现代性与后现代性及其对立的"全球化"就是合理而必然的结论了。

四　"世界文学"还是"全球文学"

全球化不是一种力量的单向推进，而是各种力量的交互作用。因而更准确地说，全球化就是"球域化"（glocalization），是"全球化"与"地域化"的双向互动，是罗伯逊所谓的"普遍的特殊化"与"特殊的普遍化"①，是想象的"普遍性"在现实中的"特殊化"和具体化。简言之，以上论述已经确定地将全球化转换为一个超越了现代性与后现代性的新的哲学范畴了；现在，我们将接着探讨作为"球域化"的"全球化"对文学和文学研究可能意味着什么：是危机，还是新机遇？

如果从"全球化"的观点看待全球化时代的文学，我们将得到一个"文学全球化"或"全球化的文学"。这不是绕口令游戏，我们想更确定地指向我们所意谓的"全球文学"。它不是马克思和恩格斯所称说的"一个世界文学"。在《共产党宣言》中我们读到："各民族的精神产品成了公共的财产。民族的片面性和局限性日益成为不可能，于是由许多种民族的和地方的文学形成了一个世界文学。"② 为着分析的方便，兹抄

---

① Roland Robertson, *Globalization*: *Social Theory and Global Culture*, London: Sage, 1992, pp. 177–178.

② 《马克思恩格斯选集》第一卷，第276页。

录其德文原文如下："Die nationale Einseitigkeit und Beschr? nktkeit wird mehr und mehr unm? glich, und aus den vielen nationalen und lokalen Literaturen bildet sich eine Weltliteratur."① 在此无论其来源（aus）如何，"世界文学"最终在性质上都是单数的、同质的，甚至还可设想其为一种实体。由于这样的"世界文学"是伴随着资本主义全球化的"物质生产"而来的一个现象，我们就可以视之为"现代性的后果"，或者"现代性的诉求"。颇具乐观色彩的是，作为共产主义者的马克思和恩格斯将"世界文学"想象成是由无数的民族的和地方的文学而"形成"的一个新的共同体，其中原先的"片面性和局限性"和原先的"民族性"身份被克服了而共同拥有一个"世界文学"的新身份。这种观点未能看见其一："世界文学"在很大程度上就是帝国主义经济列强对其民族或地域的文学的世界化和普遍化；其二，尽管如此，其他民族的和地方的文学的抵抗，而且这种抵抗的持续性，将使"世界文学"永远停留于一个未竟的计划；于是其三，要形成这样一种"世界文学"的认同是困难的，没有人能够认同一种并不确定的存在。在这一意义上，应该说"世界文学"是一个不太恰切的概念，它只意味着平面性、无限平面地铺开，意味着普遍性、遍无不及地推展，意味着统一性，将各种差异统合为一体：权威中译本将原文"bildet sich"翻译作"形成"，并将"aus"相配为"由"，这就尤其突出了如此取向的"世界文学"，因为在汉语里无论是"形"还是"成"都是变化的终结，终结于一静态的形式之中。而"bilden"一词在德文中虽有"形"成的意思，但也有淡化了其语源上"形相"意义的"产生"、"出现"等用法。② 我们倾向于以"全球"取代

---

① Karl Marx, Friedrich Engels, *Werke*, Band 4, S. 466.

② 例如有权威英译本就采用了这一淡化"形相"意义的理解："［F］rom the numerous national and local literatures, there arises a world Literature."（Karl Marx and Frederick Engles, "Manifesto of the Communist Party", in Karl Marx, Frederick Engles, *Collected Works*, Vol. 6, Moscow: Progress Publishers, 1976, p. 488）

"世界"、以"全球文学"取代"世界文学"："全"已经包括了"世界"，而"球"则呈现出立体的、动感的、旋转的、解中心的趋势，这样的"全球"就是我们全球化时代的文学的特征。

在我们所谓的"全球化"的时代，"民族的和地方的文学"的当代危机，将不再只是被"文化帝国主义"、被经济强权的文学所同质化和殖民化，例如"西化"或"美国化"，那是某一民族或地方的文学的胜利；或许将愈益显得重要的是，所有民族的和地方的文学都被相互间所改造，永无终点地改造下去。对"民族性"的张扬，其结果当然不会是对"民族性"的坚守和发扬，而是对"文化帝国主义"性质的"世界文学"的抵抗。就像这样的"世界文学"之不可能一样，"民族文学"也终将成为明日黄花。一切文学都将进入我们所谓的"全球化"之中，也就是说，它们将成为"球域性"的，既是全球的，又是地域性的。

这既包括了文学，也包括了对文学的批评和研究，如米勒所见到：

> 在全球化时代中，文学研究既包含全球性因素也包含地域性因素。一方面，虽然几乎每一种理论都来自特定的区域文化，却无不寻求阐释和方法的有效性。理论在翻译中旅行。另一方面，无论用任何一种语言写成的文学作品都是独特、特殊、自成一类的，文学作品拒绝翻译，拒绝旅行。在理论和细读的必要结合中，文学研究以一种可被称做"全球区域化"（即"球域化"——引注）的方式兼备地域性与全球性。①

无论专注于进攻性的"全球化"，抑或奋起于防御性的"地域化"，其实际结果都将是"球域的"。我们终于还是那句老话，就其有意为之

作为哲学的全球化与「世界文学」问题

---

① ［美］J. 希利斯·米勒著，易晓明编：《土著与数码冲浪者——米勒中国演讲集》，吉林人民出版社2004年版，第116页。

而言，"全球化"或者"地域化"都是现代性的，它们是构成现代性运动之不可相互或缺的两个方面；但就其不可控的后果而言，"球域性"则又是后现代性的。

"全球化"将宣布"民族文学"的终结，同时"一个世界文学"的终结。我们由此将进入一个不确定的文化空间，但它又确实有待我们去确定，站在自己的脚下，以自己的方式。

（原载《文学评论》2006 年第 5 期）

"世界文学"概念的建立与跨民族文学研究中的文化站位问题

邱运华

在不同民族文化交往日益频繁的当下,静态地考虑跨民族文学研究问题,似乎已经成为一个难题。文学活动必须在交往行为中来考虑,在"我"与"他者"的移动中来建立自己研究的文化立场。这里,就不可避免地提出话语权力的问题。话语权力其实质是跨民族语言文学研究中的文化立场问题,也就是:作为研究对象的"他者"民族文学对于"我"意味着什么?我把处理这个问题的倾向分为三种:体用倾向、圣典化倾向、文化殖民倾向。我认为,在这三种倾向中都存在着明显的缺陷。从学理上看,都具有哲学上的形而上学性质,即都强调一个绝对主体的存在,从而,把"他者"民族文学看做"我的"陈述对象,把"他者"文学纳入"我的"文化框架中来定位。在后现代背景下,如此处理跨文化的文学交流已经存在着学理方面的疑点。本文使用巴赫金的外位性理论,结合西方哲学中的"间性"理论,提出跨民族文学研究过程中的两个主体并存的观点,即:"我"与"他者"在价值上平等包容,"我"是"他者"完成的前提,"他者"是"我"得以完成的条件;两者缺一不可。我以为,传统学术界存在的跨民族文学研究中话语权力问题,只有在这个理论框架下才能得到解决。

跨民族文学研究的出现以及不同文化站位问题的提出

跨民族文学研究的事实之成立，是与"世界文学"的格局出现密切联系在一起的。1848 年，马克思和恩格斯在《共产党宣言》中写道："资产阶级既然榨取全世界的市场，这就使一切国家的生产和消费都成为世界性的了……过去那种地方的和民族的闭关自守和自给自足状态已经消逝，现在代之而起的已经是各个民族各方面互相往来和各方面互相依赖了。物质的生产如此，精神的生产也是如此。各个民族的精神活动的成果已经成为共同享受的东西。民族的片面性和狭隘性已日益不可能存在，于是由许多民族的和地方的文学形成了一个世界的文学。"① 到了 19世纪七八十年代，这种提法已被欧洲文坛普遍承认。马克思和恩格斯是站在世界资本主义经济发展的格局业已形成这个角度涉及文化和文学的世界格局问题的，在马克思主义的理论框架里，经济行为其实质乃是特定政治意识形态的表现，也必然使意识形态因素（包括文学艺术）得到清晰的彰显。在这个意义上，"世界文学"概念的提出就是符合资本主义大生产的全球化逻辑的。

马克思和恩格斯这个提法与德国对东方文化的敏感有密切联系。而在这个提法之前，文学研究跨越民族的视野在欧洲文坛已经出现。而这个视野首先出现在德国。赛义德在《东方学》一书里曾经不经意地提及：在 19 世纪 60 年代之前，德国已经成为欧洲东方研究领先的国度，在那里，对东方文化（主要是印度、伊朗和中国文化）的研究兴趣已经形成所谓东方学的局面。② 其次，在德国大诗人歌德的谈话中，曾经明确地谈到东方尤其是跨越民族文化进行文学研究的必然性：1827 年，歌

---

① 马克思、恩格斯：《共产党宣言》，见《马克思恩格斯选集》第一卷，人民出版社 1972 年版，第 254—255 页。

② 见赛义德《东方学》导言，王宇根译，三联书店 1999 年版。

德提出了"世界文学"的概念，这一概念恰好与中国有关。歌德与爱克曼谈到中国小说（《玉娇梨》或《好逑传》）时说："中国人在思想、行为和情感方面几乎和我们一样，使我们很快就感到他们是我们的同类人，只是在他们那里一切都比我们这里更明朗，更纯洁，也更合乎道德。在他们那里，一切都是可以理解的，平易近人的，没有强烈的情欲和飞腾动荡的诗兴，因此和我写的《赫尔曼与窦绿台》以及英国理查生写的小说有很多类似的地方。他们还有一个特点，人和大自然是生活在一起的。"① 重要的是，在赞美了这部中国小说之后，歌德继续说："我们德国人如果不跳开周围环境的小圈子朝外面看一看，我们就会陷入上面说的那种学究气的昏头昏脑。所以我喜欢环视四周的外国民族情况，我也劝每个人都这么办。民族文学在现代算不了很大的一回事，世界文学的时代已快来临了，现在每个人都应该出力促使它早日来临。"② "世界文学"与跨民族文学研究局面的形成，必然提出一个学术上的新课题："我们"如何介入世界文学的大格局中来，也就是说，当"我们""环视四周的外国民族情况"时，"我们"取一个怎样的文化站位？对于这个问题，歌德奉劝德国人"跳开周围环境的小圈子朝外面看一看"，也就是不受限于自己固有的文化视野，扩大对文学存在范围的视野，以求建立更宽大的文学观念。实际上，歌德在这里涉及一个很关键和重要的理论话题：在"世界文学"格局中，如何处理"我们"与"他们"之间的文化站位问题？歌德以大诗人的胸怀要求德国人"跳出周围环境的小圈子"，这是很有文化气度的，但是，这个观点究竟是否具有学理性，还需要认真思考。

大约在19世纪，欧洲产生"比较文学"这一概念，法国学者是这一

---

① ［德］爱克曼辑录，朱光潜译：《歌德谈话录》，人民文学出版社1978年版，第112页。

② 同上，第113页。

概念公认的先驱，如维尔曼（Villemain）、昂贝尔（J. – J. Ampere）、夏斯勒（P. Chasles）等，他们在这100年中以自己的成果开创了"比较文学"这一文学研究的新领域。法国人强调"比较文学"概念的内涵里的文学事实联系和彼此影响，注意把"民族文学研究"与"世界文学格局"观念联系起来考虑，这个观念对于近代文学研究来说是一个崭新的创举，也可以说是对"世界文学"概念的一个实证，因为它把跨民族的文学现象作为一个事实来看待。但是，比较文学实证研究毕竟不能回避"我们"与"他们"之间的文化站位问题。比较文学学者虽然注意到文学之间的影响事实（"影响研究学派"）和文学思维在不同民族之间的共同性（"平行研究学派"），但是，我并不认为比较文学很好地处理了文化站位问题。甚至，我有一种感觉，比较文学在其初衷是试图"超越"民族文学的边界而"成为"世界文学的，因此，如何处理民族文学与世界文学之间的关系问题，在他们看来答案是唯一的：他们是所谓"世界主义者"①。

在中国，面对中与西之间的关系，清代学者提出了一种经典的表述——"中学为体，西学为用"，或"师夷长技以制夷"，总之，"中学为体"的立场是经久不变的。当19世纪中期鸦片战争后，清王朝国门向外国人打开，外民族的文化也随之进入，到了19世纪末期、20世纪初期，外民族文学研究也成为一个不能回避的现象。小说家曾朴这样描述当时国人对西方文学的偏见："那时候〔按：指19世纪末期、20世纪初期〕，大家很兴奋地崇拜西洋人，但只崇拜他们的声光电化，船坚炮利，我有时谈到外国诗，大家无不瞠目结舌，以为诗是中国的专有品，蟹行蚓书，如何能扶轮大雅，认为说神话罢了；有时讲到小说戏剧的地位，

---

① 20世纪四五十年代，苏联学术界出现过对比较文学的批评思潮，其主要罪名就是"世界主义"倾向，当然，这是错误的。它的错误在于把意识形态的立场替代了学术研究。但是，从学理上来看，比较文学理论的两条路径——影响研究和平行研究——是承认存在着一个世界各个民族文学共建的平台的。

大家另有一种见解，以为西洋人的程度低，没有别种文章好推崇，只好推崇小说戏剧；讲到圣西门和孚利爱的社会学，以为扰乱治安；讲到尼采的超人哲理，以为离经叛道。最好笑有一次，我为办学校和本地老绅士发生冲突，他们要禁止我干预学务，联名上书督抚，说某某不过一造作小说淫辞之浮薄少年耳，安知教育，竟把研究小说，当做一种罪案。"① 而清代名臣郭嵩焘在对西方文明颇为赞赏的同时，也认为：虽然西方政教"斐然可观"，"而文章礼乐不逮中国远甚"②。把西方文学（包括文类）放在中国文学格局下进行比较，其价值评判上的差异就自然显示出来。中国文学观念下的"小说"文类与西方文学传统下的"小说"文类，在价值层次上是不同的。

显然，无论是歌德和马克思、恩格斯的"世界文学"观念，还是法国人的"比较文学"观念，抑或中国近代以来的跨民族文学研究，都提出了一个在理论上必须解决的问题：在跨民族文学研究过程中如何克服文化站位上的西方、东方或中国中心主义排他性选择？

三种不同的文化站位及其话语权力模式

跨民族文学研究的出现，带来了文化站位问题，而文化站位问题的核心就是文化话语的权力。不同的文化站位体现出不同的文化心态，而不同的文化心态必然表现为话语权力模式。归纳起来，存在着三种文化站位倾向：体用倾向、圣典化倾向、文化殖民倾向。

1. 体用倾向。体用倾向的表现是中国和西方跨民族文学研究中都存在过的倾向，其本质是各自文化的中心主义立场。这种立场可以归纳为

---

① 参见李华川《"世界文学"观念在中国的发轫》，《中华读书报》2005 年 8 月 27 日。

② 同上。

三种表现方式：一是中国古代文化接受过程中的中央权力模式；二是近现代以来的"中体西用"的实用主义模式；三是20世纪以来西方学者"西体东用"模式，也即西方中心主义的文化模式。造成这三种模式的原因乃是对彼此文化内涵的隔膜。

法国人在改编《赵氏孤儿》时完全按照本民族文学的趣味来操作；孟德斯鸠《波斯人信札》所叙述的波斯人文化，不能不让人感受到他文化站位上的西方中心位置；夏多布里昂在《墓畔回忆录》里述说美洲新大陆时，根本没有思考到美洲印第安人的文化传统；福楼拜在他的有关东方的故事里完全替代女性的述说……中国人述说西方文学过程中也取相近的文化站位。鸦片战争之前，在文化站位上表现出一种泱泱大国的话语权力，中华文化的优越感觉和优势地位心理，在跨民族文学研究中处于主宰位置。正如曾朴在描述19—20世纪之交的中外文学交往过程中所出现的心理一样，对他民族文学的不屑一顾的看法，是一种比较普遍的心理。"夷"——一个具有过度优越心理的文化站位所造就的词汇。这个词对于中华文化面对外国文化尤其是外国文学时具有的典型心态。鸦片战争带来了西方社会的先进东西，使得清王朝的学者不得不面对比较先进的文化，张之洞发明的思想仍然没有出其窠臼。所谓"师夷长技以制夷"，也不过是长期以来泱泱大国文化优越地位的一种表现。"中学为体，西学为用"是对张氏思想的一种退让。我把上述统一称为"体用倾向"。

"体用倾向"的本质是文学研究中的实用主义和功利主义价值观念。在这种价值观念指导下进行跨民族文学研究，本民族或本地区的文化中心主义是其显著特征。它形成了跨民族文学研究中的话语霸权。这是一把双刃剑：一方面产生了对他民族文学研究采取简单化处理，从而形成非科学的文学观念；另一方面却有利于本民族或本地区文学创作的快速发展。这就迫使文学研究界反思：这种"体用倾向"及其带来的本民族文化中心位置具有多大的合理性？

我理解，在"世界文学"形成的初期，也就是各民族文学的边界刚刚被打破，对其他民族文学形成的背景和文化语境还没有完全了解的条件下，跨民族文学研究中出现主体文化意识，这是非常自然的现象，对于该民族文学参与民族间的文化交往也具有积极的作用。事实上，无论多么小的民族，在其文学与其他民族文学接触的时候，都不可避免地以本民族的文化为中心来接受外来民族的文学现象。欧洲从文艺复兴开始一直到20世纪，对其他民族文学的接受过程、中国从鸦片战争以来的100多年对外来民族文学的接受，都经历了这一无意识的心理过程。从这个立场来看，"体用倾向"是符合文化接受历史和世界文学发展的基本规律的。

但是，还应该看到，"体用倾向"反映在文化站位方面，则表现为站在所面对的民族文化外面，凸显自己文化的主体性而抹杀被研究文学的文化独立性。这一点，在学术研究中是应该时刻警惕的。

2. 圣典化倾向。"圣典化倾向"指的是一切以对方的文化意识为准则，完全放弃自己的文化独立性。在跨民族文学研究中，这一倾向比较明显地受到意识形态的影响。事实上，这一文化站位发生于对"体用原则"的反思。假如说，体用倾向表现出明确的主体意识和明确的话语权力意识，那么，圣典化倾向则表现为对主体意识的放弃，改为完全认同他者民族文学的意识。表面上看，这一倾向具有"求是"、"求真"的意向，似乎表现为从功利主义走向科学主义，但是，这一意向完全违背了知识活动中的主体建构原则，从而失去了跨民族文学研究的基本目的。

五四运动时期的新文化运动中出现的所谓"言必称希腊"，一方面在向西方文学学习中催生了新文学，诞生了新文学的叛逆精神，但是，另一方面则由于对本民族文学的虚无主义态度而使这一文学运动走向偏激，甚至出现"不读中国书"的偏激倾向。而20世纪30年代末期到40年代上半期，在延安出现反对"本本主义"的口号，毛泽东提出了文学发展中的"民族的形式"口号，这个局面可以理解为对跨民族文学活动中主体意识的强调，也可以理解为拒绝放弃文学活动的主体站位。但是，必须看到，毛泽东之"民族的形式"思想并不是对中华民族全部优秀文学遗产的提升，而是有特指的。他推崇的是民间文学的形式，反对的是"资产阶级和小资产阶级"的艺术形式。这个价值取向违背了民间文学与作家文学之间关系的基本原则：民间文学形式的功能是激活而不是取代作家文学形式，是赋予后者以新生而不是替代后者来生活。毕竟，文学形式的发展，其最先进的表现形式是经过作家提炼的结果，而不是民间文学本身原有的形式。事实上，延安时期代表这个思想的文学创作的最高成就，例如赵树理的小说，并非"原生态"民间形式，而是作家写作与民间因素的有机结合的产物。

圣典化倾向在世界上其他民族文学发展的道路上也有普遍的体现，例如法国 17 世纪的古典主义文学思潮、明治维新时期的日本文学等。但是，它呈现出思想情绪与创作实践的二元分裂状况，即：思想上全盘洋化，创作实践过程中积淀下来的经典却具有结合性。

3. "民族文化话语的消解"与后殖民主义文化立场。20 世纪 60 年代以来，全球化经济对世界文学的格局产生了巨大的影响，一个重要的依据是后现代文化下的文学存在。为什么这样说？所谓后现代文化的逻辑，乃是倡导"非中心化"，也有人表述为中心的边缘化、边缘的中心化，具体到学科上，其根本乃是对学科边界的模糊化，不承认有具体的不可逾越的学科边界，强调在文学、历史、哲学、宗教等传统意义上的学科之间进行"越界旅行"，不仅对于具体的学科边界的越界，而且表现在对民族文化边界的模糊化处理意识。这样说，也许表面上不符合后现代主义的"多元主义"立场，的确，作为后现代主义的大家之一，"杰姆逊期望第三世界文化真正与第一世界文化'对话'，以一种'他者'（或他者的'他者'）的文化身份进行一种特异的文化发言，以打破第一世界文化的中心权力话语。"① 但是，"多元主义"和"边界的模

① 王岳川：《后殖民主义与新历史主义文论》，山东教育出版社 1999 年版，第 10 页。

糊"是彼此矛盾的。不过，我理解，在这个问题上，赛义德的观点是有警示价值的。他强调："西方与东方之间存在着一种权力关系，支配关系，霸权关系……"① 也就是说，无论怎样多元化，话语历史链条上的东方和西方总是一种权力支配关系而不是一种简单的并行关系。所以，"简言之，正是由于东方学，东方过去不是（现在也不是）一个思想与行动的自由主体。这并不是说东方学单方面地决定着有关东方的话语，而是说每当东方这一特殊的实体出现问题时，与其发生牵连的整个关系网络都不可避免地会被激活"②。"东方是欧洲物质文明与文化的一个内在组成部分。东方学作为一种话语方式在学术机制、词汇、意象、正统信念甚至殖民体制和殖民风格等方面都有深厚的基础。"③ 他对所谓欧洲传统的重要学术阵地《东方学》作了如下的廓清："如果将18世纪晚期作为对其进行粗略界定的出发点，我们可以将东方学描述为通过做出与东方有关的陈述，对有关东方的观点进行权威裁断，对东方进行描述、教授、殖民、统治等方式来处理东方的一种机制：简言之，将东方学视为西方用以控制、重建和君临东方的一种方式。"④ 正因为如此，所以，"东方学不只是一个在文化、学术或研究机构中所被动反映出来的政治性对象或领域；不是有关东方的文本的庞杂集合；不是对某些试图颠覆'东方'世界的邪恶的'西方'帝国主义阴谋的表述和表达。它是地域政治意识向美学、经济学、社会学、历史学和哲学文本的一种分配；它不仅是对基本的地域划分（世界由东方和西方两大不平等的部分组成），而且是对整个'利益'体系的一种精心谋划——它通过学术发现、语言重构、心理分析、自然描述或社会描述将这些利益体系创造出来，并且使其得以维持下去；它本身就是，而不是表达了对一个与自己显然不同

① 赛义德著，王宇根译：《东方学》，三联书店1999年版，第8页。
② 同上书，第5页。
③ 同上书，第2页。
④ 同上书，第4页。

的（或新异的、替代性的）世界进行理解——在某些情况下是控制、操纵、甚至吞并——的愿望或意图；最重要的，它是一种话语，这一话语与粗俗的政治权力绝没有直接的对应关系，而是在与不同形式的权力进行不均衡交换的过程中被创造出来并且存在于这一交换过程中，其发展与演变在某种程度上也受制于其与政治权力（比如殖民机构或帝国政府机构）、学术权力（比如比较语言学、比较解剖学或任何形式的现代政治学这类起支配作用的学科）、文化权力（比如处于正统和经典地位的趣味、文本和价值）、道德权力（比如'我们'做什么和'他们'不能做什么或不能像'我们'一样地理解这类观念）之间的交换"①。

我这样说，不是狭隘地理解后现代主义文化的逻辑，而是认为，在后现代文化语境下的跨民族文化和文学交往，不能一相情愿地想象存在着所谓"未受污染"的纯粹的民族文化或民族文学。这种情形在西方传统的学术研究对象中更其明显。从文艺复兴开始尤其是19世纪以来日益加剧的殖民化过程，使民族文学交往过程中的话语权力问题显得益加剧烈。西方文化话语成为交往过程中的强势话语，由此形成了不仅在西方学术界而且在各个民族学术界都不同程度上存在着"西方中心主义"。因此，文学研究的西方话语实际上起着消解其他民族地区文化的独立性的作用。这种倾向，与全球化态势的经济运作方式、价值评价标准联系起来，构成了一种新的文化殖民现象。表现在文学研究上，文学民族性的取消或强调，成为一种行为的两个侧面，并不构成对立性。问题的关键在于：文学的民族性成为一个问题，这本身是一个文化殖民时代才能产生的。

以上的三种文化站位，我理解，都是以取消或强调民族文学研究中的文化站位作为前提的。而我认为，在这个问题上，还存在着另一种思维方式。

---

① 赛义德著，王宇根译：《东方学》，三联书店1999年版，第16页。

巴赫金的外位性理论和"他人文化的眼睛"的意义

我认为，在面对跨民族文学交往活动中需要解决的文化站位问题，有必要借助巴赫金提出的"外位性（вненаходимость，也有翻译为"外在性"）理论"。20世纪俄国哲学家、文艺学家巴赫金（1899—1975）提出了这个重要的理论，他强调跨民族文学的研究必须以文化站位的独立性为前提，强调文学交往活动中存在着两个主体，要在对方中认识自我为核心理念的"外位性立场"。1965年，巴赫金写了《答〈新世界〉编辑部问》这篇著名的文章，表述了文化接受过程中保持外位性立场的观点：

> 存在着一种极为持久但却是片面的，因而也是错误的观念：为了更好地理解别人的文化，似乎应该融于其中，忘却自己的文化而用这别人文化的眼睛来看世界。这种观念，如我所说是片面的。诚然，在一定程度上融入到别人文化之中，可以用别人文化的眼睛观照世界——这些都是理解这一文化的过程中所必不可少的因素；然而如果理解仅限于这一个因素的话，那么理解也只不过是简单的重复，不会含有任何新意，不会起到丰富的作用。创造性的理解不排斥自身，不排斥自己在时间中所占的位置，不摒弃自己的文化，也不忘记任何东西。理解者针对他想创造性地加以理解的东西而保持外位性，时间上、空间上、文化上的外位性，对理解来说是件了不起的事。要知道，一个人甚至对自己的外表也不能真正的看清楚，不能整体地加以思考，任何镜子和照片都帮不了忙；只有他人才能看清和理解他那真正的外表，因为他人具有空间上的外位性，因为他们是他人。

在文化领域中，外位性是理解的最强大的推动力。别人的文化只有在他人文化的眼中才能较为充分和深刻地揭示自己（但也不是全部，因为还会有另外的他人文化到来，他们会见得更多，理解得更多）。一种涵义在与另一种涵义、他人涵义相遇交锋之后，就会显现出自己的深层底蕴，因为不同涵义之间仿佛开始了对话。这种对话消除了这些涵义、这些文化的封闭性与片面性。我们给别人文化提出它自己提不出的新问题，我们在别人文化中寻求对我们这些问题的答案；于是别人文化给我们以回答，在我们面前展现出自己的新层面，新的深层涵义。倘若不提出自己的问题，就不可能创造性地理解任何他人和任何他人的东西（这当然应是严肃而认真的问题）。即使两种文化出现了这种对话的交锋，它们也不会相互融合，不会彼此混淆；每一文化仍保持着自己的统一性和开放的完整性。然而它们却相互得到了丰富和充实。①

巴赫金把外位性看做是理解的强大的推动力，首先，他反对融于别人民族文化之中，忘却自己的文化而用别人的文化的眼睛来看世界，认为"别人的文化只有在他人文化的眼中才能较为充分和深刻地揭示自己（但也不是全部，因为还会有另外的他人文化到来，他们会见得更多，理解得更多）"；其次，只有不同民族文化之间的交往，才能构成文化间的对话，"这种对话消除了这些涵义、这些文化的封闭性与片面性"。再次，在跨民族文化交往活动中，我们具有文化站位上的主体意识，"我们给别人文化提出它自己提不出的新问题，我们在别人文化中寻求对我们这些问题的答案；于是别人文化给我们以回答，在我们面前展现出自己的新层面，新的深层涵义。倘若不提出自己的问题，就不可能创造性地理解任何他人和任何他人的东西（这当然应是严肃而认真的问题）"。最

---

① 巴赫金：《答〈新世界〉编辑部问》，见《巴赫金全集》第4卷，河北教育出版社1998年版，第370页。

后，"即使两种文化出现了这种对话的交锋，它们也不会相互融合，不会彼此混淆；每一文化仍保持着自己的统一性和开放的完整性。然而它们却相互得到了丰富和充实。"巴赫金的这个外位性理论在跨民族文化的文学研究领域具有相当重要的思想意义。

很显然，在西方哲学文化的背景下，巴赫金的外位性理论具有相当久远的文化渊源。第一个渊源可能与柏拉图的"洞穴隐喻"相关。古代民族偶然间发现，靠近洞穴墙壁的火堆能够把自己的身影投射到墙壁上，由此，他们通过火光的投影认识了自己。这个隐喻经常被人引用，说明人要认识自身需要借助于外在的因素；而且，只有借助于外在力量才能认识自己。从哲学上说，古代希腊人的著名命题——"认识你自己"——可以说是这个命题的动机。西方哲学的形而上学传统一直探索着意识和自我意识的功能，应该看做这个理论的思想渊源。柏拉图在《理想国》里这样说："一种相当简单的方法，或者有许多种可以完成这种技艺的快而简易的方法，但最简便的莫过于迅速地旋转一面镜子——你可以很快地在镜子中制造出太阳、天空、大地和你自己，以及其他动物、植物和我们刚才所提到的一切东西。"① 事实上，这个思想对巴赫金的镜子理论具有相当直接的影响——他自己就构思了一篇论文，题为《镜中人》，也在一些著作的间隙使用了"镜子比喻"。而20世纪西方的一些哲学家也提出过与这个思想相关的理论（例如拉康"镜像理论"）。我认为，巴赫金的这个思想与西方哲学史上的主体间性理论具有密切的联系。有的学者把西方哲学的主体间性学说概括为六种形态：亚里士多德模式、康德模式、费希特模式、胡塞尔模式、海德格尔模式、马克思或哈贝马斯模式。我理解，巴赫金的外位性理论与"强调他人的存在是自我性的条件"的费希特模式和强调"自我主体对他人主体的构造以及

_____

① ［希腊］《柏拉图全集》第二卷，王晓朝译，商务印书馆2003年版，第615页。

交互主体对共同世界的构造"的胡塞尔模式具有思想上的联系。① 俄国巴赫金研究者则认为，巴赫金的外位性理论与俄罗斯哲学具有紧密的思想联系。Н. К. 鲍涅茨卡雅在《巴赫金与俄罗斯哲学传统》一文里清理了巴赫金与韦坚斯基的思想关联。她认为："巴赫金在外位性思想的基础上建立起了自己的对话哲学。"她强调，巴赫金的这个思想来源于俄国哲学家韦坚斯基和他的学派的范畴。韦坚斯基学派对"我"和"非我"的区分，表明了一种人的"存在深处的'未完成性'"②。韦坚斯基的这个思想可以说是德国古典哲学的费希特传统的延伸。

巴赫金这个理论的核心在于，跨民族文学交往的外位性站位获得了一种超视（избыток видения），在"时间、空间和文化上"的外位立场，也就是超越自我所处的孤立性站位，获得在时间、空间和文化上的超越站位。这个站位也就是具备一种视野。"超视"可以说是巴赫金外位性理论的最高境界。"外部的视点，其超视性和边界。从自身内部看自己的视点。在哪些方面这两种观点不相一致，不能相互融合。事件正是在这不相吻合的点上展开，而不是在一致的地方（即不管是外部或内部的视点）。在自我意识的过程中，'我'和'他人'永无休止地互相争论。"③ 个人不局限在自己固定的立场上，而是超越它，站在外位性立场上，反过来，自我便成为观照的对象。在《答〈新世界〉编辑部问》里，巴赫金在文化的超越性视野意义上作了集中的阐述；他之论述莎士比亚、古希腊与自己时代的关系，可以看做对时间和空间意义上超越性视野的论证。而审美意义上的外位性状态，就是对话性。

我理解，巴赫金的关键思想是试图建立一个超越孤独的个人意识

① 王晓东：《西方哲学主体间性理论批判：一种形态学视野》，中国社会科学出版社 2004 年版，第 20—21 页。

② ［俄］Н. К. 鲍涅茨卡雅：《巴赫金与俄罗斯哲学传统》，见俄罗斯《哲学问题》1993 年第 1 期。

③ 巴赫金：《演讲体以其某种虚假性……》，见《巴赫金全集》第四卷，河北教育出版社 1998 年版，第 78 页。

（包括孤立的民族意识）的大视野，在审美活动中，则表达了在历史时间、空间和文化发展历史过程中建立"我的话语"与"他人话语"之间的对话性的愿望。这个思想决定了巴赫金的学术研究理念具有很强的人文色彩。

如何理解跨民族文学研究的文化站位

跨民族文学交往过程中的文化站位问题，其实质是话语权力问题；在其现实性的层面上，是如何在全球化的文化景观中解决民族文学的独立性和开放性这个"悖论"。关于这个问题，据我理解，具有两面性：一方面，以民族文化的身份参与到世界文学的格局中去，这在民族文学交往日益频繁的今天，对于任何一个民族国家来说，都是一种基本的国策。这种参与，实际上就是在谋求一种话语的权力。另一方面，任何现代民族实际上又不能回避自身向外来文化的开放和外来文化对自身的渗透。也就是说，当你谋求本民族文化在"世界文化"框架内的话语权力的同时，你的"民族文化"同时已经成为非原生态、非民族的了。事实上，这种文化的多元渗透现象不仅属于全球化的今天，在前现代历史发展阶段就业已存在，只不过，这种渗透在当时表现为一种渐进的、缓慢的和有序的过程，而在今天变得更加迅速、普遍和无序了，甚至可以说，这种渗透的无序变化已经成为民族文化生存的常态。因此，在这个意义上，在当下谈论纯粹民族文化的话语权力是没有意义的。

但是，这并不意味着以民族文化身份介入世界文学研究是一种无意义的假设。这个问题的本质是验证民族文化的生存力。马克思和恩格斯所说"各个民族的精神活动的成果已经成为共同享受的东西。民族的片面性和狭隘性已日益不可能存在，于是由许多民族的和地方的文学形成了一个世界的文学"的思想，强调了民族精神活动的成果共享、民族的片面性和狭隘性的消除，却并非意味着民族文化身份的解除。事实上，对于各个民族来说，在民族文化渗透日益成为常态的情况下，如何谋求民族的文化身份恰好成为一个生存策略。这是话语霸权的争夺。无论哪个"世界公民"都会谋求本民族文化作为世界文学大家庭里活生生的存在，都不会默认本民族文化作为化石存在。换句话说，宣称放弃本民族文化在世界文学里的生存权是不可思议的。而这种境况就构成了当下语境里文化站位问题的关键。

宗白华先生曾经说："将来世界新文化，一定是融合两种文化优点而加以新的改造的。这融合东西方文化的事业，以中国人做最相宜，因为中国人吸收西方文化，以融合东方，比之欧洲人来采撷东方文化，以融合西方，较为容易，以中国文字语言艰难的缘故。中国人天资本极聪颖，中国学者，心胸思想，本极宏大，若再养成积极创造的精神，不流入消极悲观，一定有伟大的将来，于世界文化上一定有绝大的贡献。"① 宗白华先生这段话表明了三个意思：一是未来世界新文化是文化融合的结果；二是从技术上说，中国文化来整合世界文化最合适；三是中国文化要实现整合世界文化的使命需要克服自身的不足。季羡林先生也在不同的场合表示："把中华民族文化中的精华分送给世界各国人民，使全世界共此凉热。"② 我理解，虽然宗、季两位先生的学术工作都具有世界性价值，但是，我仍然认为，他们对未来世界文化格局中中华民族文化的位置的估量带有文化站位因素，也就是说，两位前辈是站在中华民族文化的位置上来考虑世界文化格局的。这表现出一种文化站位姿态。归根结底，他们的文化站位属于一种"体用倾向"与"圣典化倾向"。

我理解，具体的文化站位之于跨文化文学研究具有积极的意义。但是，对于这个问题又不能简单化处理，一是不能对所有民族文化下的文学一概做"我化"或"他化"处理，而应该放在后现代多元并存的语境

---

① 《宗白华全集》第八卷，安徽教育出版社1994年版，第102页。
② 季羡林：《东学西渐丛书·序》，河北人民出版社1999年版。

下兼容；二是不能以"我的"或"他的"价值判断替换任何"他者"或"我"的价值判断，而应该对价值标准作开放的理解。

在这里，巴赫金的外位性理论就具有明显的价值。在外位性理论看来，站在"他者"民族文化的外面，给别人的文化提出它自己提不出的新问题，于是，"他者"的文化在"我们"面前展现自己的新层面，这是一种新的文化景观；与此相应，"我的"文化也在"他者"的眼光里层现"我"不能看到的新的意义层面，在世界的另一个半球焕发新的光彩。这种外位性眼光并非解除"他者"或"我的"文化的独立性，却丰富了彼此的文化体验。我理解，后现代景观下的"世界文学"概念，是必然具有包容性的，这种充分的包容性既不是殖民时期的文化侵略，或前现代主义时期的非此即彼选择，也不可能做到彼此老死不相往来的隔绝。充分的包容应该达到这样一个境界："即使两种文化出现了这种对话的交锋，它们也不会相互融合，不会彼此混淆；每一文化仍保持着自己的统一性和开放的完整性。然而它们却相互得到了丰富和充实。"这样，全球化时代跨文化的世界文学研究，才是真正的世界文学研究，而不是文学世界的殖民。

（原载《民族文学研究》2006 年第 4 期）

如何走出西化的文论话语

——从"世界文学"命题的遮蔽性说起

王卫东　杨　琳

在大多数场合，"世界文学"是与"经典"同义的。无论"世界文学"是作为各民族文学经典之作的集合，还是世界文学史上经过时间过滤而为全世界所有民族共同视为普遍财富的古典文学，抑或根据特定美学规范和文学观念确认的世界文学名篇，都是"经典"。这个观念的前提，是"民族文学"中的经典之作必然进入"世界文学"之林，成为"世界文学"的一部分。但问题在于，并非所有"民族文学"的经典之作都被看做"世界文学"，只有欧美文学才被认为是"世界文学"。本文欲从"世界文学"命题切入，揭示西方文论的遮蔽性，讨论中国文论成为世界性文论的路径。

一　"世界文学"与"民族文学"的对立统一

在讨论"世界文学"时，学界习惯于回到歌德和马克思、恩格斯的"世界文学"命题，这一命题至今仍在左右着我们对当下文学性质的判断。众所周知，歌德是在 1827 年 1 月 31 日与爱克曼谈话中提到这个命题的。他认为"民族文学在现代算不了很大的一回事，世界文学的时代已快来临了"①。十多年后，马克思、恩格斯在《共产党宣言》中所说道："资产阶级，由于开拓了世界市场，使一切国家的生产和消费都成为世界性的了……过去那种地方的和民族的自给自足和闭关自守状态，被各民族的各方面的互相往来和各方面的互相依赖所代替了……民族的片面性和局限性日益成为不可能。"② 经济全球化必然要求经济的同质化，"由于一切生产工具的迅速改进，由于交通的极其便利，把一切民族甚至最野蛮的民族都卷到文明中来了。它的商品的低廉价值，是它用来摧毁一切万里长城、征服野蛮人最顽强的仇外心理的重炮。它迫使一切民族——如果它们不想灭亡的话——采用资产阶级的生产方式；它迫使它们在自己那里推行所谓文明制度，即变成资产者。一句话，它按照自己的面貌为自己创造出一个世界"③。经济全球化只是全球化的起点，全球化并不限于经济全球化而迅速扩展到一切领域，"物质的生产是如此，精神的生产也是如此。各民族的精神产品成了公共的财产。民族的片面性和局限性成为不可能，于是由许多民族的和地方的文学形成了一种世界的文学"④。对于歌德和马克思、恩格斯的命题，有学者指出："如果说，歌德是基于对世界性文学交流中所不断显现的人类同一性的领悟，确认了一体化世界文学实现的可能性；那么，马克思、恩格斯则是从人类物质生产的世界性必然导致人类精神生产的世界性这一命题出发，论证了一体化世界文学形成的必然性。"⑤ 在歌德那儿，"民族文学"被等同于片面和特殊，"世界文学"与全面和普遍相连，于是"民族文学"与"世界文学"构成一组对应的范畴，"民族文学"内在于"世界文学"之

---

① ［德］爱克曼辑录，朱光潜译：《歌德谈话录》，人民文学出版社1978年版，第113页。

② ［德］马克思、恩格斯：《马克思恩格斯选集》第一卷，人民出版社1977年版，第255页。

③ 同上书，第254页。

④ 同上书，第255页。

⑤ 曾小逸：《走向世界文学》，海南人民出版社1985年版，第10页。

中，只要克服了片面性和特殊性，就能获得全面性和普遍性，走向"世界文学"，"世界文学"成为"民族文学"的动力和目的。韦勒克是这样阐释歌德"世界文学"命题的，"（歌德）所考虑的是独一无二的、一体化的世界文学，在世界文学里各民族文学之间的差异将会消失，尽管他知道那是遥远的将来的事情"。① 郑振铎也认为："世界的文学就是世界人类的精神与情绪的反映。""研究文学，就应当以'文学'——全体的文学——为立场。什么阻隔文学的统一研究的国界及其他一切障碍物都应该一律打破。"② 苏联学者日尔蒙斯基的观点与此相同："按照他的意思，建立在各民族之间的'或多或少的精神商品的自由交换'基础上的'世界文学'，应该排除狭隘的民族局限性的框框，把历史发展各阶段由各民族创造的最最珍贵的东西都包含到自己的组成部分中去。"③ 在这样的思维中，"民族文学→世界文学→越是民族的就越是世界的"便成为必然的逻辑。

"民族文学—世界文学"想象性的起点是对立两极的互补关系，然而，这种互补是不存在的。"民族文学"并不内在于"世界文学"之中，我们并不能从"世界文学"中把"民族文学"抽取出来。刚好相反，"民族文学"正是"世界文学"所缺乏的，目的是使"世界文学"这个概念获得现实性，使之实在化。换言之，只有作为"民族文学"的对立面存在，"世界文学"才能具有本体论意义上的一贯性。具体而言，"世界文学"与"民族文学"并不是对对方的简单否定，而是彰显出对方的存在——不是互相依赖，而是其中一方会以辩证的方式反过来向其

① ［美］韦勒克：《比较文学的名称与性质》，转引自干永昌等编《比较文学研究译文集》，上海译文出版社1985年版，第141页。

② 参见郑振铎《郑振铎全集》第15卷，花山文艺出版社1998年版，第140—150页。

③ ［苏］日尔蒙斯基：《对文学进行历史比较研究的问题》，转引自北京师范大学中文比较文学研究组编《比较文学研究资料》，北京师范大学出版社1986年版，第110—111页。

对立面转化。"这样，我们就看到了极端之间、对立的两极之间一种'直接的互换'：纯粹的爱转变成恨的最高形式；纯粹的善变为极端的恶；彻底的无政府主义与终极的恐怖相交接，凡此种种。通过极端到极端之间这条直接的通道，我们超越了外部否定性的层次：每一个极端都不仅是对另一个极端的否定，而是针对它自身的否定，是属于它自己的否定。"① 如果一方在极端对立的情况下就是另一方的话，它是不可能填补另一方的欠缺的。因此，转化不意味着相互弥补对方的缺失，只证明了缺失的这一事实；不可能形成一种新的统一体，而只能在想象中将双方作为有区别的东西放置起来，以此缓解双方的对立。在这里，缺失被具体化。也正在此之中，我们看到，差异正是双方身份的必然构成。"民族文学"与"世界文学"的地位是相辅相成的，互证对方的合理性。在"民族文学—世界文学"结构体中，"民族文学"是"世界文学"的"其他"，是对"世界文学"的否定；"世界文学"是"民族文学"的"其他"，不仅是对"民族文学"的否定，而且是对"世界文学"自身的否定。这一命题，既压制了民族文学的自觉，又可以使民族文学臣服于"世界文学"。

二　从"世界文学"概念看西方文论对中国文论的压抑

人类总是通过压制他人的自我意识确立自己的主体性和自由。首先是遮蔽生物的意识以确立人的主体性，再就是压抑某些民族的自我意识以确立另一些民族的主体性地位，而且通过社会记忆机制，使这种压抑自然化。

如果说"世界文学"是"各民族文学经典之作的集合"，那么，"世界文学"就包含了自我否定的因素。"世界文学"只要与"民族文学"

---

① 参见斯拉沃·齐泽克著，吴蕾译《如何让身体陷入僵局？》，转引自汪安民、陈永民主编《后身体：文化、权力和生命政治学》，吉林人民出版社 2003 年版，第 78—85页。

相对立，它就被抽去了具体内容而成为一个象征；如果要具体化，就会转化为最高级的"民族文学"，属于讲述"世界文学"的那些人的"民族文学"（在这个意义上，"世界文学"不排斥"民族文学"，但这只特指某些民族文学，其他民族文学并不包括于"世界文学"之中）。这样，在"世界文学"命题提出之后，欧美文学自然就被等同于"世界文学"。在早期欧洲研究者那里，世界文学就是、而且只能是欧洲文学。即便后来扩大了"世界"的外延，给东方文学一定的地位之后，仍然把欧洲文学作为文学的主体，东方文学充其量只是西方文学的源头和原动力之一。（这样一来，欧美人不再关注其他民族的文学自是正常，欧美之外的其他民族必然奉欧美文学为圭臬。）

很多人在引用或照搬"世界文学"概念的时候，都没注意到其后的权力问题。隐藏在"世界文学"概念之后的是一整套话语权力，这种话语权力不是强迫人们做什么或不做什么，而是通过这种讲述赋予世界文学一种秩序。在这套话语中，"民族文学"是特殊的、边缘的，"世界文学"才是普遍的、中心的，只有符合超越于众多"其他"民族文学的更高的"模范"标准或价值尺度的文学才可能成为世界文学，全世界的文学可以而且应该服从于同一逻辑，在一个中心、一种典范的引导下发展并走向统一。"世界文学"的讲述就是把讲述者认可的那种秩序作为唯一正确的表述，排除了其他可能而且肯定有的其他的秩序。这种文学秩序，就是歌德所说的古希腊文学。歌德的原话是这样的："我们不应该认为中国人或塞尔维亚人、卡尔德隆或尼伯龙根就可以作为模范。如果需要模范，我们就要经常回到古希腊人那里去找，他们的作品描绘的总是美好的人。对其他一切文学我们都应只用历史眼光去看。碰到好的作品，只要它还有可取之处，就把它吸取过来。"① 这充分说明，在歌德心目

---

① ［德］爱克曼辑录，朱光潜译：《歌德谈话录》，人民文学出版社1978年版，第113—114页。

中，有一种文学——就是古希腊文学——才成其为"模范"，其他民族的文学，充其量只能是"其他"。古希腊文学就是标准，其他民族文学应该而且只能以这标准去衡量、选择，"都应只用历史眼光去看"。也就是说，不同民族的文学构成文学发展的不同层面，处于文学发展的不同阶段，希腊文学就是这一金字塔的顶端。这明显是一种进化论式的发展观，即把世界上的各个民族文化转化为历史坐标上的不同点，把各个民族置于不同的发展阶段，以欧美作为发展的目的和指向。内藏的倾向，是文化优越论：异于己族的"非我"（他族）被置于历史的另一端（原始），"我族"的优越性自然被确立。歌德说道："中国人在思想、行为和情感方面几乎和我们一样，使我们很快就感到他们是我们的同类人。"[①] "他理解外国文学的原因，不是由于外国人与自己的不同之处，而是由于外国人与自己的相通之处。这说明，他的基础是普遍人性。当然，这个普遍的人性，与奥林匹克式的普遍人性不同。他指的不是人的体力，而是'思想、行为和情感'。人是否可能具有普遍的情感，从而形成对文学的普遍的标准？这里面种种复杂情况，歌德并没有意识到。"[②] 歌德当然不可能意识到。他抱着一种理性主义和进化论的思想，真诚地相信有一以自己形象为本的，更高、更"文明"的人性，真诚地相信不同的文化和文学有共同的本质（因此才能相互理解），相信各种文化和文学之间有统一的理性标准（因此才有"模范"）。歌德的理性精神、他对普遍性的追求，使得他提出和坚信以希腊为典范的"世界文学"是全世界各民族文学的目标和归宿。他根本就没有认为，也不可能想到还有以中国、非洲、印度或其他民族文学为典范构成另一种世界文学的可能性，更没有想到保存民族个性的必要性。法国学者洛里哀进一

---

① ［德］爱克曼辑录，朱光潜译：《歌德谈话录》，人民文学出版社 1978 年版，第 112 页。

② 高建平：《论文学艺术评价的文化性与国际性》，《文学评论》2002 年第 2 期。

步发挥道："因各民族接触愈密的结果，想来各国所具有的特性必将渐归消灭……一切文学上之民族的特质也都将成为历史上的东西了。总之，世界主义和国际主义将成为世界思想的生命；各民族将不复维持他们的传统。"① 严格地说，不是"各民族将不复维持他们的传统"，而是"多数民族将不复维持他们的传统"，只有极少数民族将维持他们的传统，并使其文化普遍化为"人类文化"，将其文学普遍化为"世界文学"。对歌德的"世界文学"命题，韦勒克评论道："他用'世界文学'这个名称是期望有朝一日各国文学都将合而为一。这是一种要把各民族文学统起来成为一个伟大的综合体的理想，而每个民族都将在这样一个全球性的大合奏演奏自己的声部。但是，歌德自己也看到，这是一个非常遥远的理想，没有任何一个民族愿意放弃它的个性。今天，我们可能离开这样一个合并的状态更加遥远了；而且，事实可以证明，我们甚至不会认真地希望各个民族文学之间的差异消失。"② 其后的"世界文学"概念，延续了歌德的思想，顺其路径建构歌德式的"世界文学"秩序（最多也就是"世界文学"的主体稍有不同，但思路是一致的）。闻一多就这样论证世界文化的发展，"最后，四个文化（指中国、印度、以色列和希腊文化）慢慢的都起着变化，互相吸收、融合，以至总有那么一天，四个的个别性渐渐消失，于是文化只有一个世界的文化。这是人类历史发展的必然路线，谁都不能改变，也不必改变"③。在这看似合理的观点之后，隐藏着一元论的危险，认为全世界的文化服从于一种发展逻辑，并在一种典范的引导下发展。将时间空间化和空间时间化，即把各个民族置于同一历史坐标上的不同时点，并以此为根据评判其优劣。

　　我们谈论某一事物时，此前已有关于该事物的模式，并以此模式去

---

① ［法］洛里哀著，傅东华译：《比较文学史》，上海书店1989年版，第352页。

② ［美］韦勒克、沃伦著，刘象愚等译：《文学理论》，三联书店1984年版，第43页。

③ 闻一多：《闻一多全集》第1卷，三联书店1982年版，第201页。

现实中寻找对应物，去感受世界。当关于某种秩序的讲述并非自己而属他人，我们不加思考地接受并照此去观察、感受时，自然失去判断能力。理论话语的借用并非最可怕，可怕的是理论感觉的"他者化"，理论感觉不再是自己的，就没有任何理论是属于自己的了。

就文论而言，这体现在以下两个方面：

第一，中国文论的西方化，把西方文论内化为民族文论的自我意识。我们的全球意识并非自然生成的，而是在全球格局发生根本变化的情形下迫不得已的自我意识的发展取向。因此，我们以全球意识争取自我生存权时，也不可避免地继承了源于西方全球意识的普遍性和中心性倾向。西方文论被引进以后，西方文论始终被视为世界文论而没被视为西方文论。我们不加思考地把西方文学等同于文学标准，西方文学的叙述模式为理想的模式，中国文学史是欧洲文学史的翻版。如以亚里士多德《诗学》所规定的叙述模式为标准评判中国小说。悲剧的有无一直是中国古代美学研究的一个重要课题，关键就在于中国古代的戏曲不同于西方戏剧。为了证明中国古代也有悲剧，争得与西方平起平坐的资格，很多研究者不惜削足适履。有人把20世纪80年代以来文论追逐西方理论的原因归之于全球化的焦虑，其实是生存的焦虑。很多人把西方最新文论视为最先进的理论，以足够的敏捷将西方的最新文论占为己有，抢占话语权，以谋求继续生存的资本。但他们却忽略了在借用西方话语时能指和所指常常发生的分裂，能指是西方的话语符号，所指却是中国的现实文本。所以，民族文论的最大问题不是来自其自身，而是来自外在的理论结构。将民族文论的问题归之于传统与现代的不协调，表面上看是试图揭示深层原因，实则掩盖了主要问题。产生这种倾向的主要原因，是论者在引进理论的时候进行了问题移植。

那么，近几年国内的文学创作和文学理论中的民族化倾向，是否是对西化的超越？否。西化和民族化实质上是民族主义和大国心态的双重表现，即对昔日的辉煌怀念和落后的现实所引发的自卑而借西化之途走向现代化，一旦有较大的发展，就会以自身民族文化为人类的普遍文化形态，从而争夺文化权威。对"世界文学"的热衷，对歌德的"越是民族的越是世界的"观点的推崇，其后是中国人谋求世界大国地位、重回一流大国的渴求。

第二，借助社会记忆机制，使西方文论得以保存，成为民族文论的有机组成。部分民族文学进入世界文学并不是点缀，是西方确证自我和使其他民族文学西方化的需要使然。那些表现民族精神和意识作品则很难进入世界文学，成为"世界文学"的一部分，从而成功地将其排除于社会记忆之外。诺贝尔文学奖等"世界性"评奖机制其实是欧美文学即"世界文学"的自然化机制。结果是欧美文学普遍化，民族文学特殊化。詹姆逊的第三世界文学"寓言"说就是非西方的民族文学被归之于特殊化、西方文学被作为世界化的一种表现。再就是以西方文论为尺度，把古代文论纳入西方话语系统，成为西方文论的注释。如以现实主义、浪漫主义、典型等评判古代文学作品，将古代文论的某些命题或范畴比赋于西方文论。这实际上是把中国古代文论视为失去生命力的文化寓言，说明经过西方文化、学术范式和文论几十年的浸染之后，我们已经无意识地把西方文论作为唯一合法的理论形态，把不同于西方文论的中国古代文论视为前理论、潜理论或西方文论的低级阶段。

三 走向"世界性文论"的路径

大凡伟大的思想家，其思想都不是单纯、透明的，而是复杂、多样的，有着众多的可能性，从而使其保持着巨大的张力和永恒的活力，使后继者可以从中得到各种启示。歌德的"世界文学"命题也是同样。我们在上文分析了歌德这个命题的遮蔽性。与此同时，我们也应该看到，歌德的"世界文学"概念容许不同的阐释并存，其命题还可以有另外的阐释。不少人注意到，歌德在与爱克曼的谈话中，否定了当时常见的对中国文学的猎奇心理，表明他对中国文学作品的欣赏是由于作品所引发的共鸣，强调了各民族之间的相互尊重、宽容，至少应该理解。与黑格尔相比，这是非常难得的文化心态，显示出一种海纳百川的胸襟。茅盾先生就从这个角度，对歌德的"世界文学"命题做出了另一种阐释，"这个世界性的文学艺术并不是抛弃现有各民族文艺的成果，不是凭空建立起来的，恰恰相反，这是以同一伟大理想，但是不同的社会现实为内容的各民族形式的文艺各自高度发展之后，互相影响深化而得的结果：是故民族文学更高的发展，适为世界文学之产生奠定了基础。"① 朱光潜先生也曾认为："（歌德认为）世界文学是由各民族文学互相交流，互相借鉴而形成的；各民族对它都有所贡献，也都从它有所吸收，所以它和民族文学不是对立的，也不是在各民族之外别树一帜。歌德对于世界文学的主张是辩证的：他一方面欢迎世界文学的到来，另一方面又强调各民族文学须保存它的特点。懂得这种辩证观点，我们就可以理解歌德在这问题上一些貌似自相矛盾的言论……实际上这些话里并没有矛盾，世界文学愈能吸收各民族文学的特点，它也就会愈丰富，不应为一般而牺牲特殊。歌德在另一个场合说得很明白，'我们重复一句：问题并不在于各民族都应该按照一个方式去思想，而在他们应该互相认识，互相了解；假如他们不肯互相喜爱，至少也要学会互相宽容。'"② 显然，这是一种强调文学间性的思路。沿着这个思路，"世界文学"就不应该是单数的，而应该是复数的，是一个集合名词，泛指人类历史上所有民族、国家所创造又在本原文化外流通的文学，即"世界性文学"。很明显，这是一个实用的"世界文学"概念：凡是在本原文化范围外流通翻译或影响其他民族文学的文学即为世界文学。换言之，"世界文学"不再只是一种，而是有很多种，有中国的、法国的、南非的……"世界文学"，"世界文

① 茅盾：《旧形式·民间形式·民族形式》，《戏剧春秋》1940年第2期。
② 朱光潜：《西方美学史》，人民文学出版社1979年版，第434—435页。

学"的标准也不再是一元的而是多元的。①

这个意义上的"世界文学"和"民族文学",是一个开放的概念。"所谓封闭的概念,是指那些有必要的和充分的条件的概念,这种概念只有在逻辑和数学领域中才能找到。在这些领域中,概念是一种被规定了的确定的东西……"② 在文化和文学理论领域,封闭的概念难脱本质主义的嫌疑,我们认为这两个概念是开放的,不具有内在的自足性。"世界文学"是交流的产物,是民族文学对其他民族文学的借鉴和吸收,如果将其抽象化和普遍化,就只可能剩下一个空洞的能指。"民族文学"除了作家的民族国籍这一明确的标识,很难在文学作品与民族之间形成一种有效的、可供辨识的特殊内涵。假如说"民族文学"是一种特殊的文学形态,就重复了民族—世界的对立。正如有的论者所说,民族之为"民族",是由于有"世界"作为参照。

在此,可能会出现一个问题,既然"世界文学"的命题具有遮蔽性和压抑性,为什么不取消这个命名呢? 笔者认为,如果取消这个概念,就难以表述各民族文学的交流和彼此吸收。同样地,"民族文学"概念也有其存在的充足理由。"民族文学"的命名,内含了特定民族文学的自我定位,也隐含了边缘民族在当今文化结构中遭到的压抑,以及边缘民族的自我表述和反抗的立足点。

"世界文学"和"民族文学"都是一种群体想象。"世界文学"表述不同民族文学之间的相互交流和吸收的可能性;"民族文学"表述建立在民族共同体想象的基础之上。特定文化的所有的成员都认为民族文化具有某些同质性因素,只要不认为一个民族具有某种恒定不变的本质,注意到民族文化的世界性,民族文学间的交流就成为可能,实现世界性的文学就具有现实可能性。

---

① 高建平:《论文学艺术评价的文化性与国际性》,《文学评论》2002 年第2 期。
② [英] H. G. 布洛克:《美学新解》,辽宁人民出版社1987 年版,第8 页。

文化的差异性不可能通过分配而消除，只能通过不同文化间的交流、理解而达到共享。民族文学和文论不仅需要吸收，更需要推出，即不但要拿来，而且要拿出。① 拿出，对于强势文化来说不成其为问题，对于弱势民族就特别突出。现实世界文化交流的不对等性，提醒我们应当建立适当的机制，扩大对外交流，通过各种方式和途径将本民族的文化推到其他国家，使其他民族和国家有可能和机会了解本族文化，从而使本民族的文学和文论成为世界文学的有机组成。

（原载《思想战线》2004 年第 4 期）

---

① 王岳川：《当代文化研究与文化批评症候》，《博览群书》2002 年第 2 期。

全球化图式中的文学焦虑

欧阳友权

21世纪文学生态变迁首先要面对"全球化"的挑战。希利斯·米勒曾说:"什么是全球化?这个词本身有点奇怪,它既表明一个过程,同时也指一个既成事实。它有时指已经发生了的事情,而有时则指正在发生的事情,或许离完成还有一段长长的距离。人们可以说,我们已经被全球化了。"① 这种描述很切合今天的中国人对"全球化"的感受——因为全球化不仅意味着全球经济、政治、文化的一体化,还意味着现代化甚至后现代化,而中国的实际状况却还处在从农耕社会向工业社会转变的历史进程之中,这时候便说中国"被全球化了"未免危言耸听,但我们却又时时感受得到"全球化"的巨大影响,在中国入世以后这种感受更为明显。美国学者酒井直树把这种"前现代—现代—后现代"并置现象称为"历史图式",今天的中国文学就处于这种全球化"历史图式"中。

有关"全球化"的解释,里斯本小组②的学者对此有这样的权威界说:(1)全球化涉及的是组成今天世界体系的众多国家和社会之间的各

① [美] J. 希利斯·米勒:《论全球化对文学研究的影响》,《当代外国文学》1998年第1期。

② 20世纪80年代后期,欧洲委员会建立了由葡萄牙、比利时、意大利、美国、日本、加拿大、法国和瑞士等国的专家学者组成的里斯本小组,集中进行全球化问题研究,并于1995年出版了《竞争的极限——经济全球化与人类的未来》一书。

种联系的多样性；（2）全球化描述的是这样一个过程：世界部分地区所发生的事件，所作出的决策和行动，可以对于遥远的世界其他地区的个人和团体产生具有巨大意义的后果；（3）因此，全球化包括两种不同的现象，即作用范围（或者扩大）和强烈程度（或者深化），它包括空间范围的内容和彼此交往、交换，横向联系和相互依赖的进一步加强；（4）但是，全球化并不意味着这个世界在政治上已经实现了统一，经济上已经完成了一体化，文化上已经实现了同质化；（5）恰恰值得人们注意的是，全球化在很大程度上是十分矛盾的过程，无论就它的影响范围，还是它的多种多样的结果而言；（6）所以，从目前的全球化表现形式看，绝对无法作出结论说这是一个正确过程，值得政治上支持，文化上促进。它也不包含这样的意思，即人们必须对全球化的前提条件和它所作出的种种限制表示承认和尊重。事实上现在由于全球化所产生的众多问题，由于它带来的人们不希望看到的后果，全球化的多数特征已引起人们的严重忧虑。①

从这个诠释中可以看出，全球化是一个空间的概念、地域的概念，也是一个历史的、文化的概念，它自身是充满矛盾的，又是偏失公允的。它是一把双刃剑，对于发展中国家而言，负面的影响也许更大。美国记者弗里德曼曾形象地说："全球化的脸明显是美国人的脸。它长着米老鼠的耳朵，吃麦当劳快餐，喝可口可乐或百事可乐，用国际商业机器公司或苹果公司的电脑。"而知识的垄断、技术的垄断、资本的垄断背后，暗藏着的是文化的垄断和生活方式的操纵。文化全球化带给中国的有麦当劳、肯德基，有奔驰车、耐克鞋和互联网……更有生活方式背后本土文化的异化、地域文化的淡化、中华文化的西方化和文化观念的殖民化。全球化使我们民族的文学更便捷地迈进"世界文学"殿堂，得到与外民

---

① 参见张世鹏、殷叙彝编译《全球化时代的资本主义》，中央编译出版社1998版，第4—5页。

族文学对话的时代契机，更有殖民话语的入侵，弱势文化被悬置和吞噬的隐忧。因为世界的不平等造就的全球化，是与经济霸权、政治霸权、军事强权和文化特权等结伴而行的，而发展中国家的弱势地位使它们在全球文学对话的舞台上难以获得平等的权利。

不仅如此，对于文化而言，全球化可能会对民族文化发展的势态和特质带来一定影响，但文化本身却是不可能也不应该"全球化"的。"全球化"，主要是指世界经济的一体化、技术的标准化和信息的快捷化，而如文化这类精神的东西的存在是以承认其差异性为前提的，不能只有一种风格、一种色彩、一个模式。所以，文学可能具有全球性，而不能"全球化"，并且要注意全球化的负面性。

可实际上全球化已经给我们的文学带来不可小视的影响，即审美现代性中的文学动势——文学表征功能的历史变迁、民族文学的声音喑哑和文学传统的根基失依，已经凝聚成全球化图式中难以化解的焦虑情结。

其一是文学表征范式和价值危机。全球化时代的媒体变迁，已经造成了视听霸权对文字媒介的表征歧视和接受挤压。因为"媒体会改变一切。不管你是否愿意，它会消灭一种文化，引进另一种文化"。（麦克卢汉）传统的文学作品主要是以书本、报纸、杂志等印刷文字为传播媒体的，而全球化时代的广播、影视和互联网等视听传媒已经将图像文化演绎为主流文化，文字传的物质当量性（如书籍期刊的重量感、报纸的平面形体感）和语言艺术的形象间接性，使文字传播从媒介优势转眼间处于媒介劣势，视听传媒已形成明显的媒体霸权和接受强势。希利斯·米勒在谈到"电信时代"对文学的影响时曾不无忧虑地说：

> 照相机、电报、打印机、电话、留声机、电影放映机、无线电
> 收音机、卡式录音机、电视机，还有现在的激光唱盘、VCD 和
> DVD、移动电话、电脑、通讯卫星和国际互联网……几乎每个人的

生活都由于这些科技产品的出现而发生了决定性变化。

　　……文学在这个时代里可谓生不逢时。①

　　不仅如此，生不逢时的文学除受到视听表征的排挤外，还被嵌入了深层的价值危机。例如，在全球化浪潮席卷而来时，民族文学的生存空间变得越来越狭小，民族文学价值认同被注入世界性眼光后，人们将以"他者"的眼光重新审视本土文学的价值，甚至用异域的价值范式改造民族文学。文学的民族化初始形态连同守土有责的文学观念一道，正受到全球化的挑战和威胁。另外，经济全球化诱发的经济竞争和消费观念还将造成对精神审美的价值背离，从而导致艺术惯例中的价值基础发生动摇。文学的精神旨趣正在被浮躁的功利意识逐出心灵家园，审美的崇高与恒久性在全球化中不断贬值，文学不得不面对物欲的入侵、感官的放纵和对意义的放逐。这样，本来是表征精神澄明之境的文学和文学家，便被无情地抽空了价值底蕴，失去了为个体立心、为社会代言的合理性。按英国学者迈克·费瑟斯通的说法，现代社会是追求"消费时的情感快乐及梦想与欲望"②的时代，享乐主义的价值观造就的文学受众，往往是务实胜于务虚，求乐多于求美，悦耳悦目淹没了悦心悦意和悦志悦神，这时候，纯文学、精英艺术已经由卖方市场变为买方市场，最能表征艺术审美价值的优秀文学被挤兑到文化消费的边缘，通俗文学（有些甚至是庸俗文学）、快餐文学、准文学乃至非文学却风景独好，广受青睐，于是，出现"曲高和寡"与"媚俗获众"的艺术悖论便在所难免，文学审美价值在文学消费环节上又一次被颠覆和消解。

　　其二是文化殖民对民族文化的浸染与渗透。马尔库塞当年就曾对后

---

　　① ［美］J. 希利斯·米勒：《全球化时代文学研究还会继续存在吗？》，《文学评论》2001年第1期。

　　② ［美］迈克·费瑟斯通：《消费文化与后现代主义》，译林出版社2000年版，第18页。

工业社会提出忠告：社会以科技合理性为武器，可能粉碎一切超越性思想，同化所有反对派意见，最终以媒体优势消灭不同的声音。这种状况在工业化时代的媒体如报纸、广播、影视中已经初露端倪，而在后工业社会的全球化信息时代，则衍化为严重的对发展中国家的文化殖民问题。电子空间正成为各国政府继陆地、海洋、太空之后争先抢占的制高点。更为重要的是，在意识形态层面上，全球化与互联网结伴而行，已经成为发达国家消解和控制发展中国家的殖民工具——互联网及其信息的拥有者通过操纵意识形态话语霸权，迫使发展中国家公众的思维空间、思想观点、理解方式、想象力、审美意识、情感范型、表达媒介和行为方式乃至消费习惯等，都不可避免地受到强势意识形态的消解和同化。在这样的全球化背景下，世界强势文化正以自己的高科技优势和网络上通行的主导语言所组成的跨国信息流，对我国造成不对等的文化流向，它必将使强势文化的经济、科技信息、价值观念、宗教信仰、意识形态等，浸染和渗透到我国的文化领域，遏制我国民族文化的发展，形成渐进式的文化殖民现象。这在文学领域表现为由创作新技巧到批评新方法再到理论新概念的全面"西化"，造成先锋模式全面移植。一时间，你玩萨特，我玩海德格尔；你学米兰·昆德拉，我学加西亚·马尔克斯。从创作上的表现主义、意识流、荒诞派，到批评中的新批评、结构主义、后结构主义，再到理论研究中的后殖民主义、新女权主义、文化研究……在不到20年的时间里，我们几乎把西方社会近百年的各种文学模式都风车似的玩了一遍，结果却发现，自己民族中宝贵的文学传统被弃之不顾，而"与世界接轨"的梦想非但没有真正实现，还使自己处于文学失语的全球化焦虑之中。文学对话与文化输入的严重落差，让我们失去了民族的自信力，却又不得不面对文化殖民化的新威胁。

其三是"现代化"的宰制与异化。全球化是举着"现代化"的时代旗号挺进中国的。事实上现代化不单意味着物质的殷实，还潜伏着"现代化的陷阱"——观念宰制和人性异化的危险。以快速进步的科技文明为基础的现代化大工业生产，一方面使职业分工细密严谨，物质财富快速增长，生产方式急剧变化，生活环境逐渐人造化；另一方面又滋生了工业社会生产一体化、系统化与个人生活自由之间的矛盾，以及财富与情感之间的不平衡，"物"对于人的压迫，人与自然初始关系的破坏等。在现代化憧憬中，人们迎来的有高度发达的生产力、丰赡的物质和便捷的生活方式，也有越来越大的贫富悬殊、绝对和相对的匮乏和贫困；既有成套的法律、法规和密布的警察、监狱网，又有层出不穷的社会丑恶和居高不下的犯罪率；既有越来越规范的教育系统和道德律令约束人们的精神和行为，同时也存在着普遍的道德沦丧、腐化堕落、卑鄙龌龊以及人与人之间的欺诈与敌视。所以，全球化中的现代化不应该是一种绝对的、不必反思的价值取向；现代化的美好梦想并不单纯是衣食无忧的生存乐园，还有精神的困顿、环境的恶化和个性的异化等人性溃疡的一面。美籍华裔学者叶维廉把全球化中的现代化称为对第三世界的"宰制力量"，他曾一针见血地指出：

　　我们所说的现代化——第三世界国家毫不迟疑地去追求实践的——其实是被某种意识形态所宰制的变化过程——亦即是走向由西欧和北美（近世几乎全指美国）的社会、经济、政治的体系，仿佛说，这些体系所提供的是所有开发中或开发社会最理想的模式。

　　在这个模式里，又往往用"民主"之名美化之……这个宰制力量，通过高度细分的管理结构操作、科学知识的技术化，所带动的工业化和城市化的激速变化及大众传播引发有关人种、社团、知性感性的均质化（异质同化）等，把人性物化、商品化、主体物品化和工具化。所以，现代化的过程在第三世界所发生的效用，一方面是启蒙的，如所谓德先生与赛先生之可以"新民"；但另一方面则是压制的，如迫使本土文化的改观，迫使本土文化落入次要文化或落入遗忘。最显著的例子便是传统中国音乐之被推到边缘和我们的品位（音乐、衣饰、日常生活）之完全被西方淹没。所以说，"现代化"只是掩饰"殖民化"的一种美词。①

这样的"现代化"不仅宰制了我们的生活，宰制了人们的观念，也宰制着我们的文学。这些年来的文学，要么扮演"现代化"诉求的"唱诗班"，要么成为现代化观念的实验场，要么是现代化洪流的裹挟物。这时候的文化人如果能在"文化缄默"时对此表示一点"失语焦虑"的背景省思已属难能可贵的了。

其四是"文化工业"的复制与同化。对资本主义"文化工业"的批评早在法兰克福学派那里就已经开始了，许多西方马克思主义文艺理论家，如本雅明的"机械复制艺术"理论，伊格尔顿的"意识形态生产"理论等，都对机器复制时代的文化工业对社会意识形态的侵蚀提出过尖锐的批判。"文化工业"的影响力体现为大众娱乐文化的消费产品，作为一种现代机器化、电子化文化产业对现代生活的全方位覆盖，以及这种覆盖所带来的人的文化批判意识的弱化和人性的工具化。杰姆逊在《后现代主义与晚期资本主义的文化逻辑》中曾列举说，晚期资本主义阶段，出现了充斥文化工业的形式、范畴和内容的新型文本，它们是由一些廉价拙劣的货色组成的"堕落"景象：诸如通俗音乐、广播、好莱坞电影、电视连续剧、读者文摘文化、夜间节目、广告、汽车旅馆、歌舞厅、录音录像，以及所谓的准文学，像机场货架上的平装本哥特式小说、传奇作品、流行传记、谋杀谜案、科幻或幻想小说等。这些娱乐方式、休闲方式、消费方式，一句话，生活方式，在全球化浪潮中借助众多渠道和各种媒体、特别是国际互联网，向全世界广泛辐射或大举入侵。它们的快速复制和对"他者"的魅惑式同化是通过两个渠道实现的：一

---

① ［美］叶维廉：《殖民主义·文化工业与消费欲望》，张京媛主编：《后殖民理论与文化批评》，北京大学出版社 1999 年版，第 371—372 页。

是扩展和促进个体经验的标准化——观赏者用他从艺术品中听到、看到的他自身的标准化的回声，替换了物化的艺术品中不再说出的一切。如阿多诺所指出的：由于受文化产业的愚弄，加之对文化产业产品的贪欲，观众与观照物之间的旧有关系被倒置了，消费者常常将自己的冲动与模仿残余投射到文化产品中去，以获得文化消费时的替代性声誉享受和追赶时尚的欲望，"因此，艺术非实体化的两种极端形式，便是具体化（视艺术为物中之物——a thing among things）和心理主义（视艺术为观众心理的载体）。停止言说的具体化的艺术作品，就得说出观众欲言之物，这实为观众自己的那套老生常谈的回声"①。二是助长人们追慕和适应发达国家的日常生活，并与之认同，从而形成殖民者思想的内在化过程和这个过程同时引发的对本源文化意识和对外来入侵的文化意识"既爱犹恨、既恨犹爱"的情结。诚如叶维廉所言："文化工业即所谓透过物化、商品化，按照宰制原则、货物交换价值原则，有效至上的原则来规划人类传统的文化活动，包括把文化裁制来配合消费的需要，把文化变作机器的附庸，把利益的动机转移到文化的领域和形式上，使得文化在先定计划的控制下，大量作单调、划一的生产——是人性整体经验的减缩化和工具化。"②

最后还有中文拉丁化的语言解构。民族语言是全球化时代民族文化自卫的最后一道屏障，因为强势文化通常都是通过语言倾销来实现其文化殖民，或是通过对民族语言的挤压来吞噬一种民族文化。因而，捍卫民族母语，就是捍卫一种民族文化的根。然而，在全球化图式中，强势语言常常借助政治、经济、军事的强权威胁着弱势民族语言，特别是现代英语对少数语种的殖民化渗透，更成为全球化中的一个突出问题。在

① ［德］阿多诺：《美学理论》，四川人民出版社1998年版，第31页。

② ［美］叶维廉：《殖民主义·文化工业和消费欲望》，张京媛主编：《后殖民理论与文化批评》，第362—363页。

国际互联网上，90%以上的信息是英语信息，而美国又操纵着英语的主流信息资源。于是，各民族之间在语言使用上的不平等就形成了《圣经》所说的"马太效应"：富有者，还要加给他，使他更多；贫穷者，连他已有的也得拿走，使他更少。英语化信息已经在互联网形成了语言垄断，而语言垄断又导致信息控制，进而出现生活方式渗透和思想观念灌输，其结果便是：

> 殖民主义（这里包括军事、文化、经济的扩张主义）在第三世界制造信仰情结，一面要弱化原住民的历史、文化意识，一面整合一种生产模式、阶级结构，一种社会、心理、文化的环境，直接服役于大都会的结构与文化。①

中文的拉丁化曾经是汉语言文字改革的一种有代表性的观点，并且曾有多种尝试在付诸实施。进入互联网时代以后，为了使汉语像拉丁语言那样方便科学化操作，易于进行计算机语言信息处理，中文拉丁化又一次被提上日程，这就为全球化图式中的民族语言解构制造了新的口实。实际上汉语言不仅仅是一种符号，或中华民族的文化载体，它本身就是一种文化、一种思维方式、一种民族精神，一种民族元典的认同标志、一种民族个性的恒定根基。中文的拉丁化断送的不仅是一种古老而端整的文字，更是为五千年中华文明掘造坟墓！特别是作为语言艺术的文学，一旦让汉字异化或西化，汉文学将不复存在。现在的文学，特别是网络文学作品中已经大量出现汉语言符号化、拉丁化趋势，如 GG（哥哥）、DD（弟弟）、JJ（姐姐）、MM（美眉）、OK、bye－bye、E－mail 等。试想，如果汉字拉丁化成功，所有中国古代的文明典籍，在 30 年后便将成

---

① ［美］叶维廉：《殖民主义·文化工业和消费欲望》，张京媛主编：《后殖民理论与文化批评》，第 375 页。

为死典，只有少数能看懂汉字的专家才可以接上文化深远邃古的根，只懂拉丁化中文的新生代便被完全切断。美籍华人叶维廉对此十分忧虑，他说：

> 拉丁化的中文必须尽量口语化和逻辑化才可以达到传达的极致，但这样一来，文言文所代表的整套美学、哲学、文化的视境便完全破坏，而把思维方式逐向近似印欧语系中的分析性和圈定性那种暴虐的行为——亦即是使我们的思维方式同化于他们工具化的理性主义。①

　　一种语言的解构与另一种语言的建构是相辅相成的。当我们的民族语言成为全球化祭坛上的牺牲品后，由文化商品和消费活动构成的一种国际化意符体系就将代替原初的民族语言。那时候，全球化图式中的文学焦虑就将演绎为失语悲剧，民族文学的生态根基就更加岌岌可危了。

（原载《益阳师专学报》2002 年第 5 期）

---

① ［美］叶维廉：《殖民主义·文化工业和消费欲望》，张京媛主编：《后殖民理论与文化批评》，第 375 页。

文化的全球化与民族性问题

杜书瀛

经济全球化与文化全球化

至今我还是信奉马克思主义的这样一个基本理论：经济与文化（小文化的概念）虽然是相互作用、相互影响的，但归根到底经济的作用更具有根本性。那么，随着经济的全球化，相应的，也应该有一个文化的全球化。

我所理解的文化的全球化，是指地球上各种不同的文化，通过各种形式、各种范围、各种程度、各种途径的交往、碰撞（甚至免不了厮杀），互相影响、互相渗透、互相融通，从而在某些方面或某些部分达到统一，实现一体化，某些方面、某些部分难以一体化（或者说不可能一体化），但可以在保持个性化、多样化、多元化的情况下，互相理解、彼此尊重，达成某种价值共识和价值共享，促成全球性的人类文化繁荣。

对全球化问题，马克思主义的老祖宗早就作了理论阐发。不信，你重新读一读《共产党宣言》肯定会有新体会。19世纪40年代，血气方刚的马克思和恩格斯指点江山、激扬文字，描述了自由资本主义时代的全球化现象，论证了它的价值和趋势。

资产阶级，由于开拓了世界市场，使一切国家的生产和消费都成为世界性的了。不管反动派怎样惋惜，资产阶级还是挖掉了工业脚下的民族基础。古老的民族工业被消灭了，并且每天还在被消灭。它们被新的工业排挤掉了，新的工业的建立已经成为一切文明民族的生命攸关的问题；这些工业所加工的，已经不是本地的原料，而是来自极其遥远的地区的原料；它们的产品不仅供本国消费，而且同时供世界各地消费。旧的、靠国产品来满足的需要，被新的、要靠极其遥远的国家和地带的产品来满足的需要所代替了。过去那种地方的和民族的自给自足和闭关自守状态，被各民族的各方面的互相往来和各方面的互相依赖所代替了。物质的生产是如此，精神的生产也是如此。各民族的精神产品成了公共的财产。民族的片面性和局限性日益成为不可能，于是由许多种民族的和地方的文学形成了一种世界的文学。①

马克思和恩格斯主要论述了自由资本主义时代的全球化问题。这里有几点值得注意。

第一，马恩首先阐明的是物质文化即居于基础地位的经济的全球化——市场的全球化、贸易的全球化、生产和消费的全球化；跟着他们也略微涉及这种经济全球化对政治全球化的影响——资产阶级迫使别人"推行所谓文明制度"。他们强调了在这个领域里全球化的步伐摧枯拉朽、势不可当，是那样的无情和残酷。"由于一切生产工具的迅速改进，由于交通的极其便利，把一切民族甚至最野蛮的民族都卷到文明中来了。它的商品的低廉价格，是它用来摧毁一切万里长城、征服野蛮人最顽强的仇外心理的重炮。它迫使一切民族——如果它们不想灭亡的话——采用资产阶级的生产方式；它迫使它们在自己那里推行所谓文明制度，即

① 《马克思恩格斯选集》第一卷，人民出版社 1972 年版，第 255 页。

变成资产者。一句话，它按照自己的面貌为自己创造出一个世界。"① 这不是蛮不讲理的霸道行为吗？然而，在这里道德和历史发展发生了冲突：它亵渎了道德却推进了历史。

第二，全球化是经济发展的迫切需要和必然结果，同时反过来它又极大地促进了经济的发展。"不断扩大产品销路的需要，驱使资产阶级奔走于全球各地。它必须到处落户，到处创业，到处建立联系。"② 反过来，"由于开拓了世界市场，使一切国家的生产和消费都成为世界性的了"，从而又使经济空前繁荣。"美洲的发现、绕过非洲的航行，给新兴的资产阶级开辟了新的活动场所。东印度和中国的市场、美洲的殖民化、对殖民地的贸易、交换手段和一般的商品的增加，使商业、航海业和工业空前高涨……""大工业建立了由美洲的发现所准备好的世界市场。世界市场使商业、航海业和陆路交通得到了巨大的发展。"③这些都是符合历史前进的方向的。"资产阶级在历史上曾经起过非常革命的作用。""资产阶级在它不到一百年的阶级统治中所创造的生产力，比过去一切世代创造的全部生产力还要多，还要大。自然力的征服，机器的采用，化学在工业和农业中的应用，轮船的行驶，铁路的通行，电报的使用，整个整个大陆的开垦，河川的通航，仿佛用法术从地下呼唤出来的大量人口——过去哪一个世纪能够料想到有这样的生产力潜伏在社会劳动里呢？"④

第三，按照马克思主义经济基础与上层建筑的关系的原理，马克思、恩格斯在论及经济领域、物质生产（物质文化）的全球化时，跟着必然也推及精神生产（精神文化）的全球化。他们明确指出："物质生产如此，精神生产也是如此"，"它的商品的低廉价格，是它用来摧毁一切万里长城、征服野蛮人最顽强的仇外心理的重炮"，"民族的片面性和局限

---

① 《马克思恩格斯选集》第一卷，人民出版社 1972 年版，第 255 页。
② 同上书，第 254 页。
③ 同上书，第 252 页。
④ 同上书，第 256 页。

性日益成为不可能"。并且展望了未来将由各种地方的和多民族的文学形成一种"世界的文学"的前景。当然，他们在这里所说的"文学"包括了科学、艺术、哲学等书面文化的各个方面。马克思和恩格斯认为在精神文化的所有这些方面也是能够全球化和必然全球化的。

马恩当年关于全球化问题的论述不但得到了历史实践的证实，而且今天的世界全球化趋向又有了新的发展变化。费孝通教授在最近的一篇文章中说："跨地区和跨国界的经济关系，除了表现在市场经济的超地方特征之外，还表现在近年来跨国公司的大量发展上，跨国公司在产权方面与具有民族国家疆界的国有、私有企业不同，它们没有明显的地理界限。它们的最大特征就是'无国界性'。在经济全球化的当中，不仅外国人来中国设立他们的跨国公司的办事处、子公司，拓展业务，而且也有越来越多的中国人到海外办公司，开工厂，甚至开设大型专业市场。我家乡的震泽丝厂在美国开办了分公司，我访问过的青岛海尔集团在海外开了分公司，我所熟悉的温州人在巴西开设了'温州城'。这样的经济交融，已经不是简单的'西方到东方'、'外国到中国'、'中国到外国'的老问题，而是一种新型的国与国、区域与区域之间交流和互动的新发展和新的组织形式。"①费孝通如此这般地总结了 20 世纪、展望了 21 世纪："二十世纪是世界性的'战国时代'，意思是说，在二十世纪里，国与国之间，文化与文化之间，区域与区域之间，有着明确的界限，这个界限是社会构成的关键。不同的政治、文化和区域实体依靠着这些界限来维持内部的秩序，并形成它们之间的关系。这是我们共同经历过的历史事实。而在展望二十一世纪的时候，我似乎看到了另外一种局面，二十世纪那种'战国群雄'的面貌已经受到一个新的世界格局的冲击。民族国家及其文化的分化格局面临着如何在一个全球化的世纪里更新自身的使命。"②

---

① 费孝通：《"三级两跳"中的文化思考》，《读书》2001 年第 4 期。

② 同上。

文
化
的
全
球
化
与
民
族
性
问
题

费先生的话对不对呢？我看很有道理。20 世纪的情况既如先生所言，21 世纪呢？让我们拭目以待。

人类文化的基本趋向

不言而喻，地球上各种不同的文化的确存在非常大的差异，但是差异再大的文化现象，也很难避免发生联系、产生影响，尤其是在现代。而且随着交通、信息技术的发展，这种联系和影响越来越频繁、越来越强烈。不同的文化碰在一起，有的可能会和睦何处，亲切交流，很容易取得价值共识，相通相融，合为一体，包括结合之后生出新的文化现象；有的则有矛盾、冲突，有时会格格不入，有时会打起来，会发生"战争"——当然这是特殊的战争，是精神上的战争、观念上的战争、价值取向上的战争、心理上的战争。这种战争同通常的战争并不相同。通常的战争，古代部族之间的战争，现代国与国之间的战争，其结果一般是以一方的毁灭告终。不是你吃了我，就是我吃了你。但是，文化上的"战争"却不是简单的你吃了我、我吃了你，甚至也不是简单的谁占了上风、谁占了下风，谁败了、谁胜了，谁升值了、谁贬值了，谁吃亏了、谁占便宜了，谁向谁投降了……譬如在中国历史上，伴随着元灭宋、清灭明的民族之间真刀真枪的战争，也发生了两种文化上的"战争"。这种文化"战争"的结果，并没有像政治和军事集团那样一个被一个吃掉。汉文化败了吗？没有。蒙古族文化和女真族文化胜了吗？也没有。汉族文化并没有灭亡，蒙古族文化和女真族文化也没有独霸世界。没有胜利者也没有失败者。它们在温火慢炙、潜移默化中，逐渐互相理解、渗透、融合。通过这种融合，两种原有的文化都发生了微秒的变化，产生了既包含汉文化也包含蒙古族文化的元文化；既包含汉文化也包含女真族文化的清文化。这种变化的结果，其适应性（从地域和人口上说）更广、更大了——从窄狭走向广阔。如果由此再伸展开去，不同文化的这种碰撞、交融、从窄狭走向广阔，长远地看，能不能广阔到全世界的范围呢？如果广阔到全世界的范围，那是不是可以称为"全球化"呢？当然，这会是一个非常细致、非常漫长的过程，而且文化中的某些方面、某些领域、某些部分，可能永远会保持其个性化、民族化、多样化、多元化的面貌，但是它们可以具有价值上的相互尊重、共识和共享，达到全球性的文化共存共荣。而且，按照事物发展的已有经验，单亲繁殖、近亲繁殖，不如远缘杂交来得好。不同文化甚至差异很大相距遥远的文化的碰撞、交融，可能发展得更茁壮。

这是不是可以看做人类不同的文化互相接触、碰撞之后得以发展的一般规律呢？

面对不同文化的这种碰撞、融合以至产生新的文化因子或者最后干脆产生了新的文化，有的人站在原有文化的立场上，可能心理上感到不舒服、不光彩，好像失去了什么。我不这样看。我不认为有什么不光彩的地方。我认为不应当简单地看做是谁输了谁赢了、谁向谁投降了、未来是谁的天下了。倘有上述那种感觉，是不是某种民族主义的狭隘情绪在作祟？假如超越某种民族主义情绪而站在全人类的立场上，超越"中""西"派系观念而站在它们之上，我们也许会看到不同的甚至差别极大的两种文化由隔膜、对立、冲突走向对话、理解、融通，达到某种程度的价值共识和价值共享；或者觉察出两种文化在碰撞中，会产生文化的新因子甚至产生某种新文化的信息。譬如，中国传统的农业文明中有一种很重要的价值观念"信"或"信义"，所谓"言必信，行必果"。西方资本主义文明中也有一种很重要的价值观念"信誉"——"商业信誉"或"企业信誉"。虽然这两者都沾了个"信"字，其实有根本区别。中国的"信义"与宗法家族社会的长上崇拜、士为知己者死联系在一起，而西方资本主义文明中的信誉则以资本主义市场经济中自由竞争、公平、平等为基础。这两种东西，在今天中国的社会主义市场经济中相遇了，两者相互碰撞、相互交融，产生了今天中国市场经济中的"信任感"、"信誉"。今天存在于中国的这种"信任感"、"信誉",是不是有新的因子在其中呢?我认为有。它比起西方资本主义文明中的"信誉",可能多了点"义"的成分,多了点人情味儿;而比起中国传统文化中充满"士为知己者死"、"长上崇拜"的"信义"来,可能多了点"公平自由竞争"、"亲兄弟明算账"的成分。这种新的文化因子,将来发展起来,是不是适应的范围和地域更广更大呢?

这将是全人类文化的前进。

这就是文化的全球化趋向。

在人类物质文化和精神文化的各个领域里,全球化恐怕是难以避免的,也可以说是不以哪个人的意志为转移的。而且,无论从历史的方面说,还是从逻辑的方面说,都是如此。

其实人类的历史,宏观地说,就是不断全球化的历史。科学家们说,150亿年前宇宙诞生,50亿年前太阳系诞生,40亿年前生命诞生,5亿年前具有心脏和循环系统的"海口虫"诞生,①500万年前人类诞生。地球是一个整体。地球上的人类,虽然是分散居住和生活的,但是彼此之间是可以相通、需要相通、必然相通的。普遍联系是宇宙的通则,人类作为有意识的族类更不例外。生活繁衍在同一个地球上的人类,有着趋向全球化的天然基础。起初,人类的文化是在不同的地域独立产生和发展的,后来不同文化逐渐联系、交流、碰撞、影响、融通,开始了漫长的全球化历程。人类文化具有某种天生的弥散性,是任何地域的、民族的、国家的边界所挡不住的,尤其在当今电子传播媒介越来越发达的时代,海关、国界对于互联网起不了拦截作用。上万年前秘鲁人发现的马

---

① 不久前,科学家在云南澄江地区发现了包括人类在内的所有脊椎动物祖先的珍贵化石,命名为"海口虫"。它虽只有3厘米长,但能清晰地辨认出它的心脏和循环系统,具有现代脊索动物成体和脊椎动物胚胎特有的神经索和脊椎构造。"海口虫"代表了通向人类漫长演化历程的第一步,极有可能就是我们的祖先——见《文摘报》2001年4月15日第6版。

铃薯和印第安人发现的番茄最终成为全球化的食品，中国人发明的火药传到西方又传遍世界供全球人使用，喝茶也不再是中国人的专有习俗而风靡全世界，莎士比亚、曹雪芹、巴尔扎克、托尔斯泰、鲁迅的作品被翻译成各种文字激动着世界各大洲的读者……这不是全球化又是什么呢？希伯来文化和希腊文化的传播，汉代张骞、班超等出使西域，汉唐通往大食、大秦丝绸之路的打通，罗马帝国的建立和分裂，阿拉伯世界在中东和北非地区的形成，十字军东征，蒙古帝国的大面积扩张，郑和下西洋，哥伦布发现新大陆，资本主义自近代以来在全球范围的推行，世界市场的形成，西学东渐，19世纪中叶之后马克思主义的传播以及20世纪社会主义世界的发展，20世纪后期电视直播、电子文化、网络媒介创造的信息快速通道，信息时代的到来等，这些都是全球化过程中留下的脚印。不过在资本主义时代之前全球化是极其缓慢的，从资本主义时代起则变得十分迅速，而在信息时代，更有了电子传播的加速度和全方位的广度。

必须保持民族性

文化的全球化当然是一个十分长远的过程，甚至是一种对文化前景的推想和展望，可能有的人并不赞同。但我认为文化全球化符合人类精神文化（包括文学艺术）已有的历史事实，也符合人类精神文化（包括文学艺术）发展的客观规律。当然这个过程可能十分遥远。而且即使全球化，也必须保持文化、特别是文学本性所要求的个性化、民族化、多样化、多元化。这是文化和文学艺术全球化问题的特殊性。文学艺术的全球化，在很大程度上应该理解为文学价值和艺术价值的全人类共享；是价值共识，而不是排斥个性、民族性、多样性、多元性。总之，价值共识和价值共享是文学艺术全球化的基础和核心。

但是，不管文学艺术的这种全球化性质多么特殊、历程多么遥远，从长远的历史发展来看，其全球化的方向恐怕是难以改变的。

谈到文学的全球化即"世界文学"的命题，也许（我还没有找到证据证明一定是）马恩受到歌德的影响，因为更早（大约比马恩早20年）提出这一命题的是歌德。1827年1月31日歌德同他的秘书爱克曼谈话时，由中国传奇《风月好逑传》引发出一大篇关于"世界文学"问题的议论。歌德肯定了中国人和他们西方人在精神文化方面是相通的："中国人在思想、行为和情感方面几乎和我们一样，使我们很快就感到他们是我们的同类人。"歌德说："我愈来愈深信，诗是人类的共同财产……不过说句实在话，我们德国人如果不跳开周围环境的小圈子朝外看一看，我们就会陷入上面说的那种学究气的昏头昏脑。所以我喜欢环视四周的外国民族情况，我也劝每个人都这么办。民族文学在现代算不了很大的一回事，世界文学的时代已快来临了。现在每个人都应该出力促使它早日来临。"①

歌德谈话中有两点给我们特别深刻的启示。

一是他强调不同民族（譬如德国人和中国人）"在思想、行为和情感方面"是相通的，是"同类人"。我赞成歌德的观点。这就肯定了文学艺术之所以可以全球化在精神气质方面的内在基础。现在有的人之所以不赞成包括文学艺术在内的精神文化的全球化，很重要的一条理由就是认为不同民族精神气质的不相通，认为艺术信息、审美信息不可能由一种语言翻译成另一种语言，即不可传达。例如有人说："文化原本只能以人心、民族或社会（区）之精神气质为生存和生长的居所，即是说，它天然就具有无法根除的'地方性'（locality）或'区域性'（provinciality），这是其民族性（nationality）的生存论意义所系。""文化（我是说狭义的难以'编辑知识化'或技术化的'非科学知识'的'隐意文化'，

---

① ［德］爱克曼辑录，朱光潜译：《歌德谈话录》，人民文学出版社1978年版，第112—113页。

而不是广泛意义上的'知识文化')是人性化的产物，其生产方式只能靠传统的积累和地方性或民族性的'精神气质'（ethos）培育，而不可能像自然资源的加工和利用那样，借助技术的手段进行再生和模式化。"① 文化诚然是人性化的产物，诚然具有地方性、区域性、民族性，诚然需要传统的积累和地方性、民族性的精神气质培育，诚然不同于自然资源的加工和利用。然而，这并没有否定人心是可以相通的，并没有否定西方人和东方人，黑人、白人、黄种人，在思想、行为、情感等方面是可以互相交流、互相理解、互相融合的，是可以取得价值共识的。电影《刮痧》就讲述了中国和西方不同文化从冲突、厮杀到理解、认同的过程。起初中西两种价值取向、两种情感行为、两种思想观念是那样水火不容。中国人给孩子刮痧治病当然绝对是出于爱，但西方人却视为虐待、侵犯人权。这确实是由不同的"传统的积累和地方性、民族性的精神气质培育"出来的不同文化。但是这两者真的绝对不能相通吗？非也。经过激烈的痛苦的精神搏斗，最后还是得到沟通，达成理解，取得价值共识。中国的国画与西方的油画绝对是两种不同的艺术文化。但是中国人接受了油画，西方人接受了中国画。而且，即使是中国画家进行国画创作，也可以融合西方的绘画因素，徐悲鸿画的马，不是可以看到西画的某种味道吗？西方人理解中国画，恐怕不一定比具有传统观念的西方人理解西方自己的现代派抽象画更难。中国人理解西画，也不一定比中国人理解中国当代先锋派绘画更难。剪纸艺术是我们的国粹之一，纯属中国独具特色的民族文化，但西方人接受了，理解了，而且非常喜爱。最近中央电视台播放了一个电视片，介绍山东泰安的民间剪纸艺术家卢雪女士几次到欧美和新加坡进行文化交流，深受欢迎。在新加坡受欢迎，并不令人奇怪。令人惊讶的是在欧美竟然那么轰动。她在瑞士苏黎世大学的讲坛上讲课、表演，不但学生认真学习，而且就连苏黎世大学的校长和教授也那么认真

① 万俊人：《全球化与文化多元论》，《读书》2000 年第 12 期。

听讲。① 不同文化并没有绝对不可逾越的民族性、区域性鸿沟。

前面所引的那位先生还以宗教为例说明不同文化的不能融通。"真正的宗教是从民族和人们的心灵中生长出来并存在于民族和人们心灵之中的，既不可能强行制造，也不可能强行消灭，更不可能人为地创造出某种形式的'世界宗教'，即使我们可以设想康德式的'世界公民'，因为我们无法消除民族、肤色和地缘的差别。"②我不信仰任何宗教，更不赞成所谓"世界宗教"，但我并不反对别人信教。强行制造、强行推行或强行反对、强行消灭某种宗教，的确是愚蠢的，也是行不通的。某种宗教的确是从某个地方、某个民族产生、形成的，开始它们的确是地域性的、民族性的。但是，基督教、佛教、伊斯兰教自产生之日起，不是越出了它的产生地，传到世界上许多民族和国家吗？它们不是已经成为世界性的了吗？例如佛教，从印度起，传到中国、传到日本、传到亚洲和世界其他国家和民族；基督教最早产生于小亚细亚犹太人散居的地区，传到欧洲和全世界各个地区和民族；伊斯兰教也早已不限于阿拉伯世界，前南地区的战争冲突，就有那个地区信仰伊斯兰教与信仰基督教的不同人群之间的矛盾作为一个重要原因。从宗教这种我并不赞成的文化现象的世界性传播，不是也可以看出文化的全球化趋向吗？除了宗教，哲学和美学也不是不能进行全球性传播即具有全球化趋向的。大家最不感到陌生的例子是马克思主义的传播，这不用多说。至于美学，以中国百年以来的历史为例，可以说就是西方的许多美学思想在中国传播、同中国的美学思想和文艺现实相结合相融合的历史，最近由上海文艺出版社印行、我和我的同事合作编写的《中国二十世纪文艺学学术史》，有相当篇幅涉及这个内容。说到文学，其世界性传播的广度、深度和速度，更是不比其他文化现象弱，前几年，一本《廊桥遗梦》（当然并不是多么

① 中央电视台2001年4月20日中午"灿烂星空"栏目播放。
② 万俊人：《全球化与文化多元论》，《读书》2000年第12期。

伟大的或了不起的作品）竟然风靡世界，据说中国也印了多少多少万册。当然，说到精神文化特别是其中的文学艺术的全球化，大概谁也不会愚蠢到以为就是取消个性、民族性、多样性、多元性。关于文化，中国历来讲求"和"、"和而不同"。"和"，就是多样化的彼此不同的东西组合在一起。不同的东西可以共存共荣。"和实生物，同则不继"，"以同裨同，尽乃弃矣"，"声一无听，物一无文，味一无果"①。即使是在同一个国家、同一个民族之内，还会有不同流派存在，即使同一流派，不同的作家也必须具有自己的风格特点。在统一性的"全俄罗斯化"的俄罗斯文学中，屠格涅夫不同于托尔斯泰，契诃夫不同于高尔基；在统一性的"全中国化"的中国文学中，鲁迅不同于郭沫若，巴金不同于老舍。假如世界上有一千个或一万个真正成熟的作家，那么就会有一千个、一万个不同的艺术个性。那么，为什么一说文学的全球化就一定是一体化、齐一化呢？假如真的一体了、齐一了，失去个性、多元性、多样性了，那就连文学也没有了，还谈什么全球化？不存在的东西，去"化"什么呢？

歌德谈话中给我们第二个重要启示是"跳开周围环境的小圈子朝外看一看"，"喜欢环视四周的外国民族情况"。我认为这就是克服民族主义的狭隘性的问题。每个国家和民族的人，都有自己的爱国情感和民族自爱心。这极其正常，而且是十分美好的一种感情。但是爱国和民族自爱，绝不同于狭隘的民族主义。前者可以同时是开放的，好客的，喜欢同其他国家和民族交往的，善于学习和吸收他国他民族的优秀文化，也慷慨地把自己的好东西奉献给别人的。后者则常常采取闭关锁国和民族封闭主义，甚至奉行民族利己主义。我赞成前者而反对后者。我们曾经有过的闭关锁国和民族封闭主义，吃了大亏，给我们的国家、民族、人民造成了灾难，不论在物质文化、精神文化方面，在经济、政治、哲学、美学、文学艺术等方面都如此。因此，必须坚决克服民族封闭主义、克

① 《国语·郑语》。

服狭隘民族主义。不应惧怕别的国家和民族的好东西传进来，也不要舍不得把自己的好东西拿出去。英国诺丁汉大学聘请中国著名科学家、教育家杨福家院士为校长，我听了很高兴，这倒不仅仅是因为杨福家教授给中华民族争了光，而是有感于英国人在这方面的胸怀和气度。与此同时，杨福家教授在2001年3月26日中央电视台"面对面"栏目中回答记者问题时提出一个主张：中国的著名大学应该用英语开几门课，以便于外国青年更多地来中国留学。这同样是值得高兴和钦佩的事。中国教育界应该有这样的全球化眼光和胸怀气度。全球性的文化交流、对话、融通有什么不好？如果通过交流、对话、融通，达到全球化的文化繁荣，对全世界人民不是都有好处吗？这样的全球化有百利而无一害。不应惧怕这种全球化，更没有理由拒绝这种全球化。我们应该奉行民族开放主义，以开放的心态欢迎这样的全球化，让我们的文学艺术、我们的美学在这样的全球化氛围中发展繁荣。

当然，当今世界上也有打着"全球化"旗号而实行经济沙文主义、政治霸权主义、文化霸权主义的。这正是一种典型的狭隘民族主义、民族利己主义的表现，它损人利己，攫取别的国家和民族的脂膏来养肥自己。有人把这样的所谓"全球化"称为"陷阱"（政治陷阱、经济陷阱、文化陷阱）是有道理的。全世界善良的人们当然应该警惕这样的陷阱。但是要知道，这不是真正的全球化，而是损害全球化。

（原载《民族艺术研究》2002年第3期）

当前文学的全球民族性问题

王一川

在近年来国内各种媒体的宣传热浪中，"全球化"是使用频率颇高的热门术语之一。而在文学领域，一旦涉及"全球化"字眼，就往往会拔萝卜带出泥般地夹带着另一个关键词——民族性。对许多人来说，"全球化"似乎正在从若干方面泯灭民族性，因而实属民族性的"大敌"。这种看法当然不无道理，但问题在于，全球化语境中的文学民族性问题并非这么简单，而是触及远为复杂的方面，需要作冷静的辨析。①

一　全球化及全球化语境

什么是"全球化"？这个看来十分简单的问题其实并不简单。它不仅没有得到应有的界说和认识，反而已经和正在持续地造成误解，包括在我们这次会议上。这样，有必要首先就这个词语的含义本身做出一定的界说。大家知道，全球化（globalization）是进入 20 世纪 90 年代以来才逐渐地成为西方人文社会学科的热门研究对象的。美国匹兹堡大学社会学教授罗伯森（Roland Robertson）的《全球化》（1992）

---

① 本文据笔者在 2002 年 4 月 15 日至 19 日在长沙召开的"全球化语境中的文学民族性学术研讨会"结束语整理。

可以说是这个领域的一部开山之作。从那时起，"全球化"受到了各方面的强烈关注。但实际上，这个问题有作更久远和更深厚的渊源及含义。

那么，"全球化"究竟是指什么呢？难道就是指人们经常谈论的"全球一体化"或"全球同一化"？我个人在几年前也有过这样的认识，但随着对问题的思考的进展，我认识到这一看法是片面的和简单化的，不利于认识和把握问题的复杂性。应当看到，"全球化"一词至少被赋予了如下三种不同的含义，从而形成三种理论形态：

第一种为全球化即一体化论。这种全球化理论多出自世界财政、金融、贸易等领域专家、企业家、传播学家或某些政要等。加拿大媒介预言家麦克卢汉（Marshall McLuhan）的"地球村"（global village）或"媒介即讯息"（media is message）的名言正是其中的一个突出代表。他们相信"全球化"意味着全球各民族国家逐渐地消除各自的差异或分离境遇而汇为一个整体。这种看法正代表了许多人对"全球化"的流行看法。但是，这一看法实际上可以引申出乐观与悲观两种推论。乐观论认为，全球一体化意味着全球各民族共同破除落后或愚昧壁垒而迈向先进的文化。悲观论者认为，这种一体化不仅不能带来进步，反而恰恰要泯灭个性、压抑各民族文化中的原创性活力。如此，"全球化"就不能简单地用"好"或"坏"去衡量。不过，这看法并不能代表"全球化"理论的全部内涵，而不过是其中之一。

第二种为"世界体系"论。按照华伦斯坦（I. Wallerstein）为代表的"世界体系"（world system）理论，当今世界各国已经形成一个既定的模式化秩序，这个模式化秩序为各民族国家预设了固定不变的位置和角色。例如，发达国家与发展中国家之间的关系是既定不变的，难以更改的。似乎任何力量都无法打破这一既定的世界模式的整合作用和强制性控制。这一理论展现了一幅悲观的全球化图景。

与对"全球化"的悲观理解不同，一些理论家相信"全球化"正在导致世界的转型。这正是第三种"全球化"理论："转型"论。英国社会学吉登斯（Anthony Giddens）等认为，"全球化"既不等于全球一体化也不等于全球模式化，而是表明社会结构的一种复杂的自反性"转型"过程，这一过程有可能将全世界引向新的文化层次。他相信全球化过程是与"现代性"（modernity）过程交织在一起的。在《现代性与自我认同》（Modernity and SelfIdentity，1991年）一书里，吉登斯讨论了构成"现代性"的三个主要"动力品质"或"因素"。一是"时空分离"（separation of time and space）。按他的分析，在"前现代"社会，尽管每种文化都有其特定的时间计算和空间定位模式，但其共同点在于：时间和空间往往"通过空间的定位而联结在一起"，换言之，"通过地点联结在一起"。而在现代性条件下，时间与空间的分离首先表现在，时间的"虚空"维度发展了。机械时钟的发明和扩散是这一过程的最初标志："机械计时工具的广泛使用不仅促进而且预设了日常生活组织会发生深刻的结构变迁，这种变迁不仅是区域性的，而且，它无疑也是全球化的过程……世界地图，作为一种全球规划，其上面再也没有禁地，它在空间的'虚空'上是与钟表一样的符号。它不仅仅是描绘'那有什么'或作为地球地理学的模型，而且更是社会关系中基本转型的建构性要素。"①吉登斯深切地相信，全球化语境下的"时空分离"机制有助于世界的积极的"转型"，"它为不同场合协调社会活动提供了时空重组的坚实基础"②。时空分离导致了"时空重组"，世界获得了重新组织或构造的新机遇。由于如此，时空分离的"深入发展"对社会进步产生"巨大的推动力"，"使得现代社会生活逐渐脱离开传统的束缚"③。按照吉登斯的乐观设想，当全球各种原来相对封闭和自主的文化，都消除了各自的时空

<hr />

① ［英］吉登斯著，赵旭东、方文译：《现代性与自我认同》，三联书店1998年版，第18页。

② 同上书，第18—19页。

③ 同上书，第19页。

模式而在同一种机械计时方式之下统一起来时，世界的时间和空间必然地获得了重新组合或转型。

由于时空的分离导致时空的虚空化，就有了现代性的第二种基本要素：社会制度的抽离化机制（disembedding merchanism）。抽离化，是说"社会关系从地方性的场景中'挖出来'（lifting out）并使社会关系在无限的时空地带中'再联结'"。吉登斯认为抽离化机制由"抽象系统"（abstract systems）构成，包括"象征标志"（symbolic tokens）和"专家系统"（expert system）两种类型。"象征标志"指的是那种具有一定"价值标准"的能在"多元场景"中相互交换的"交换媒介"，如货币。而"专家系统"是指那种"通过专业知识的调度对时空加以分类的"机制，这些专业知识包括食品、药物、住房、交通、科学、技术、工程、心理咨询或治疗等。重要的是，无论是"象征标志"还是"专家系统"都往往独立于使用它们的具体从业者和当事人，依靠"信任"（trust）关系而发挥其作用。[1] 例如，当我们用货币去商场购物，或是到邮局寄信时，不必靠熟人关系，只要"信任"货币这一象征标志或邮电系统就行了。正是这些为全球社会变革提供了有利条件。

现代性包含的第三个基本因素是"现代性的反思性"（reflexivity）。它不是指通常那种对于外在行动的内在反思监控过程，而是一种社会制度化了的社会生活本身的内在机制，具体说是指"多数社会活动以及人与自然的现实关系依据新的知识信息而对之作出的阶段性修正的那种敏感性"。也就是说，这种社会制度已内在地规定了例行化地或定期地把专门知识应用到社会生活情境中，并对这种社会生活加以重组、建构或转型。所以他又使用"现代性制度反思性"（Institutional reflexivity）一词。这表明，在现代性条件下，运用专门知识系统去反思社会生活状况并导

---

① ［英］吉登斯著，赵旭东、方文译：《现代性与自我认同》，三联书店1998年版，第19—20页。

致其重组、建构或转型，已成为一种必要的经常性"制度"①。

吉登斯的现代性三要素理论确实可以帮助我们领会他关于全球化意味着社会转型的看法的依据。不过，他对社会转型的描绘似乎过于乐观了，忽略了其中的复杂因素。

上述三说毕竟都道出了"全球化"的一些内涵。比较起来，我觉得英国学者沃特尔斯为"全球化"下的定义有一定的适用性：全球化是"一个在其中社会管理与文化管理的地理约束（constraints）已经退缩（recede）、而人们也愈来愈清楚他们正在退缩的社会过程"②。这种"全球化"过程可以追溯到社会生活的三个竞技场（three arenas of social life）：第一为经济竞技场，是指"产品和服务的社会化生产、交换、分配，和消费的社会管理"；第二为政体竞技场，是指"权力的集中的运用的社会管理"；第三为文化竞技场，是指"对于象征符号的生产、交换和表现过程的社会管理，这种象征符号是对事实、影响、意义、信念、喜好、趣味和价值的再现"③。这一归纳是有其合理性的，可以使我们跨越"全球化就是全球一体化"的简单看法，而认识到"全球化"过程的复杂性和多样性。

我个人同意这样的看法：全球化是与现代性进程交织在一起的。不过，我认为，全球化无论有多少种看法、涉及多少层面，归根到底是人类群体及个体的一种现代生存体验。也就是说，"全球化"是现代人的全球共生、互动性体验，它是指 16 世纪以来全球各民族之间的愈益紧密的相互依存与渗透的生活方式，意味着特定地区的生存体验往往与远距离外的生活体验发生这样或那样的关联。这样理解的"全球化"往往同时包含人的实在与精神、制度与心理、情感与理智、意识与无意识、感

---

① ［英］吉登斯著，赵旭东、方文译：《现代性与自我认同》，三联书店 1998 年版，第 22 页。

② Malcolm Waters, *Globalization*, London and New York：Routledge, 1995, p. 3.

③ Ibid., pp. 7 – 8.

知与想象、欲望与幻想等多种要素或过程，它们交织成人的生存体验。①
而有这种生存体验再生发出全球化思想、概念等。这样理解的"全球
化"是同人们对于实际生活世界的"全球性"体验紧密相连的。"全球
化"这一词语虽然诞生得很晚，但对于"全球化"问题的思考却要早得
多。而且重要的是看到，中国人对于"全球化"理论也有自己的独特贡
献。早在清末的 19 世纪 70—80 年代，王韬（1928—1897）就提出了
"地球合一"论，认识到中国固有的"天下之中央"的幻觉必然要被
"地球合一"趋势所取代，中国人应当为此而变法图强。②

明白了"全球化"概念的含义，就可以进而理解"全球化语境"。
这个术语最好被视为人们看待现实生存问题时的全球性思考方式，即是
一种从全球各种文化的互动中考察地区问题的思考方式。每一种地区变
化，往往并不简单地取决于这一地区，而是同遥远的世界其他地区或世
界整体发生这样或那样、直接或间接的关联。我们这次会议讨论文学的
民族性问题，正是着眼于探索它在全球化语境中呈现的特殊内涵以及扮
演的独特角色。

二　文学民族性

要理解文学民族性，首先需要了解一般的民族性。民族性不是一种
天然地形成的东西或自然物，而是人们生活的创造。按照英国学者安德
森的论述，民族性（nationality）是"一种特殊种类的文化制造物"，即
是一种"想象的社群"③。也就是说，"民族性"来自人们对于特定民族

① 有关现代性体验问题，见拙著《中国现代性体验的发生》，北京师范大学出
版社 2001 年版。

② 参见拙著《中国现代性体验的发生》第 4 章，北京师范大学出版社 2001 年
版。

③ Benedict Anderson, *Imagined Communities*: *Reflections on the Origin and Spread of
Nationalism*, Rev. ed. London; New York: Verso 1991. p. 4.

的独特生活方式的"想象",包含了人们的情感、想象和幻想等。据此他把"民族"（nation）定义为"一种想象的政治社群，并且被想象为既是内在有限的又是至高无上的政治社群"①。他的这一定义诚然为着伸张民族或民族性中的想象色彩而忽略了历史实在一面，但毕竟道出其中的不容忽视的想象属性。它使人们意识到，一个人或一个群体的民族性，不仅在于其血缘、地理关系，而且在于其想象性关系——通过幻想或联想而对自身属性的认同。这样，民族性意味着他或他们与本民族的"想象的共同体"（the imagined communities）实现认同。由此看，无论是一般的民族性还是文学的民族性，都与本民族共同体的想象无法分离，甚至就是这种文化想象的"制造物"。民族性，既是实在的又是想象的；既有社会民族性、政体民族性和文化民族性，又有语言民族性、艺术民族性和审美民族性等。

而文学民族性正生成于上述种种民族性相互交融的地带，属于语言形式中凝聚和想象的民族的生活方式及其特性。文学民族性是指文学所显示的特定共同体的生活方式的特性。文学的生产与消费、传播媒介、语言、形象及意蕴等方面，都可能体现出这种特定的民族性内涵。

三　全球化语境与文学民族性

而就全球化语境来看，文学民族性正具有其特殊的内涵。过去常讲"中国文学应具有中华民族的独特民族性"，那仅仅是从中国文学区别于世界上其他民族的文学来说的，属于文学民族性的静态分析的产物。而现在所谓全球化语境中的文学民族性，这应当具有特殊的新内涵。如果把全球化理解为特定民族生活方式与全球其他民族生活方式的互动共生

---

① Benedict Anderson, *Imagined Communities*: *Reflections on the Origin and Spread of Nationalism*, Rev. ed. London; New York: Verso 1991. p. 6.

状况，那么，这种文学民族性就决不是全球化的简单对立物或反抗性过程，而就是全球化的"伙伴"。

全球化语境中的文学民族性，正是一种基于全球化语境的民族文化创造。如果说全球化意味着特定民族生活方式与全球其他民族生活紧密相连的巨大转型或变迁，那么，这种巨大转型或变迁势必会在文学中激起热烈反响。对于现代中国作家来说，他们内心极度渴望的就是能够一面有力和有效地再现当前全球格局中的民族生活现状，一面富于想象力地建构起一个能适应全球化新趋势的新的中华民族"共同体"。而当本民族的现实状况不如意或令人失望时，就以想象力去弥补和丰富它。可见，在全球各民族的互动情境中生长的文学，必然要体现出特定民族的生活方式的全球化景观。这是一种与全球化不可分割的民族性，是全球化中的民族性，建成全球民族性。全球民族性，是始终与全球化相互悖逆又相互共生的民族性。确实，把文学民族性与全球化联系起来思考，是必要的。而也正是当与全球化联系起来，文学民族性问题才显示了其据以存在的充足理由：没有全球化语境，何来民族性问题的提出及其重要性的凸显？简言之，没有全球化，何来民族性？

四　文学的全球民族性景观

如何考察文学的全球民族性呢？当代美国学者阿尔君·阿帕杜莱（Arjun Appadurai）指出："全球互动的中心问题是文化同质化（cultural homogenization）与文化异质化（cultural heterogenization）之间的张力。"他认为，诚然有大量的经验事实支持同质化论证，但这些观点往往忽略一点："尽管宗主国的各种力量快速传入新的社会，但它们以至少同样快的速度被以这样那样的方式本土化了"，如音乐和建筑风格、科学和恐怖主义、文化景观和制度等。他认为，对这种本土化的动力进行有系统的探讨才刚刚开始，有待于更深入的研究。他提醒人们注意，对伊里安加亚人而言，印度尼西亚化要比美国化更可怕，对韩国人来说更可怕的是日本化，对柬埔寨来说更可怕的是越南化，等等。"这决不是一种随意的胡编滥造。对于小国来说，被大国尤其是那些邻近的大国从文化上吞并的恐惧永远存在。一个人的想象的社群（the imagined communities），对另一个人来说则意味着政治的牢房（political prison）。"① 这就告诉我们，与全球化进程相伴随的总是"本土化"，而与"同质化"相连的总是"异质化"。由此，他相信出现了"全球文化经济中的断裂和差异"（disjuncture and difference in the global cultural economy）。正是为了考察这一复杂现象，阿帕杜莱提出了五种"景观"（scapes）模式：一是种群景观（ethnoscapes），二是媒体景观（mediascapes），三是科技景观（technoscapes），四是金融景观（finanscapes），五是意识形态景观（ideoscapes）。② 这一模式旨在考察导致复杂的断裂和差异的那些流动、变形和不规律形态。应当说，这一模式用来考察近十年来的文学和其他艺术中涉及的全球化与民族性问题，有其适用性。

处于全球文化经济互动中的文学的全球民族性也可以呈现出五种景观：种群景观、媒体景观、科技景观、金融景观和意识形态景观。第一，种群景观。这是指全球化所带来的民族生活的动荡、变迁或不同民族生活之间的交往状况，所激发的民族个性的伸张等情景。李伯元的《文明小史》开头 13 回有关永顺府洋矿师的到来引发武童乱子的叙述，展现出清末中国的全球化境遇及其所引发的社会变迁。而苏曼殊的《断鸿零雁记》中那位徘徊于国门、家门和教门三重门之间而无家可归的三郎，似乎正表征了全球化语境下中华民族的一种普遍命运。正是在全球化语境中，原来并未彰显的民族性可能获得彰显的良机。不过，这种被全球化

① Arjun Appadurai, "Disjuncture and difference in the global cultural economy", *Theory*, *Culture & Society*, 7：295 - 296.

② Ibid, 7：296.

激发起来的民族性是否就必然代表本民族的本真个性呢？问题并不简单。

第二，媒体景观。在当前全球化语境中，机械印刷媒介、电子媒介、国际互联网等媒介技术的运用和普及是如此迅捷、其创新或发明是如此经常，以至会给文学民族性的形成和演变带来深切的影响。如果说，在机械媒介主导的 20 世纪上半叶，中国汉语文学由于方块字的表达限制而被迫走向一条与"世界文学"看齐的与拼音化相连的普遍性道路，那么，随着 20 世纪后半叶电脑技术和互联网技术给汉字输入带来的极大便利，汉语文学呈现出新的媒介传播自信及其广阔的表现力。正像英语文学、德语文学和法语文学等世界"主流"语言文学可以胜任现代人的生存体验的表达任务一样，在电脑技术网络中获得快速和方便处理的汉语，也可以帮助文学承担起表达中国人在世界上的生存体验的重任。

第三，科技景观。文学不仅在表意上要再现人类生活中的科技景观，而且其传播媒介也依靠科技变革的支持，同时，同样重要的是，当今文学的大规模生产也依赖科技进步的推动。运用高科技生产出来的文学，如何呈现民族性呢？这也是一个值得讨论的问题。

第四，金融景观。当前文学生产在金融上当然主要依赖于国内文化产业部门（出版社、电台、报社、电视台、网站等）的资金支持或组合，但同时，也必须看到一种新趋势，随着中国加入 WTO，国际资本也正在大力打入中国文化市场。国有资本、集体资本、民间资本和国际资本等多重金融因素的交汇，会为中国的文学生产以及这种生产的民族性提出新的问题。例如，一家图书出版公司所生产的中国文学作品，可能由于其对民族性的全力维护和独特伸张而获得畅销，但其资本、产权及运作方式都来自外国。那么，这样的文学民族性应当如何理解呢？当中国文学的民族性是由外国资本或公司来运作的时候，文学民族性又意味着什么？在全球化语境下，文学民族性问题显然已经和正在变得越来越复杂。

第五，意识形态景观。这主要是指文学话语同特定的社会权力关系和权力结构相联系的那些领域或场所。在全球化语境中，文学民族性问题本身往往成为特定的意识形态冲突的"战场"。中国资本与外国资本、政府资本与民间资本、政治与经济及文化、本民族与其他民族等之间往往以多种多样的方式展开较量，从而使得彼此的权力冲突呈现出错综复杂的局面。

从这五种景观可见，全球化语境中的文学民族性确实是一种新型的民族性问题，属于全球民族性，因而不能继续沿用过去的思路。过去主要谈一种纯粹民族性，着重于世界普遍性主体中的某种"民族作风"或"民族气派"，相信这样的文学民族性是纯粹的或固定地存在的，只要个人努力把它创造或激发出来便是。而现在谈文学的全球民族性，涉及的却是处于全球化复杂因素渗透中的被建构或想象的文学民族性。这里存在着文学产业、文学媒体、文学消费、文学语言、文学文体、文学形象等层面的全球民族性。甚至文学理论和批评也不得不与全球民族性形成复杂的关系。例如，你的理论很"中国"，充满了新的民族个性建构。但是，你所运用的理论基础却可能来自美国的后殖民主义话语。那么，你的这一理论算是民族的吗？你或许说后殖民理论过于肤浅而不如运用我们民族已有的"时代精神"、"典型"、"原型"等概念。但实际上，这些概念最初也是来自外国的，只是它们经历长时间同化过程而已经变得"中国化"或"民族化"了。问题显然并不简单，需要仔细探讨和深入分析。

以上我简要谈了个人对全球化语境中的文学民族性问题的初步看法。那么，思考全球化语境中的文学民族性有何意义？我以为，一方面，这种思考本身是不以个人意志为转移的，是一种必然的命运。因为，随着文学的全球化生产与消费过程的迅速蔓延，文学的全球民族性问题会变得愈益复杂、尖锐，我们不得不加入到思考之中。当然，另一方面，这种思考过程本身也正是文学民族性建构的契机或机遇。正是在全球化语境中，全球普遍性与民族特异性之间的关系会变得不同寻常地显著或醒目，而民族性建构的渴望会变得格外强烈。哪里有全球化过程，那里就有民族化景观。同理，哪里有民族化景观，那里也就有全球化过程。这两者其实是合二而一的东西，是同一过程的不同方面而已。对于全球化与民族性之间的这种复杂的悖论性共生境遇，有必要作认真的追究，这有助于我们在当前中国文学民族性问题上消除一些成见而产生通盘的观察。

（原载《求索》2002 年第 4 期）

全球化、民族主义及超民族主义

王 宁

毫无疑问，探讨全球化的理论以及文化研究，已经成为当今中国的人文科学领域内的一个热门话题。人们也许会问，为什么当今的中国人文学者对这个话题如此关注呢？因为关于全球化与文化这个问题，确实使我们可以想到许多与此相关的问题。因此全球化已经成为我们的文化知识生活中无法回避的一个客观存在，甚至可以这样说，我们现在已经处于这样一个全球化的时代。

在中国的语境下讨论全球化问题，我们认识到，它给我们的人文社会科学带来的一个直接的影响，就在于它使得西方的——主要是美国的——文化和价值观念逐步渗透到非西方国家，在文化上出现了一种所谓的趋同现象。南北差距和国内的贫富差距日益加剧并导致两极分化；一些反全球化的示威者在脸上涂满了像地球仪颜色一样的油漆，以示抗议；还有一些反对全球化的示威者以各种形式的集会和游行来支持世界上的贫困和欠发达国家。因此在文化上抵制全球化实际上就是在抵制美国的文化帝国主义的入侵和渗透，这一点是完全可以使人理解的。但对全球化的抵制却滋生了另一种情绪——民族主义。具体地表现在过分地强调民族的本土特征，并以此与全球化相对抗。因此本文认为，我们应当辩证地认识文化领域内的全球化的二重性，以便使我们有效地抓住全球化这一契机来发展我们自身的文化研究和比较文学研究。

一 全球化的理论建构：中国的视角

关于全球化与文化问题的研究，国际学术界已经取得了突出的进展，但国内学者对此却知之甚少。实际上，全球化话语作为现代性的一个对立物，与现代性以及其自然延伸和悖逆——后现代性，有着密切的关系。如果我们把全球化当做一种历史文化批评的话语来考察的话，它对于有着鲜明欧洲中心主义色彩的现代性，起着强有力的消解作用和批判作用。因此全球化在我们中的不少人看来，是一种西方化，而在不少欧洲人看来，它又是一种美国化。因而它在欧洲遭到的抵制并不亚于在中国所受到的反对。

对全球化这一过程的开始，我们可以追溯到马克思和恩格斯在公元1848 年的《共产党宣言》中所指出的——公元 1492 年，也即哥伦布发现美洲新大陆后所开始的资本的运作和向海外的大规模扩张。而在文化方面，各民族的交流则开始得更早。当年，马克思和恩格斯在描述了资本的大规模海外扩张后，特别意味深长地提及了文化知识生产方面的全球化现象："物质的生产是如此，精神的生产也是如此。各民族的精神产品成了公共的财产。民族的片面性和局限性，日益成为不可能，于是由许多种民族的和地方的文学形成了一种世界的文学。"① 马恩在此提出的关于世界文学的构想，主要是受到歌德 1827 年和爱克曼的谈话中提出的关于世界文学之构想的启迪。歌德在读了一些包括中国文学在内的外国文学作品后，深有感触地说，"我愈来愈深信，诗是人类共有的精神财富……民族文学在现在算不了什么，世界文学的时代已经来临了。现在

---

① 马克思、恩格斯：《共产党宣言》，人民出版社 1966 年版，第 30 页。

每个人都应该出力促使它早日来临"①。因此，世界文学的概念作为一种文化建构，是一个不时地促使我们的比较文学研究者去想象、去进行新的建构的乌托邦。

提到世界文学，也许有人会将其与目前出现的文化上的趋同性，也即"全球一体化"的文化相提并论，其实这二者是很不一样的。我们所说的世界文学实际上代表了当前各民族文学的最新发展方向，同时又保留了各民族各自特色的一种世界性的、全球性的文学。因此，文化全球化≠文化趋同性。相反，在全球化的过程中，文化的多样性特征更为明显。

虽然在《共产党宣言》中，马克思主义创始人并未明确指出，而且在那时也不可能指明经济全球化可能带来的文化上的趋同现象。但是，他们却隐隐约约地向我们提出，全球化绝不是一个孤立的只存在于经济和金融领域里的现象，它在其他领域中也有所反映，比如说在文化上也有所反映。各民族文化之间的相互交流和渗透，使得原有的封闭和单一的国别—民族文学研究越来越不可能，于是比较文学就应运而生了。应该指出的是，比较文学的早期阶段就是这样一种"世界文学"，而在经历了一百多年的风风雨雨和历史沧桑之后，比较文学的最后归宿仍应当是世界文学，但这种世界文学的内涵和外延已经大大地扩展了。

全球化在文化上的进程中往往呈现出两个方向，一个方向就是随着资本由中心地带向边缘地带的扩展，原来的殖民文化价值观念和风尚也渗透到这些经济不发达的地区。但随之也出现了第二个方向，也即全球化的渗透，从中心向边缘运动，同时也导致了边缘向中心的运动，因此这种运动并不是单向的，而是一种互动的双向运动。这第二个方向就体现在，原先被殖民的边缘文化，与主流文化的抗争和互动，也即反殖民

全球化、民族主义及超民族主义

---

① 爱克曼辑录，洪天富译：《歌德谈话录》，译林出版社 2002 年版，第 220—221 页。

性或非殖民化。用霍米·巴巴的话来说是一种"少数人化"（minoritiza-tion）的策略，也即与全球化逆向相悖的另一个过程，或者说另一种形式的全球化。

尽管全球化在西方学界已得到了多视角的研究，出现了一些不同的理论建构，但我这里仍想以中国的文化知识实践为出发点，从下面七个方面较为全面地重新审视全球化现象并提出我本人的理论建构。

其一，作为一种经济一体化运作方式的全球化。经济上的全球化的一个重要标志就是各国的经济运作依照某个国际组织，如国际货币基金、世界贸易组织等的统一法则而进行。资本的向外扩张无疑导致了国际劳动分工制度的形成，为了避免生产上的不必要重复，在优胜劣汰的法则下，具有较高质量和知名度的产品之品牌可以远远超过国家和民族的疆界在世界各地行销。它一方面可以刺激落后民族的民族工业进行技术更新，另一方面则无情地导致原有的民族工业体制的解体。因此全球化在部分欧洲国家和广大发展中国家遭遇到的反对声之高涨就不足为奇了。

其二，作为一种历史过程的全球化。根据马克思主义创始人的见解，全球化作为一个历史过程始于哥伦布发现美洲新大陆以及由此而开启的资本的向海外扩张。这一历史进程发展到 20 世纪 80 年代逐步达到其高涨时期，资本主义也因此而进入其晚期阶段。但是资本主义进入晚期并不意味着它即将寿终正寝，而是依然有着两个发展方向：一是按照其必然的逻辑而真正走向最终的寿终正寝；另一种可能性则体现在它通过某种自身内部机制的调节后再度焕发出新的生机。目前出现的资本主义世界的暂时繁荣就是这第二种可能性带来的必然后果。但是从历史发展的内在逻辑来看，资本主义的生产方式必然逐步地为一种新的生产方式所取代，资本主义最终将走向自然的消亡。但是我们也应该清醒地认识到，这一过渡时期并不是短暂的，而是漫长的，循序渐进的。

其三，作为一种金融市场化进程和政治民主化进程的全球化。由于全球化的出现，资金的流动有了多种自由的渠道，过去那种国家干预金融交易的情况在很大程度上被自由贸易方式所取代。与其相伴的则是市场制约大大高于过去的政府干预，于是全球化便成了一个打破民族—国家疆界而无所不及的"隐形帝国"。这一经济帝国和文化帝国所采取的策略不同于以往的帝国主义侵略实践，它对民族—国家的介入性"侵略"往往是一种"渗透式"的，而政治的民主化进程和全球治理则终将伴随着经济发展的必然逻辑而逐步实现。尤其是在中国这样一个有着几十个民族和几千年封建统治的大国，民主的实现只能是逐步的和渐变的，任何突变将必然导致新的混乱和民族冲突。

其四，作为一种批评概念的全球化。目前在国际人文社会科学领域内所热烈讨论的全球化问题实际上是将其视作一种批评概念，以此来抨击日益陈腐的现代性/后现代性概念。也就是说，全球化消解了人为的现代性和后现代性之二元对立，并与这二者有着某种交叠，从而打破了传统的欧洲中心主义思维模式，为人们建构另一种或另几种形式的现代性奠定了基础。但是全球化所形成的新的帝国的中心已经转到了美国，所以今后对欧洲中心主义的批判，毫无疑问应转向对美国中心主义的批判。而在西方语境之外建构另一种形式的现代性则客观上起到了消解西方中心主义的作用。

其五，作为一种叙述范畴的全球化。正如霍米·巴巴所指出的，民族在某种程度上就是一种叙述，作为一种叙述范畴的全球化也是如此。全球化既体现了人们对美好未来的大同世界的憧憬，更体现了某种美国文化价值观念的向全世界扩张。全球化是一种宏大叙述，根据这种叙述，传统的民族和国家的人为疆界被打破了，经济一体化和市场化正在取代政府的权力，文化上也出现了强势文化向弱势文化的渗透和弱势文化对之的反渗透。民族文化身份变得日益不确定，单一的身份为一种多元的身份认同观所取代，因此在全球化时代出现的身份认同危机和流散写作现象就不足为奇了。

其六，作为一种文化建构的全球化。全球化体现在文化上的特征实际上也说明，它也和现代主义及后现代主义一样，是一种文化建构。来自不同领域的人们讨论全球化都离不开自己对这一现象的文化建构，所以建构一种"全球化的文化"（a culture of globalization）已成为所有研究者的一个目标。对于文化研究和文学理论研究者来说，把自己的研究对象置于一个广阔的全球化语境下，并且在同一个平台上与自己的国际学术同行进行对话和讨论，无疑可以开阔我们的视野，使我们的理论争鸣更具有活力，并最终导致绝对意义上的创新。

其七，作为一种理论话语的全球化。鉴于越来越多的人文学者介入关于全球化问题的讨论，使得全球化已经逐渐发展演变成理论家们经常使用的一种论辩性学术话语。在这方面，我同意罗兰·罗伯森的看法，即在对文化现象进行理论描述时可用全球性来取代全球化，而且这种全球性的出现大大早于全球化的历史进程，因为前者更适合用来描述文化和文学的发展走向。

既然全球化已经对我们的生活和工作产生了巨大的影响，那么它引起我们的研究兴趣也就是必然的了。此外，既然文化上的全球化过程作为经济全球化的一个必然后果，我们就有充分的理由来研究作为一种文化建构的全球化。在这方面从文化研究的视角来考察文化民族主义问题有着极大的现实意义。

二　文化研究语境下的民族主义反思

尽管文化研究进入中国已经有了十多年的历史，而且它在内地和港台地区所引发的讨论也已经引起了国际学术界的瞩目。但是国内仍有不少学者常常将其与传统沿袭下来的精英文化的研究相混淆。因而导致的一个直接的后果就是相当一部分文学研究者甚至错误地认为，文化研究与文学研究天然就是对立的，甚至更有人认为，文化研究的崛起标志着文学研究的末日。在此我认为有必要作一限定和澄清。

本文所提到的"文化研究"是一个从英文学界引进来的概念，是对长期以来在学术界占统治地位的以精英文学为对象的"英文研究"（English Studies）的一种反拨。其原初的表达就是 Cultural Studies，也即这两个英文词的开头用的都是大写字母，意味着它已经不是泛指传统意义上的精英文化研究，而是专指目前正在西方学术领域中风行的一种跨越学科界限、跨越审美表现领域和学术研究方法的一种话语模式，或者新的一个反体制、反理论、反精英文化的"准学科"。它崛起于英国的文学研究界，崛起的标志是成立于 1964 年的伯明翰大学当代文化研究中心（CCCS），或者说它实际上是一种伯明翰学派意义上的"文化研究"。后来，文化进入英语世界其他国家后产生了不少变体，其发展方向越来越趋向多元。既然文化研究是在英语世界崛起的，那么它在其他语种中并没有固定的表达，所以，我们只好按其字面意义将其翻译成中文的"文化研究"。

本文所讨论的文化研究，并不是那些写在书页里高雅的精致的文化产品——文学，而是当今仍发生着的活生生的文化现象。它包括社区文化、消费文化、流行文化、时尚和影视文化、传媒文化，甚至互联网文化和网络写作等，这些都是每天发生在我们生活周围的，对我们的生活产生了无法回避的影响的文化现象。同时，它也研究种族和民族问题、性别政治、身份认同、流散现象及其写作，等等。总之，在过去的精英文化领域内所有受到排斥的"亚文化"现象都成为文化研究学者所关注和研究的对象。因此文化研究的边界是宽泛的和模糊的，它经常"侵入"其他学科，有时甚至对其他学科构成有力的挑战和威胁。这样看来，认为文化研究与比较文学研究相对立也不无一定的道理。但问题是：究竟这种对立是人为造成的还是天然形成的？

在以往的文学研究者看来，我们所研究的文化应该是高雅文化的结晶——文学作品，但是他们却忘记了另一个无法否认的事实，即我们今天所说的"文化研究"，如果在英语世界追溯其本源的话，应该是从早期的文学研究演变而来的，特别是始自英国的新批评派学者 F. R. 利维斯的研究。利维斯作为精英文化的代表人物，其精英思想是根深蒂固的，他始终认为，要想提高整个劳动人民的文化修养，必须开出一个文学名著的书目，让大家去阅读这些名著，通过对这些文学名著的阅读和欣赏而达到向广大劳动大众进行启蒙的作用，最终使人民大众逐步提高自己的文化修养。

而我们今天的指向大众文化的文化研究则正是从早期的精英文化研究那里发展演变而来的。伯明翰学派的两位代表人物理查德·霍加特和斯图亚特·霍尔早先也是专事文学研究的学者，尽管他们的主要注意力后来都转向了文化研究，但学界却无法否认他们早先在文学研究领域内的卓越建树。而雷蒙德·威廉斯本人则更是一位优秀的作家和文学理论家，他同时在文学研究和文化研究领域内所取得的成就是令人瞩目的。由此可见，认为文化研究天然就与文学研究相对立显然是站不住脚的。

鉴于文化研究的主要特征是"反体制性"（anti－institution）和"批判性"（critical）。在这方面，西方马克思主义对文化研究在当代的发展所起到的作用是不可替代的。尤其是英国的威廉斯和伊格尔顿，以及美国的詹姆逊等马克思主义理论家，都对英语世界的文化研究和文化批评的发展和兴盛起到了很大的导向性作用。正是他们从文化的视角出发来讨论文学，从而大大拓展了文学研究的领地，同时也通过对文学文本的分析建构了一种文学的文化（literary culture）。

由于文化研究的"反精英"和"指向大众"等特征，所以它也包括来自不同学科的研究者，其中来自社会学和人类学的学者近年来在当代文化研究中扮演了越来越重要的角色。文化研究关注民族问题，特别关注那些长期受到压抑的少数民族下层人民的生活状况，但文化研究学者对那种狭隘的民族主义情绪也持一种批判的态度。文化研究学者认为，在当今这个全球化的时代，民族—国家的疆界变得越来越模糊，民族，正如霍米·巴巴所中肯地指出的："就像叙述一样，在时间的神话中失去了其源头，只是在心灵的目光中才意识到自己的视野。这样一种民族的形象，或者说叙述，也许不可能那样充满浪漫情调并极富隐喻特征，但正是从那些政治思想和文学语言中民族才在西方作为一个强有力的历史概念而显露了出来。"①因此就这个意义上说来，作为一种独特的承担了民族叙述的文学确实曾经为民族这个概念的形成作出了历史性的贡献。民族文学历来是许多国别文学研究者毕生的研究课题，即使在比较文学诞生之后，民族/国别文学研究仍有着极大的声势。但在全球化的时代，由于民族—国家疆界的模糊，民族/国别文学的研究也不可能像过去那样壁垒森严，它常常也"越过边界"，进入比较文学的疆域，或在理论上上升到总体文学的视野，或从民族/国别文学的案例出发讨论具有普遍意义的世界文学问题。因此全球化使我们在思维方式和想象力方面也有了较大的突破，这一点恰恰是狭隘的民族主义所力所不及的。正如后殖民理论家斯皮瓦克所中肯地指出的："民族主义是通过重新记忆建构起来的集体想象的产物。去除这种占有性的符咒是比较文学研究者的任务。但是，想象就如同身体一样，需要接受训练以便从这种艰苦的过程中感受到乐趣。"②可以说，比较文学的兴起也使得我们文学研究者的学术想象力得到了解放：民族文学已经没什么意义，世界文学的时代已经来临。因此它也需要我们去建构一种超越狭隘的民族主义的概念。

当然，民族主义在历史上所起到的作用也是不可忽视的，尤其是在过去的战争年代，民族主义的情绪可以把一个民族的精神凝聚起来，进而转化成打击敌人、消灭敌人的巨大动力。而文学艺术作品正是这种艺术想象力最为集中和形象的体现，因此，在战争的年代，文学作品有时甚至被等同于一种武器。这一点尤其可以在苏联的一些描写卫国战争题

① Bhabha, Homi ed., "Introduction: Narrating the Nation", *Nation and Narration*, London and New York: Routledge, 1990, p. 1.

② 佳亚特里·斯皮瓦克著，生安锋译：《民族主义与想象》，《文艺研究》2007年第2期，第32页。

材的作品以及中国的描写抗日战争题材的作品中见到鲜活的例子。对于文学中的民族主义情绪和民族主义主题，我们的精英文学研究者往往在注重其文学技巧的同时却将其忽视了。而文化研究者则恰恰反其道而行之，他们最为关注的正是文学作品中隐匿着的种族、民族、阶级和性别等具有政治和意识形态性的成分。通过对这些成分的关注和分析提出我们的批判性见解。因此，考察并研究文学中的民族主义主题应该是文化研究者的一个重要的课题。

既然比较文学所关注的是两种或两种以上的、超越语言、民族/国家乃至学科疆界的文学的研究，那么与文化研究融为一体的当代比较文学在突破了民族主义的局限后应当作出何种理论建构呢？当前在西方理论界讨论得很热烈的所谓"超民族主义"（transnationalism）也许会给我们一些启示。但即使讨论这种超民族主义也应当立足于中国的文学和文化实践。

三 走向一种超民族主义的建构

从上面的讨论我们大概可以得出一个暂时的结论，即文化研究与文学研究不应当全然对立。民族/国别文学也不应当与比较文学和世界文学相对立，对于这一点西方的不少有识之士早已有所认识。在当前的西方文学理论界，就有相当一批著述甚丰的精英文学研究者，已经开始自觉地把文学研究领域扩大，并引进文化研究的一些有意义的课题。他们认为，研究文学不可忽视文化的因素，如果过分强调文学的形式因素，也即过分强调它的艺术形式，就会忽视对文化现象的展示。所以他们提出一种新的文化研究方向，也就是把文学的文本（text）放在广阔的语境（context）之下，最后达到某种文学的超越，这就是文学的文化研究，或一种文学文化（literary culture）的建构。我认为这一方向也许是使我们走出文学研究和文化研究之二元对立这个死胡同的必经之路，对于我们中国的文学研究和文化研究都有着一定的启发意义。

　　辩证地说，全球化在文化上的表现同时带给我们两方面的影响。它的积极方面体现在它使得我们的文化生产和学术研究更为直接地受到市场经济规律的制约，而不是像过去那样由政府发指令性的号令来规定。但是另一方面，全球化的后果也有消极的方面，主要体现在它使得精英文化生产，尤其是文学艺术的创作，变得日益困难，如果处理不当，最终有可能导致新的大众文化与精英文化的等级对立。

　　所以我提出的一个策略就是，面对全球化的强有力影响，我们中国的知识分子首先要顺应这一潮流，即承认全球化已经来到了我们这个时代，我们对这一大的趋势是无法抗拒的。但是，我们又不能只是跟着它跑，因此正确的态度便是，在不损害中国文化精神本质的前提之下，我们完全可以利用全球化的契机来大力发展中国文化，使得中国文化在全世界的广为传播成为可能。这样看来，在一个全球化的时代仍抱残守缺，死守民族主义的阵地，将会妨碍我们想象力的发挥，使我们在一个竞争的机制下失去更多发展的机会。这一教训我们完全可以从历史的经验中得出。

　　在过去的一百年里，中国文学深深地受到了西方文学的影响，以至于不少恪守传统观念的中国学者认为，一部中国现代文学史，就是一个西方文化殖民中国文化的历史，他们特别反对"五四"运动，因为正是"五四"运动开启了中国新文学的先河，开启了中国文化现代性的先河。而且正是"五四"运动在大力批判民族主义的同时，把中国的大门向西方大大地敞开了，最终导致了大量西方文化和文学思潮的蜂拥进入中国，使得中国的民族文化机制大大地被破坏了，甚至中国的语言体系也被大大地"欧化"或"西化"了。

　　"五四"时期有一个特别重要的现象，就是大量的外国文学作品，尤其是西方文学作品和文化学术思潮、理论大量被翻译成中文。这对于刺激中国作家的艺术想象力无疑起到了积极的作用。鲁迅当年在谈到自己的小说创作时，就曾直言不讳地说，他的小说创作只是在读了百来本外国小说和一点医学上的知识之基础上开始的，此外什么准备都没有。当然对于鲁迅这样国学和西学功底都十分深厚的大作家和大思想家，提倡全盘"西化"只是一种策略，并不意味着就会破坏他们作品中的中国人固有的民族精神和民族主义情绪。实际上，在《阿Q正传》等小说中，鲁迅的这种"怒其不争"、"恨其不奋"的民族主义情绪正是体现在他对阿Q身上表现出的中华民族的劣根性的深刻批判。还有另一些"五四"运动的干将，包括胡适和郭沫若等，他们通过大量的翻译和介绍西方文学作品，对传统的中国文学进行了有力的解构，从而形成了一个中国现代文学经典，所以在现代文学的历史上，翻译占有很重要的地位。正是这些通过翻译而转化为新的创作动力的产物——文学对于一种新的超民族主义的建构起到了推波助澜的作用。

当然，从今天的观点来重新审视"五四"运动的功过得失，我们可以得出这样的结论，当年"五四"旗手们在大力引进西方理论和文化思潮的同时，忽视了向国外推介中国的文化理论和文学作品。因此他们在批判民族主义的同时，又使我们进入了"殖民主义"的误区。而在今天的全球化时代，中国可以说是全球化的最大受益者之一，不仅全球经济一体化大大地加快了中国经济的发展，而且文化上的全球化也使我们得以利用这一契机大力地将中国文化推向世界。在这方面，弘扬一种新的类似"世界主义"视野的超民族主义，应该是我们的比较文学和文化研究者努力的目标。

（原载《西南民族大学学报》（人文社科版）2007年第7期）

文学民族性身份的现代人类学还原

仪平策

文学的民族性是文艺学的基本问题之一，也是中国近现代美学的一个"焦虑中心"；而自20世纪90年代中后期以来，随着全球化压力的日益进逼，它愈加凸显为美学、文艺学所必须正视的一大理论焦点和前沿课题。道理很明显，经济的全球化，不可避免地要拉动文化（包括文学）的全球化，在这种情势下，文学民族性的保持是否还有可能？我们该怎样看待全球化语境中的文学民族性问题？文学的民族性身份该如何厘定？诸如此类的美学/文学"焦虑"，显然亟须美学界、文论界做出深入探究和解释。为此，笔者拟从现代人类学立场出发，对这个问题谈一点看法，以向师长同人求教。

一

我们不妨先从文学民族性问题在我国现当代美学、文艺学发展中的实际状况谈起。

众所周知，自"鸦片战争"始，文学民族性概念便被历史地楔入了中国美学、文艺学的视野之中（在此之前，文学的民族性在我国几乎算不上个问题）。但现在，由于种种原因，该问题一直没有在理论上得到真正深入的梳理和探究。在一个复杂、多元、变动的中国近现代语境中，特别在一个始终被诸如世界视阈与民族意识、本土"国故"与西方新学、古代传统与当代价值等多种矛盾和冲突所缠绕的中国近现代文化语境中，文学民族性问题常常找不到自己明确的学术"身份"和适当的理论定位，甚至很多时候，民族性几乎只是文学一个堂皇而空洞的修饰词，不时处在被模糊、扭曲或边缘化的境地。纵观历史，中国近现代文艺学固然一直在世界性与民族性之间的对峙中蹒跚前行，正如王瑶所说："文学的世界性与民族性的对立统一是（中国）现代文学历史发展中的一个基本矛盾。"① 但总体上看，在这场对峙中，中国近、现代文论强调文学的世界性更甚于强调文学的民族性；世界性是"普遍"，而民族性只是为世界性所整合和统一的"个别"，两者之间的关系实际上呈极不对等的状态。

这种不对等状态的形成，与近代以降中国特有的主流文化观念密切相关，首先，在多数学者那里，民族性即意味着本土性，而本土"国故"基本上就相当于"国渣"，是封建、落后、古旧、陈腐的代名词，而唯有西方新学代表进步与科学，是中国文论发展的必由之路。这一信念到"五四"新文化运动，便是"全盘西化"口号的响亮提出。陈独秀主张：中国要"建设西洋式之新国家，组织西洋式之新社会，以求适今世之生存"② 此为以西方模式改造中国社会的最早论点。王国维在20世纪初则宣称："欲通中国哲学，又非通西洋之哲学不易明也。"③（按王氏思路，也可以说，"欲通中国文论，又非通西洋文论不易明也。"）此为以西学路数拯救中国学术的典型观念；而时至今日，这种非西方"新学"不能救本土"国故"的观念仍在学术界畅行无阻。马克思主义美学和文论作为西方新学整体形象的一部分，"五四"以来也逐步地分享、

---

① 王瑶：《中国现代文学三十年》，上海文艺出版社1987年版，第16页。
② 陈独秀：《陈独秀文章选编》上卷，三联书店1984年版，第148页。
③ 王国维：《王国维文集》第三卷，中国文史出版社1997年版，第5页。

进而于新中国成立后全面掌管了中国美学、文艺学的绝对"话语权力"，这实际上也是中国近现代"厚西薄中"文化观念的深刻反映。在这种以"西"为新而以"中"为旧的话语模式中，文学民族性问题走向边缘化是不可避免的。其次，在多数学者看来，民族性还与"传统"大体同义，"民族的"就等于"传统的"，而古代传统与当代价值则是鲜明对立的。中国现当代文论为融入世界而追逐西学，就是要超越古代传统，追慕当代价值，而这个当代价值，实际上就是百年来一直鼓胀于国人心中的现代性渴求与想象。当代民族国家要追求社会发展的现代性（化），自然也要追求文学理念的现代性（化）。于是这里的公式就变成为："西学的"即等于"现代的"。再进一步地，现代性（化）作为一个似乎不证自明普遍绝对的价值信念和标准，在国人心目中实际就等于西方化。有学者指出，在1935年学术界一场规模颇大的中西文化论战中，胡适继"全盘西化"论之后，即提出了"充分世界化"这一过渡性术语，进而在讨论的后期又同意了"现代化"这一提法。① 显然，这一从"西方化"经"世界化"又到"现代化"的术语嬗变，在中国现当代文化演变中是有典型意义的。冯友兰在20世纪40年代对此作过概括，他说："从前人常说我们要西洋化，现在人常说我们要近代化或现代化。这并不专是名词上改变，这表示近来人的一种见解上的改变。这表示，一般人已渐觉得以前所谓西洋文化之所以是优越的，并不是因为它是西洋底，而是因为它是近代底或现代底。"② 经过这种"见解上的改变"，"现代性"遂成为现当代中国文化和美学的价值轴心，而"传统"的意义在这过程中则渐被漠视和疏弃；随之而来的是，"民族性"也呈逐步"退场"甚至于"缺席"的状态，因为在大多数人们看来，与"传统性"同体一位的"民族性"与"现代性"是沾不上边的。

① 刘永佶：《中国现代化导论》，河北大学出版社1995年版，第12页。
② 冯友兰：《三松堂全集》第4卷，河南人民出版社2000年版，第225页。

正是在走出本土、超越传统、追逐西化、渴慕现代这样一种近当代文化语境中，中国美学、文艺学顺理成章地将文学的"世界性"置于"民族性"之上，并使之成为大多数学人的理论共识。就连一贯反对"割断历史"，强调"古为今用"，重视民族形式的毛泽东也指出，我们所建立的民族新文化，必须"同一切别的民族的社会主义文化和新民主主义文化相联合，建立互相吸收和互相发展的关系，共同形成世界的新文化"①。这里虽承认新文化的性质是"民族的"，但追逐的理想（范式）却是"世界的"。这种对"世界新文化"的向往实际上就成为中国现当代文论的理论依据和思想基调。在这种背景下，歌德那句名言"民族文学在现代算不了很大的一回事，世界文学的时代已快来临了"②，很大程度上便成为中国现当代美学和文论理解文学的世界性与民族性关系的基本准则。比如，胡风就在《论民族形式问题》一书中明确把"五四"文学运动看成是西方文艺复兴以来的"世界进步文艺传统的一个新拓的支流"。此观点虽多受批驳，但却很有代表性，也基本符合历史事实，因为正如捷克学者乔·普实克所说：中国的"新文学与欧洲文学，也就是我们所说的世界文学，有着较之与他们本国过去时代的文学更为密切的联系"③。这种更接近（更向往）"世界文学"而较远离"民族文学"的现象，其实也是"五四"以来整个中国现、当代文学的一个不容置疑的事实。

当然在此期间，文学民族性问题也受到一些关注，主要表现为两个维度，第一是强调文学的民族形式。这观念大体是受苏联"社会主义的内容，民族的形式"这一口号的影响而产生的。中国现当代所说的民族形式，主要指"大众化"形式，强调它的目的则基本属于"旧瓶装新

---

① 《毛泽东选集》第 2 卷，人民出版社 1952 年版，第 699 页，重点号引者加。

② ［德］爱克曼辑录，朱光潜译：《歌德谈话录》，人民文学出版社 1978 年版，第 744 页。

③ 贾植芳：《中国现代文学的主潮》，复旦大学出版社 1990 年版，第 146 页。

酒"范畴，即用民族性的大众化形式来"宣传"革命性、政治性主题，以为现实斗争服务。郭沫若在1940年指出："在中国所被提起的'民族形式'……我相信不外是'中国化'或'大众化'的同义语，目的是要反映民族的特殊性以推进内容的普遍性。'马克思主义必须通过民族形式才能实现'，便很警策地道破了这个主题。"①周恩来也明确说："民族化主要是形式"；"民族化关系到大众化，关系到通过艺术形式动员广大群众"②。这都表明了民族形式或"大众化"观念与现实政治功利的关系，它被看做实现这种现实政治需求的一种重要手段。第二便是强调各民族文学的相互影响。这一点已成为新中国成立后文艺学教科书的普遍观点，其基本倾向就是主张各民族文学要相互学习，"求同存异"；理论上大抵以"世界文学"为导向，强调同一性，忽略差异性。这种"世界文学"理念的提出，从世界范围的社会历史背景看，实际上正是近代以来西方殖民统治和资本扩张的一种产物，是资本主义企图从文化上统一和主宰世界的一种话语策略。对此，马克思和恩格斯指出："资产阶级，由于开拓了世界市场，使一切国家的生产和消费都成为世界性的了……物质的生产是如此，精神的生产也是如此……于是由许多种民族的和地方的文学形成了一种世界的文学。""它（资产阶级——引者按）迫使一切民族——如果他们不想灭亡的话——采用资产阶级的生产方式；它迫使它们在自己那里推行所谓文明制度，即变成资产者。一句话，它按照自己的面貌为自己创造出一个世界。"③资产阶级推行所谓"世界文学"（这里的"文学"，亦可理解为广义的哲学、科学、宗教、文艺等意识形态）的目的，其实质就是期望在文化领域、意识形态领域"按照自己的面貌

---

① 郭沫若：《"民族形式"商兑》，《郭沫若全集》（文学编）第十九卷，人民文学出版社1992年版，第31页。

② 北京师范大学中文系文艺理论教研室：《文学理论学习参考资料》（上），春风文艺出版社1981年版，第586、587页。

③ 马克思、恩格斯：《共产党宣言》，《马克思恩格斯选》第一卷，人民出版社1972年版，第225页。

文学民族性身份的现代人类学还原

为自己创造出一个世界"。这也是"西方中心论"范式在文学民族性和世界性关系中的一种折射。我国现当代美学、文艺学以"世界文学"为标准，强调各民族文学相互学习、"求同存异"的"世界性"，虽基于自身某些特殊的历史文化缘由，但在总体思路上，显然不可避免地受到了这一近代资产阶级"世界性"话语策略的潜在影响和深刻囿限。文学民族性问题因此也就在近代以降资本主义"世界性"霸权的阐释策略中模糊了自己的"身份"，失去了独有的意义。

可以看出，现、当代文论虽注意到了文学民族性问题，但还是比较表面的，观念模糊的。民族化形式的提出乃基于文学的"工具"论，而民族文学相互影响的说法则明显源于西方近代以来（特别是苏俄）的"世界文学"观念。这其实都未从根本上解决中国现、当代文学的民族性问题，没有在该问题上找到合适的学术立场。因为"工具"论真正关注的并非民族文学问题，而"相互影响"论忽略差异性，强调趋同性，最终结果必在"现代性"想象的驱动下趋向世界性而远离民族性。这一点，在新时期文论（也包括文学创作）几乎将西方几百年的文艺思潮和流派模拟了一个遍的图景中体现得尤为强烈且突出。应当说，这是现、当代以来中国美学和文论始终没能从理论上真正解决文学民族性问题的重要表征。那么，对于今天的学界而言，究竟应当如何认识和解释文学民族性问题呢？毫无疑问，关键还取决于学术立场与思维范式的突破与创新。为此，我们选择了现代人类学，因为它为文学民族性研究的理论突破和创新提供了一种可能。

二

现代人类学对于文学民族性研究的根本意义集中在有关"人"的理解上。

文学的民族性究竟指什么？这个问题本质上同"文学是什么"的追

问内在相关。近代以来人类在这方面所取得的一个最深刻的学术共识，就是"文学是人学"。这一共识作为更接近文学审美特性的一个规定，将文学的本质最终同"人"的本质连在了一起，将"文学性"概念最终同"人类性"概念连在了一起。这样问题的焦点就变成了：要解释文学是什么，就必须首先解释"人"或人性是什么。可是，人或人性的本质又是什么？对此，已历史地形成了两种基本的解释体系，一是近代启蒙运动以前，主要有"理性"说，"德性"说，"自然"（天赋）说，"自我意识"说，等等。这些说法虽观点各异，但有一个共同点，就是都假定存在着一种普遍的、同一的、永恒不变的人性或人的本质。正如美国著名人类学家克利福德·格尔茨所指出的："启蒙主义观点认为人完全与自然的性质一样……有一种与牛顿的宇宙一样绝对永恒不变的、神奇般简单的人性。"[1] 这一普遍永恒的抽象人性论折射在文学领域中，便是"世界文学"观念的产生。二是现代思想对人性本质的理解，则以对启蒙运动以前这种人性观的超越为特征，其主要趋向是将人的抽象、普遍的本质还原为具体、特殊的存在。这里面最重要的是两大理论立场、两大思想方法，其一是马克思主义的"实践"说；此说的根本意义就在于赋予人或人性以社会、历史、阶级等的具体性和差异性（此处暂且不论）。其二便是现代文化人类学的立场和方法。

作为一门专以"人"为研究对象的学科，文化人类学主要将"人"置于特定的"文化世界"中，着重从原始的、本原的意义上探究其特定的文化语境、文化制度、文化状态、文化性格，总之是弄清和解释"人"的"文化身份"。不过在确认人的"文化身份"方面，文化人类学的学术立场又表现出了由"古典"向"现代"的转换发展过程，其根本标志，就是在对"人"及其"文化身份"的把握上，从偏于同一性、普遍性、类似性的探寻转向偏于相对性、特殊性、差异性的解释。

---

[1] 克利福德·格尔茨著，韩莉译：《文化的解释》，译林出版社1999年版，第44页。

文学民族性身份的现代人类学还原

古典人类学又称经典人类学，主要以早期的进化论、功能论、传播论等人类学派别（理论）为代表。古典人类学的学说大都以人性（心灵）的一致性以及知识（技术）的普遍性为假定前提：或相信人类无论在任何社会都遵从同一规律、向同一方向（现代欧洲文明所代表的方向）发展（进化论）；或认为各民族文化大都是通过历史上的接触由中心向周边传播开来的，甚至提出以埃及文化为唯一中心的"埃及一元"论（传播论）；或强调社会结构诸要素之间的"功能一致性"，即社会诸要素无不处于社会整体之中且为整体延续发挥作用（功能论）。这些理论虽不尽同，但都偏重人类同一性和文化相似性研究，都着重在不同部族或族群中寻找（证明）所谓人性禀赋的一般性和文化规律的普遍性。

大约其后发展起来的文化与人格理论（或心理学人类学），可以看做从古典人类学向现代人类学过渡形态的代表。该理论循着文化相对主义思路，不再试图从人类一致性视角研究文化，而是肯定由不同的价值秩序所制约的文化的多样性，着重研究特定文化模式中文化与个人的关系。但该学派前期仍强调每种文化价值的内在一致性，强调文化的"主旋律"即"民族精神"对个体人格的决定性影响；到后期则指出人格并非由社会文化先验规定的一种不变的实体，而是指个人在一生中与特定社会文化相互作用的心理过程，因而是多变和多样的。这种对文化、人性之特殊性、差异性的关注，显露了人类学从"古典"的文化一致性理念向"现代"的文化多样性思维的转换趋势。

大致于"第二次世界大战"以后获得迅猛发展的象征论人类学、解释人类学和现象学人类学，则标志着现代人类学立场和方法的形成。象征论人类学从过去对文化的社会与技能的重视转向了对文化的象征作用和意义世界的研究。转向深层象征意义的研究，强调了细节和偶然的价值，突出了阐释的主体性和诗意性，而弱化了客观的、一元的现实观；现象学人类学则主张离开种种被抽象出来的作为"自明之理"的文化"主题"，回到我们本身所体验着的生活世界中去，即回到理解的源泉中去，提炼生活使它成为"主题"。这实际上就进一步淡化了现实的绝对性，把现实理解为人的先验主观经验不断参与构成的过程，从而使现实概念更加主体化、相对化。

格尔茨（Clifford Geertz，1926—）开创的解释学人类学则称得上现代人类学的典范形态，值得我们重点关注。格尔茨认为，文化不是别的，而是"由人自己编织的意义之网"①，一方面，这里的"意义"，不是基于人类普遍的原则和逻辑，而是在个别社会极为日常的、公共的社会行动场所中产生的，因而是经验的、特殊具体的；另一方面，作为意义的编织者，"人"不是在"全人类一致性"意义上被表述的一种具有抽象的常规共性的存在，而是始终为特殊民族和地区的习俗所塑造的人。"现代人类学……坚定地相信：不被特殊地区的习俗改变的人事实上是不存在的，也从来没有存在过。"② 因此，"要接受这个观点：人性在其本质方面和表达方面都具有不同"③。应当说，对于启蒙时代以来包括古典人类学在内的西方思想界而言，这一"人性不同"的观念是革命性的。正是在充分肯定人性及其所编织的"意义"的多样性、特殊性、相对性这一层面上，现代人类学对"人"的认识超越了经典人类学。

这种人性本质的特殊性、具体性、差异性又来自何处呢？解释人类学认为根本上即来自"人类文化的差异"。因为"人"（人类）本身就是"通过文化来使自己完备或完善的那种不完备和不完善的动物——并且不是通过一般意义的文化而是通过文化高度特殊的形式……"④ 人性之所以是具体的、特殊的、有差异的，归根结底，是因为人性所由生成的文化（形态、类型、模式）是具体的、特殊的、有差异的。换言之，正是

---

① ［美］克利福德·格尔茨著，韩莉译：《文化的解释》，译林出版社1999年版，第49页。

② 同上书，第46页。

③ 同上书，第47页。

④ 同上书，第62页。

"高度特殊的"文化形式，塑造了特殊具体的个体的人——当然这里的个体"不是指成为每一个人"，而是指"成为一种特殊种类的人"。这是一个极其关键的思想。因为正是在这里，我们找到了问题的答案：人——那种并非抽象普遍的、而是具体特殊的人，乃由高度特殊的文化所生成；同时说人是具体特殊的，并非说他是纯然单子的个人，而是说他作为某一特殊种类的人，就是生成于特殊种类的"文化模式"的人。"变成人类就是变成个体的人，而我们是在文化模式指导下变成个体的人的；文化模式是历史地创立的有意义的系统，据此我们将形式、秩序、意义、方向赋予我们的生活。此处所指的文化模式不是普遍的，而是特殊性的……"① 这种"特殊性的"、赋予生活以形式、秩序、意义、方向的"文化模式"是什么？显然首要就是"民族的"文化。"民族的"文化实际就是"某一特殊种类的"文化，就是一种"文化高度特殊的形式"，一种将人变成"特殊种类的人"的文化模式。于是，在探索人性的特殊具体性的过程中，在解释文化的差异性和一致性关系的过程中，民族文化这一概念便历史地凸显出来。它构成了我们理解"人类"和"文化"的一种基本视角和立场；甚至可以认为，传统的、民族的文化实质上既是一种特殊种类的文化，也是文化的最直接、最一般的形态，或者说，文化的普遍一般的形态，就首要地、直接地表现为一种文化的民族形态。由这种民族文化塑造的人性，固然是特殊具体的，但这种人性的特殊具体，其实也就是人性的普遍一般，因为人性除此别无更高一级的普遍一般。所以，在现代人类学看来，人性的民族化"身份"和特征，是人性一般性、普遍性的基本表征。

尤其值得注意的是，马克思晚年也转向了这一现代人类学立场。我们知道，随着19世纪70年代资本主义向一些具有原始公社所有制传统

---

① ［美］克利福德·格尔茨著，韩莉译：《文化的解释》，译林出版社1999年版，第65页。

和宗法制社会遗存的古老东方国家的渗透，已届晚年的马克思进入文化人类学研究领域。在此背景上，他在1881年3月作了一个断然声明，说他关于资本主义产生的历史必然性的理论"明确地限于西欧各国"；古老国家的社会发展规律问题只能根据各自国家的历史特点作出判断。①之所以有此声明，是因为他在人类学研究中，发现西欧之外的世界其他民族有着不同于西欧系统的历史多样性、民族特殊性和文化差异性。这一转向，标志着马克思的历史唯物主义在同现代人类学结合之后的重大发展，也同时表明在研究人类的历史、社会、文化，当然也包括文学的民族特殊性方面，现代人类学实乃一重要学术立场和方法。

正是在充分肯定"人"及其所编织的"意义"的多样性、特殊性、相对性——最终表现为民族性"文化身份"这一层面上，现代人类学对人性和文化的认识超越了经典人类学，进而为文学民族性的理论研究提供了范式，开辟了思路。它告诉我们，作为"人学"的文学在表达人的生活感受和生命体验时，必定熔铸着一种具有特定的民族化形式、秩序、意义、方向的内在精神和审美品格。也就是说，无论在理论上，还是在实践上，文学的民族性身份都是内在的、必然的。

三

本着这一现代人类学立场，我们提出"还原"文学"民族性身份"（特性）的主张。也就是说，文学的民族性不是有没有的问题，而是应否"去蔽"、"还原"的问题。因为如前所述，文学的"民族性身份"在以"人类一致性"理念为基础的文学的"世界性"和"现代性"想象中，确已遭到了虚置、遮蔽或者涂抹，变得面目不清了。

---

① 中共中央马恩列斯著作编译局：《马克思古代社会史笔记》，人民出版社1996年版，第2页。

这方面的情景可以说是触目惊心的。打开20世纪以来我们的美学—文艺学教科书，我们看到了什么？本质、反映、再现、表现、上层建筑、意识形态、优美、崇高、悲剧、喜剧、直觉、理性、形象、典型、现实主义、浪漫主义、主题、结构、机制、媒介、符号、形式……这些我们耳熟能详的、构成美学理论、文艺理论主体框架的概念、范畴、词汇、术语，有哪一个真正来自于我们民族的、自己的"话语"系统？可以说，我们今天仍在使用的一整套文艺美学规范和批评术语，几乎无一不是来自代表"世界文学"范式的"西方"。我们真诚地相信"西方"能给予我们学术"现代化"的承诺，我们恪守着"西方"确立的理性化认知规则，我们将"西方"那种体系化知识形态奉为学术目标，我们以"西方"理论作为一种普遍化的阐释准则，我们坚定不移地贯彻着"西方"提出的一系列的"科学化"研究方法……总之，在20世纪以来的中国审美文化语境中，"西方"美学—文艺学以一种客观上无可争议的"霸权"者和"征服"者姿态，向我们展现了它的整体概念与意象。

正因为操持的是西方人发明的一套理论话语，我们在研究自己的民族文学时饱尝了难以排解的学术尴尬。比如，我们解释《诗经》、《楚辞》，解释李白、杜甫，解释《西游记》、《红楼梦》，解释鲁迅、郭沫若，解释文研会、创造社……时，我们都无一例外地以现实主义和浪漫主义的标准概括之、评价之。比如，我们研究中国古典诗歌，不是首先对诗歌本身的情致、意趣、韵味、境界进行深入具体的感受和体悟，而是先看它是否体现了阶级性、人民性，是否真实反映了现实生活，是否达到了形象化、典型化要求，等等。这样来研究和解释，其结果是什么？自然是免不了隔靴搔痒或削足适履，自然是压根儿就摸不着中国文学"本身"最核心、最民族的东西。这种感觉，对长期从事中国文学研究和教学的我们来说，大概是不陌生的。

这种状况至少可以说明，不仅我们过去所一直信奉和使用的一套"西式"美学、文艺学理论存在着明显的水土不服的问题，而且更为重要的是，我们过去所一直持守和贯彻的总体学术思路、策略、立场本身就有问题，值得反思。也就是说，我们在"现代化"神话的激励和鼓舞下，过于强调文学艺术的普遍性、世界性、人类性价值（而说到底，这种所谓"现代化"其实就是"西方化"），而忽略了文学艺术的特殊性、本土性、民族性属性，忽略了文学艺术所最终无法超越的民族文化根基。当然，我们并非对20世纪以来中国所引入和建构的"西式"美学—文艺学，持一概否定的态度。实际上，尽管这种引入和建构带有某种"科学乌托邦"色彩，但毕竟在开阔中国学人的视野，训练规范化思维，提高整个理论界的认识能力和学术水平方面，发挥了巨大的作用，可谓功不可没。对此，我们必须予以充分肯定。然而，"西式"总归是"西式"。既是"西式"，就还是一种"特殊"和"具体"，就不是，也不可能是一种适应于全人类的普遍有效的理论价值体系。正像马克思说他的关于资本主义的理论"明确地限于西欧各国"一样，来自西方的美学—文艺学话语体系也在很大程度上是"限于"西方的。它固然可以同其他民族的美学—文艺学思想进行相互交流与对话，也可以彼此之间相互学习和借鉴，但却无法越俎代庖，无法取代其他民族国家所独有的、以传统文化精神为根基的艺术理念与审美范式。

这样一来，文艺民族性问题就以真正现代的姿态"凸显"在我们的视野中，"进入"了学术的前沿视阈；而可以帮助它完成这一次历史性"进入"的，当首数文化人类学这一现代学术范式。文化人类学的加盟，将使美学—文艺学研究逐步走出形而上学的迷雾，走出绝对普遍的"乌托邦"想象，恢复自身的民族"身份"，回归自己本有的文化故乡。比如从现代人类学立场看，"形象"作为一个偏于指称造型艺术、空间艺术、叙事艺术的概念，也作为中国当代美学—文艺学中一个耳熟能详的关键词，它的民族"身份"和文化故乡其实主要应归于"西方"。"形象"一词的原始意义总是和灵魂、影子、精灵等概念混淆在一起，它是神灵、精灵、灵魂这类神秘力量所凭附、所借以显现的一种形象外观。

这说明它最初的内涵和"万物有灵"等原始宗教信仰有关，是原始宗教信仰的一种产物。西方进入了文明社会后，原始宗教发展为成熟的一神教，宗教的形式改变了，但宗教精神、宗教信仰没有变。正因如此，"形象"的基本结构和功能也就不会变。对于宗教而言，它是神借以化俗的肉身形式；对于（同宗教密不可分的）哲学而言，它是普遍、一般、本质、必然所统摄的特殊、个别、现象、偶然；而对于美学而言，它则是理念借以显现的感性形式。由于一直保持着这样的文化语境，所以，西方审美文化中造型艺术、空间艺术（绘画、雕塑、戏剧）较为发达，而表意艺术、时间艺术（诗歌、音乐、舞蹈）则相对薄弱；所以，西方美学—文艺学一贯讲究"形象"以及与"形象"塑造有关的"典型"、"模仿"、"比例"等概念的审美价值。但要将"形象"概念置于中国文化语境中，就会发现另一种情况。中国大约从西周始，原始的宗教信仰、宗教精神便在一种早熟的理性（伦理）精神的覆压下过早地萎缩和"隐退"了。从"率民以事神"（殷商）到"敬鬼神而远之"（西周）再到"不语怪、力、乱、神"（孔子），这一观念表述上的变化，即标志着"人治"文化对"神治"文化的胜利，宗法文化对宗教文化的胜利。与此相应，作为原始宗教信仰之产物的"形象"文化，也自然随着原始宗教的"退场"而离开"中心"，沦落"边缘"。所以中国审美文化较少造型艺术、空间艺术（绘画、雕塑、戏剧）而较多表意艺术、时间艺术（诗歌、音乐、舞蹈），中国传统美学—文艺学也较少标举"形象"，而更讲究以"心"、"情"、"神"、"意"为主而以"物"、"景"、"形"、"象"为辅……"形象"中心论为"情意"本位论所置换。这样的人类学研究，就明确地昭示了中国美学—文艺学实现文化回归的学术可能和路向。

根据上述现代人类学立场，我们现在可以将文学的民族性身份大致表述为：文学作为文学家的一种个性化表达方式，总是和它所在的特定民族的文化性格、观念、理想、倾向、趣味等血脉相连，总是内在必然地流动着特定民族的文化精神。如果说，民族性（或民族文化精神）是一种通过知识、信仰、艺术、道德、法律、政治、习俗、惯例、风尚等所昭示出来的特有民族的文化个性与文化情态的话，那么，文学的民族性，则是通过文学（艺术）的特殊经验、情味、意象、境界、叙事、结构、语言等所昭示出来的特有民族的文化个性与文化情态。在这个意义上，所谓文学的民族性身份，也就是文学的始源性、本真性存在，是文学与生俱来的传统"印记"、文化标识和历史特性。文学（艺术）作为一种特殊的文化范式，既是构成民族性的基本要素之一，也是显示民族性的典型途径之一。这就确定无疑地表明，民族性就是文学的一种本质属性，一种固有品格，一种存在方式。没有特定的民族性身份的文学，正如没有特定种族、地域、阶层、面相、习惯、性格、经验的"人"一样，都是不可能的，都是一个"无"。所谓抽象同一的"世界文学"，所谓超民族的文学，正如超经验、超文化的文学一样，是不可想象的。

总之，立足于现代文化人类学的立场，我们就会对文学的民族性问题给以更适当更深入的理解和阐释，也会在一个更高的文化层面上，实现中西方美学—文艺学的真正交流、沟通和对话，进而为重构真正中国特色的现代美学—文艺学理论体系开辟广阔的学术前景。

（原载《文史哲》2007 年第 3 期）

论全球化语境下中国当代
文学的民族性追求

肖向明

　　"全球化既是一种客观事实，也是一种发展趋势，无论承认与否，它都无情地影响着世界的历史过程，无疑也影响着中国的历史进程。"①对于全球化，尤其是经济全球化的到来，人们既满怀期待，又心存疑惑。事实上，西方发达国家的文学观念挟经济全球化之风迅速蔓延和渗透到其他国家，全球的文学写作上出现趋同的现象，文学的全球化趋势逐渐模糊了文学的民族性特征，以民族国家命名的中国当代文学面临着严峻的挑战。

　　自近现代以来，中国文艺充满了从西方横向移植过来的话语声音。各种西方文艺思潮几乎被中国近现代文艺界扫描了一次或几次，而真正把握处于思想激烈交锋时代的诗学话语本质并对之重新审视、有意建构"自己的"诗学体系的努力又不多见。一些文论家常常用一种单一的线性的思维方式，即近现代彻底的反传统文化的姿态，必须依赖全盘西化的文论才能概括、提炼出一套"洋话连篇"的中国现代诗学，较少顾及传统文化在现代文人（如郭沫若、茅盾等）身上留下的深刻印痕。中国传统文化的儒、道、佛思想是渗透于现代文人日常生活和心灵深处的，

---

①　俞可平：《全球化论丛·总序》，中央编译出版社1998年版，第5页。

它不仅影响着现代文人对西方文论的选择与取向，而且决定着现代文人"中国式"解读的思维方式。当代中国文学一开始就套用苏联的文学话语，新时期以后又对西方文学话语亦步亦趋，充满了献媚的热情。在与西方文学的存在主义、结构主义、女性主义、后殖民主义的多次交流与冲突中，由于着意淡化了自我民族的文学认同，慢慢地形成了目前文学的"失语"状态。

一　"全球化"的文学误读

文学的世界性具有多种含义：一、它是对某种文学具有的世界所属关系的描述，即马克思、恩格斯所说的民族的精神产品成了世界的"公共财产"。二、它表明某种文学达到了为全世界各民族所认同和追求的深刻程度。[①] 曹雪芹、托尔斯泰、海明威等的作品之所以产生世界影响并为全人类所共有，20 世纪欧美文学之所以成为世界文学的主流，主要是因为它们在对人的关怀上具有了相当的普世性、深刻性，从而预设了一套普世性的世界文学标准。

经济全球化给中国文学带来了与世界文学对话的机会，使中国作家能够寻求一种世界性的话语，让中国文学真正走向世界。近现代以来，大量西方现代哲学思想和现代主义文学思潮涌进大陆，现代意识开始渗透到作家们的思想意识之中。作家们开始应用现代意识来观照生活，体验生活，对社会、人生的思考和认识走向了更高更深的层次。现代意识和世界意识意味着一种文学品格与美学原则，其要求文学必须面对当今人类的现实处境，为人类在这一处境中找到精神的支点。在现代生活条件下，当人类的政治、经济、文化越来越国际化的时候，

---

① 王韬：《"普世理想"与民族性——探讨中国文学在全球化时代的出路》，《学海》2003 年第 4 期。

人们开始探寻一条以文学现代意识来超越文学的民族意识而走向世界文学的道路。

贾平凹的《浮躁》、铁凝的《玫瑰门》、陈忠实的《白鹿原》、阿来的《尘埃落定》等作品，或者从农业和现代文明的冲撞、推移着眼，或者从中外文化的渗透、裂变入笔，或者从外在世界的变化与人们生存状态的纠结、震荡出发，他们都力图从民族精神和世界意义的角度来开掘具体生活场景背后的历史行程和文化嬗变，去取得超出具体题材的普遍意义。然而，总体上文学民族性在全球化语境中很容易陷入迷茫，甚至走失。

探究原因，"全球化"的文学迷思应该是首要因素，因为我们对于文学现代化的理解，一直是以西方文学为参照系的。中国现代文学自诞生起就有了"西化即现代化"意义上的"世界文学"特征。这种把西方文明当做普世理想的思维模式反而导致了"迷思"，例如郁达夫的《沉沦》等自叙传小说的深层结构是"原罪"意识影响下的性罪恶感过度膨胀，因而自我放逐出精神家园走向绝望；巴金的《寒夜》把启蒙理想和传统价值化身为主人公汪文宣的妻子和母亲，汪文宣在二者的夹缝间根本无法生存，只能走向死亡和绝望；而张爱玲的《传奇》则写出了传统美学价值在"不中不西"环境中的种种挣扎，却只能通过畸变和扭曲来表达生存的绝望……诸如此类的例证尽管表现形式不尽相同，但深层意识上却有共同的模式，即西方启蒙理想与中国传统价值之间的对立必然导致虚无和绝望。

在某种程度上，就连20世纪中国作家中思想最深刻的鲁迅也难免落入这个"迷思"之中。以"立人"和"改造国民性"为己任的鲁迅，他文学理想的形成实际上得益于摩罗诗人拜伦的个人主义和狂士章太炎的民族主义。但西方个人主义和民族主义对鲁迅而言却是一种无法调和的矛盾，比如他一方面痛斥本民族四千年的历史都是"吃人的历史"，另一方面又欣赏魏晋狂士"药与酒的风度"；一方面以"掮起黑暗时代闸门"的悲壮心理欲全盘否定传统价值；另一方面又不得不从"汉唐气魄的宏放"中寻找民族自信心。这种"全盘西化论"和"新传统主义"的尖锐矛盾多少导致了鲁迅的"无地彷徨"和"反抗绝望"。

事实上，追随西方文学，即使模仿得再好，也不能成为具有独创性的文学创作，因为中国作家有别于西方文化环境和人文精神以及特定的感觉方式和体验方式。中国当代作家在作品中表现的"现代性""迷思"，大致有这样几种模式：割裂了历史的现代精神的"伪先锋"创作；缺乏整体民族意识的民俗的搜奇猎艳；失却了生命豪情仅作为纯欲望存在的个体独白。[①]

中国现代作家与当代作家所表现出的"迷思"都有着一定的反民族性倾向，但两者的性质却截然不同，前者的反民族性倾向实际上是出于一种激烈的民族主义情绪的"反叛"，目的是想借助西方启蒙理想来重新建构汉民族的精神家园；后者的反民族性倾向则真正是对于汉民族文化的"背叛"，目的是肯定和张扬所谓纯粹个体的一切琐屑欲望。当然，近百年中国文学史上的这种"迷思"也从正反两方面表明了汉民族精神家园和文学个性的建构不可能脱胎换骨于异域文明，而只能以此为思想来源和经验参照。

毋庸置疑，当前这个全球化时代，或者就某种标准而言还只是准全球化时代，西方强势文化已确实对中国文学形成了多种制约，造成了现实的文学困境。

首先，从启蒙理想的制约说起。众所周知，所谓"启蒙"即是启愚昧之蒙。但有个长期以来一直受到忽略的问题却是：中国人的愚昧是否等同于欧洲人的愚昧？18世纪欧洲启蒙运动的矛头主要指向当时愚民色彩极为强烈的基督教和封建贵族的特权，完全是从其民众自身的利益出发才提出了"自由"与"平等"这两个响亮的口号的。再说到"启蒙"

---

① 朱水涌：《全球化与中国当代文学的格局研究》，《东南学术》2001年第1期。

所针对的民族劣根性，中国人与欧洲人在这方面的差异更为明显。除却本民族愚民的封建制度文化，如果说欧洲民族劣根性的形成是来自宗教狂热症，那么中国民族劣根性的形成则是来自"五胡乱华"、"蒙人南下"、"满人入关"等诸多使得汉民族传统遭到严重破坏的历史而使汉民族意识的淡漠。

以启蒙为己任的中国作家们实际上正是在思想上摆脱不了西方启蒙理想的局限，才不能清醒地看待这一切。例如毕淑敏那篇颇有影响的《预约死亡》，书中齐大夫面对英国医生詹姆斯那套咄咄逼人并很具有现实代表性的西方人权观，尽管奋起反驳，言辞激烈，但却因为没有更深刻的见地而只有政治大话，最终舌战败北。相当一部分中国作家的思想难以超越启蒙理想这个"束缚"。

其次，在那种平面化、碎片化、主体零散化的后现代主义文本表象背后，意义匮乏而又媚俗。从现实层面来说，后现代主义对中国当代作家的影响已然超过了传统启蒙理想，从余华、残雪、韩东等许多人的作品中都可以看出，走上末路的"人"已逐渐异化乃至变态。后现代主义的思想束缚正在使许多中国当代作家放弃了对民族—国家的书写，沉湎于个人"深度体验"的喃喃自语。

最后，那种通过欧美消费模式与"媒体帝国"，将个人欲望掩藏在理性、自由贸易、人道主义价值观背后的盛气凌人的全球化言论，就其性质而言，依然无法摆脱居高临下的传统启蒙理想的窠臼。但因其影响所及的是更为广泛的中国民众，并主要通过叙事图像的直观效应流行天下，一再肯定其自身的文化霸主地位，实际上就是在有意无意地消解着中国传统文化，制导着当前中国通俗文化的创作思路与理念。以《卧虎藏龙》与《蜀山》这两部影片为例，这两部影片都谈到了东方文化中超越七情六欲的"修道"，但由于对"情爱至上"的西方人性论的片面理解，两部影片把情爱与修道完全混淆在一起，得道之人依然会为情爱所困。如此，中国传统文化中"修道"的超越性目的就荡然无存了，只能作为逃避或者宿命展示在观众面前。①

　　诸多的制约导致了中国当代文学及文学批评的原创性不足。本着"神圣"不可超越的意念把西方文化作为一种全方位的参照而加以搬用或移植，传统启蒙理想和后现代主义对于中国文学知识分子们似乎已成为一种不假思索的思维定式。

二　全球化中的文学民族性

　　民族是一个人类学的种族概念，文学上的"民族"或文学的民族性则主要是某一地域民族的主体性显示，是某一民族区别于其他民族的独立品格表现。在某种意义上，独立性、主体性是民族价值和意义的一种标志。

　　不无遗憾的是，文学的民族性内涵随着时间的流动和文化的交锋而产生了变化。虽然"汉民族"共同生活的地域还在，共同使用的语言也在，但共同的历史记忆却在渐渐消失。追溯历史，我们在20世纪初是从民族利益出发而毅然抛弃了传统，但这个主动的行为实际上有着内扰外困的时代背景，正如威尔·杜兰在观察了近代中国历史后所说的："中国知道西方不值得这样崇拜，但是中国人却被逼得不得不这样做，因为事实摆在眼前，工业化或殖民化二者任由选择。"② 这段话道出了当时中国人处于外在的压力和内在的紧张之间的矛盾心情，他们的价值观不得不从以伦理道德为中心的文明优劣观，转变为以生存竞争为中心的文明优劣观，"王道"不得不让位给"霸道"，"天人合一"的和谐理想不得不让位给"弱肉强食"的生存法则。

---

① 朱水涌：《全球化与中国当代文学的格局研究》，《东南学术》2001年第1期。
② 姜义华等编：《港台及海外学者论近代中国文化》，重庆出版社1987年版，第63—64页。

拿新中国成立以来十七年的文学来说，由于意识形态斗争的需要，社会主义现实主义文学继承"左翼"文学和延安文学的传统被"钦定"为中国文学的主流，"三红一创"（《红日》、《红岩》、《红旗谱》、《创业史》）、"保林青山"（《保卫延安》、《林海雪原》、《青春之歌》、《山乡巨变》）成为那个时代文学的杰出代表与光辉典范。诚然，当时俄苏文学是中国文学学习的样板，但标准单一，许多疏离意识形态注重审美诉求的文学作品如陀思妥耶夫斯基的作品被置于文学的标准之外。十年动乱，文学变成了赤裸裸的阶级斗争的工具，除了"潜在写作"的地下文学，我们看到的文学就是"八亿人民八个样板戏"和一些震天动地的政治口号。显然，这是中国文学在政治斗争的大背景下被迫与世界文学失去交流与对话而自我封闭所导致对抗的结果。

新时期，有鉴于拉美魔幻现实主义从民族性走向世界性的成功范例，韩少功、阿城等作家提出要构建中国当代小说的民族品格，对文学的民族性进行了有益的探索。从特定的地域进行文化寻根，力求从当时当地的生活风貌、民俗风情的描写中发掘民族的文化精神……他们力图在作品中表现出我们民族的文化积淀，发掘那些对我们民族文化和民族心理长期发生影响的思想观念，从而表现我们民族的心理素质及其形成过程，从源远流长的文化传统中找到文学创作新的生长点。可惜，固有的西方文学价值体系的舆论氛围和作家们自身的局限与放弃，使得他们的创作在民族性的冲击力方面还缺乏震撼人心的力度，依然未能加入到文学"世界性"的大合唱中。

其实，在20世纪的最后几年，当人们看到全球化的征兆越来越明显，在日益感觉到后殖民倾向的危险性之时，人们开始更加强调民族性了。问题的关键在于融入全球化时，如何保持自己民族文学的优秀的特色与鲜明的个性，使其成为一种难以复制、不可遮蔽的世界性存在。而要做到这一点，离开文学的人民性是不可能的。人民性似乎是一个老话题，然而我们只有深刻地理解人民性的丰富内涵后，才有可能把握到民族性跃动的脉搏。

文学的人民性就是指由有着形式的民主性的文学文本话语揭示、体现或流露出来的、站在人民大众的立场上、客观地具有对人民的关怀、纠正与精神提升效果的、渗透于所深刻描述的现实生活图景中的一种进步的情感、态度、精神或倾向。文学的人民性是其民族性的最具生命力的部分，是其民族性的活力之源。"对一个作家的民族意义的估计永远依赖于他的创作的人民性这个问题的解决"①，"'人民的'是'民族的'之中最优秀的东西"②，对人民性的有意疏离或拒斥使文学的民族性苍白委顿，丧失活力与个性，乃至于在全球化浪潮中迷失自我、茫然不知所措。

民族性当然离不开传统，也跳不出地域，但民族性更为重要、更为根本的是在于由作为主体的一个民族的人民群众所结构起来的现实，或者说是在于现实的人民性。因为现实本身就是传统的现实，传统之所以存在，正是由于现实，脱离现实的传统与脱离传统的现实都是虚无的，传统的民族特性只有在当代的民族现实性上才有可持续发展的意义，当代的民族性必然也只能存在于当代的民族的社会现实之中，现实的人民性存在可以约化为当代的民族性的存在。从这个意义上，可以说真正深刻的民族性不在于刻意的"寻根"，不在于作为传统文化的儒、释、道的揭示，也不在于单纯的方言和地域风情的展现，而是在于现实的人民性在文学作品中的渗透程度，文学的民族性的源头就在于其人民性的发掘。

此外，我们有必要重新认识文学的地域性。从 20 世纪的后半叶起，全球化语境下到来的资本主义文化全面浸透进中国生活和文化的肌理，整个时代文化精神重心逐渐转向都市化、商业化。文学的大地叙事与乡村抒情被逐渐弃置，作家对民族性格、民族文化的描述也越来越少，而

---

① ［苏］谢皮洛娃：《文艺学概论》，人民文学出版社 1958 年版，第 564 页。
② ［苏］季摩菲耶夫：《文学原理》，平明出版社 1955 年版，第 148 页。

是直接进入个体"自由的孤独"的叙述之中。

在如此全球化文化语境中，中国当代文学似乎出现了某种不同于以前的特质，现代文学中那种拥有各家"自己的园地"和创作优势的地域性鲜明的现象越来越少见了。无论是在文坛上久获声名的中年作家还是崭露峥嵘的青年作家，都有一个明显的倾向：逐渐远离乡村叙事和牧歌情调，远离"地域性"写作，作品中的民族性似乎在悄然消失。从20世纪80年代中期起到90年代前期，"地域文学"一直是文学书写的重心，在文坛上博取盛名的作家多是以"寻根小说"、地域文化小说为起点进行自己的创作，如韩少功、贾平凹、莫言、李杭育、阿城等。"新生代"的作家却明显地不同于上一代作家的写作，他们的作品很少有地域群体特征，他们正在逐渐远离乡村，甚至远离故乡的文化背景，而专注于困居都市的内心独白。自然，中国当代作家正在超越"地域文化层"进入更广泛的社会生活的描述，作家对"民族性"的关注似乎越来越少了。

其实，民族性并不仅仅意味着保持民族风俗习惯、民族生活方式等方面，而贴上"地域文化"的标签，它更意味着保持民族自身的文化精神，保持民族文化精神的独立性，也意味着站在现代性立场上反省民族的内部精神，重新思考政治、历史、制度与人的关系，等等。中国当代文学亦如此，即使作家部分放弃了乡村叙事，较少直接关注民族性格和民族身份问题，作品的"民族性"却不会因之减少，它已经内化到日常生活中，自然也会内化到作家的创作之中。

"民族性"和"现代性"、"后现代性"、"后殖民主义"等话语一起构成了中国知识界思考中国文化政治的具有一体两面性的课题，它涉及的不仅仅是20世纪80年代开始思考的民族文化问题，还有在全球化语境中，中国如何进行政治选择、文化选择问题。在这一选择中，政治、文化或者民族中的个体是如何显示出民族性的。只不过，在背后却是一个文学理念在支撑着，即学习西方大师和其中的文学理念，本土体验只是一个背景性存在，提供可阐释的素材，这都造成中国当代作家作品的面目模糊，很难有鲜明的特性，因此也就难以达到鲁迅所说的"越是民族的，就越是世界的"文学目标。

三 胸怀"民族"，走向"世界"

在一般意义上，全球化与文学民族性之间存在着矛盾。在全球化时代，资本的进一步扩张是消解文学传统的根本原因。詹姆逊曾经指出："资本的势力在今天已伸延到许许多多从前未受到商品化的领域里去。"①资本的势力逐渐成为支配一切文化活动的决定因素。詹姆逊也将这一过程称为："去差异化，即：消除不同领域之间的差异，造成经济与文化的相互渗透，推动经济的文化化，文化的经济化。"②于是，我们目之所及的就是，在全球化时代，文学的规定性取决于大众传媒。"当今文学越来越倚重于广播、电视、电影、网络、报纸、杂志等大众传播媒介"；"特别是以电子媒介为技术支撑的大众传播媒介将全球化时代信息传播的种种特点赋予了文学，从而推翻了关于文学活动的惯常理解，刷新了有关文学的生产、文本、发表、出版、阅读、消费的传统概念"③。

正是这种现实，文学遭遇了两难选择：民族化和世界化。为了张扬民族价值，文学必须强调民族特性，而且这些特性越鲜明越好；为了让其他民族所认同而产生世界影响，文学又必须模糊或放弃某些民族性的因素而面向一个更为广阔的人类世界。正是这样一种两难选择，使得我们长期以来困惑不解、无所适从。我们作过"中国作风和中国气派"的追求，我们喊过"越是民族的，越是世界的"口号，我们也走过"俄国人的路"，也曾不管三七二十一地"拿来"过，甚

---

① ［美］弗·詹姆逊：《晚期资本主义的文化逻辑》，三联书店1997年版，第484页。

② ［美］弗·詹姆逊：《文化转向》，中国社会科学出版社2000年版，第72页。

③ 姚文放：《全球化语境中的文学传统》，《江苏社会科学》2002年第1期。

至今天我们还在虔诚地向往和膜拜着"世界文学",这一切的努力并没有使我们成为世界文学中的"座上客",却时常陷入一种"列席"聆听者的尴尬。

世界/民族,这对范畴描述处理的就是文学的世界趋同性与民族求异性之间的状态和关系。世界是统一的世界、整体的世界,全球化时代中这种统一整体性尤其突出。民族是多样的民族、主体的民族,随着人的和民族的主体意识逐渐增强,民族的内在特性将更加鲜明。新中国文学尽管在创造"为中国老百姓所喜闻乐见"的文艺形式上取得了成功,却存在着在总体上重民族形式轻民族精神的弊端,这种弊端延续到新时期少数作家手中甚至成了语言的粗鄙和民族原始、落后风习的展览。民族的风俗习惯、风土人情只是民族的外在标识,民族的独特心态、思维方式、精神品格才是其内核。在民族外部标识逐渐淡化的全球化时代,民族内在精神的弘扬和书写就显得格外重要和紧迫。

文学民族性的弘扬和书写需要民族内部的文化整合。中国大陆打开国门,以建设中国特色的社会主义市场经济迎接全球化的挑战,都市化的脚步加大;台湾则在全球经济大循环中形成了都市社会,体现出由工业文明向后工业文明过渡的社会状态;香港和澳门的都市社会更呈现出全球都市的特点。这个时期大陆、台湾、港澳的文学语境,基本趋同一致。在这种语境下的中国当代文学,无论是大陆或者台港澳,都展现了诸多全球性的相同特征:文学多源共生、多元并存的发展格局;都市文学的繁荣和表现领域的扩张;个人化、私语化写作倾向的日趋加强;"生活在别处",仅仅依恃于都市经验而写作的新生代作家群体的形成,他们以"另类"的写作方式而表现出与先前的文学传统截然不同的写作姿态;作为生产快乐的大众文化的繁荣,它甚至改变了文学的元素乃至身份,消弭了严肃文学与通俗文学的界限,文学被包装、被炒作、借助于各种利益集团而增加附加值的状况越来越严重。以上中国这些带有后现代性特征的文学现象,似乎正在证明亨廷顿的那句名言:全球化在本质上是西方文明的世界化。

在特殊意义上，地域文化、民族性格和民族生活的存在是对全球化语境下逐渐渗透的强势文化的抗拒，它代表了尚未被征服的个性，失去了对此探索的热情，也就失去了个性的力量。当全球化的思潮、西方思想以更为日常化的生活方式进入中国知识分子的思维时，这种全方位模仿、趋同是自然的，关键在于两种文化的碰撞后的中国性格的形成，以及作家对这种碰撞和碰撞后新的民族性的感受力。在此，当代作家对于"革命"、"历史"等词语的不断反思和阐释应该说也是在试图寻找民族内部的特性，是对民族性格、民族思维的深层探讨，它们将会给中国当代文学带来新的发展和启示。

聊以自慰的是，大陆、台港澳共同重建世界文学的汉语文学中心的趋势也露出端倪。在20世纪80年代初，世界文学与台港澳文学进入大陆，影响了大陆文学，发起了一次在当时被称为中国的文艺复兴的文学运动，这阶段，台港澳作为世界当代文学进入大陆的中介作用是相当明显的。而后，大陆作家在短短的时间内迅速世界化，逐步返回到中华文化圈的中心位置。在20世纪80年代中期，中国大陆作家在"走向世界"的口号下，发动了一次"文化寻根"热潮，立即得到了台湾、香港文学界的热烈呼应，仅从台湾文化界对寻根文学的推崇和出版界对寻根文学作品的出版，以及香港中文大学翻译中心对寻根文学作家作品有组织地翻译和向西方世界推介的热烈，就可以看到中国当代文学三处空间在影响方向与秩序上的重新置换。中国当代文学的整体趋势，仿佛不再是现代与传统、文明与愚昧的"现代性"冲突，而是全球化语境中以内部"联袂登场"的民族文学为一方，与"党同伐异"的西方文学"全球化"的一体化思维为另一方的矛盾冲突。

回到现实操作层面，那么摆脱困境的"路在何方"？我们又如何走向世界？对此，我国学术界作了种种尝试。包括方法移植、形式模仿、观念的套用，等等。然而这些介绍和运用，在给中国学术带来了别开生面的新意之后，由于没有处理好理论方法与表达对象之间的对应和适应的关系，终究没有产生"学以致用"的实质性成果。笔者认为，文学全球化与文学民族性需要在相互尊重的基础上，通过良性的互动以获得"双赢"。

我们深知，每个民族都在艰难而漫长的奋斗历程中创造了丰富深厚的传统文化，神话传说、历史故事、思想典籍、民俗民风，无不显示出传统的厚重与文化的博大。以文艺复兴与狂飙突进运动为例，前者以古希腊、罗马文化为参照系，后者的参照系则是德意志民族自己的传统，这两次与文艺紧密相关的思想运动都证明了一个民族的文学艺术需要自己传统的力量，才能得到创新和发展。马尔克斯的国家哥伦比亚应该说是经济、文化比较落后的国家，但是，他以《百年孤独》这样的世界名著，隐喻了整个拉美国家在西方世界中的位置以及他们之间的矛盾、冲突和民族内部的状况。并且，《百年孤独》写的是一个小镇家族的生存和灭亡，但小说背后巨大的"隐形"世界——西方政治和文化对拉美国家的入侵——而使小说的民族性格和民族思维变得更加突出、醒目。我们也常常以此作为重构自己民族文学、提升民族文学信心的模本和范式。

虽然在中国文学走向现代的进程中，也不乏有人立足于本民族的文学传统进行实践与探索，也取得了一定的成绩，如废名、汪曾祺的创作在古典诗词的意境中去寻求突破，但对于整个民族的文学发展而言，收效甚微。目前显然的出路就是互动与重组，走出去，引进来。中国民族文学的重获新机需要与世界文学交流对话而又不失文学的"民族"个性与尊严，没有良好的互动机制，就不可能进行重组。重组也就意味着交融、整合。"五四"新文化运动之后，现代文学取得成就，关键就在于中国文学敢于调整姿态和策略，使自己处于良性互动的状态之中，知己知彼，达到和谐共生。

"现代化并不一定意味着西方化。非西方社会在没有放弃它们自己的文化和全盘采用西方价值、体制和实践的前提下，能够实现并已经实现了现代化。"① 显然，对于处在全球化时代的中国文学，我们现在应该摈弃"一切乞灵于西方"这种最偷懒的思维方式，把构建汉民族文化体系，呼唤汉民族自身的文艺复兴作为创作和批评的目标，并重新检索在过去那个知识、思想和信仰的连续性的思路中，还有什么资源可以被今天的思想重新阐释。这样做非但不会影响现代化进程，反而会使我们对西方文明有了理解和解释的依据，也有了吸纳和化用的自信。世界文学的"他者视野"，给中国当代文学引进了一种激励与竞争的机制，从而有利于优化和"个性化"本民族文学，真正以"民族"的姿态"走向世界"。

全球化语境与文学民族性追求，在理论上所构成的意义和想象的空间是巨大的。这也是令当下中国文学最感到诱惑的目标，也是最能引起人言说冲动且又难以言说完善的双重理想。面对着"全球化"这样一个文学话语权力的象征，文学"民族性"务必通过主体性的维护和多样化的文学呈现，追求深度，以期达成与文学"世界性"的对话与交流。因为我们一直在思考和探索，全球化与文学民族性之间所生成的诸多意义才会浮出水面而逐渐明朗。

（原载《文艺评论》2007 年第 5 期）

---

① ［美］塞缪尔·亨廷顿：《文明的冲突与世界秩序的重建》，新华出版社 1999 年版，第 70 页。

近年文学的民间意识与文化政治问题

何言宏

民间意识的充分自觉是近年文学中的一个相当重要的现象，民间立场的建立和对民间资源的汲取，成了很多作家在全球化语境下的文学选择，在此基础上，出现了张承志的《心灵史》，李锐的《无风之树》、《万里无云》和《银城故事》，张炜的《九月寓言》、《家族》和《丑行或浪漫》，莫言的《丰乳肥臀》和《檀香刑》，余华的《许三观卖血记》，阿来的《尘埃落定》以及阎连科的《日光流年》和《受活》等一大批在文化意识、精神特征、文体风貌甚至人物形象的塑造上均具有突出的民间取向的优秀作品，其中的一些篇什，即使在现代以来的中国文学史上，也堪称经典。但在当下中国的文化场域中，作为一种虽然具有深厚的历史传统但又有着突出的时代内涵的文学选择，民间意识的自觉引发了相当复杂的文化政治问题，其与知识分子启蒙文化、主流文化和20世纪90年代以来日趋强劲的文化的全球化之间构成了复杂的张力关系。如何面对和处理这样一些文化政治问题，将在某种意义上决定着"民间写作"所能达到的层次与深度，因为在实际上，在此问题上的偏颇已使"民间写作"出现了一些令人遗憾的问题，从而也在一些具体的方面局限了其价值。由于对民间与启蒙的问题已有学者做过较为深入的讨论，因此，笔者在这里所关注的，将主要是民间意识与主流文化和文化的全球化之间的复杂关系。

近年文学民间意识的自觉除了不少论者所曾阐发的原因之外，20世纪 90 年代以来日趋强劲的文化全球化浪潮应该是一个不可忽略的因素。民间意识的自觉不仅在某种意义上导因于全球化趋势，是对全球化的文化反应，而且，它还与后者构成了一定程度的文化紧张，具有赛义德所说的"去殖民化"和"文化抵抗"的意义，在此层面上，民间意识庶可被视为相对于全球化的"地方意识"或"本土意识"，"民间"与"全球化"间的文化紧张正是"地方/本土"与"全球化"之间文化紧张的突出表征，实际上，很多被认为是具有突出的民间意识的作家均曾对此有所阐述。在《檀香刑》的"后记"中，莫言在谈到其创作时曾经说过："1996 年秋天，我开始写《檀香刑》。围绕着有关火车和铁路的神奇传说，写了大概有五万字，放了一段时间回头看，明显地带着魔幻现实主义的味道，于是推倒重来，许多精彩的细节，因为很容易有魔幻气，也就舍弃不用。最后决定把铁路和火车的声音减弱，突出了猫腔的声音，尽管这样会使作品的丰富性减弱，但为了保持比较多的民间气息，为了比较纯粹的中国风格，我毫不犹豫地做出了牺牲。"① 在这里，作家对虽然是发端于拉美，但却具有全球性影响，并且在 20 世纪 80 年代以来的中国文坛兴盛一时的魔幻现实主义思潮的刻意回避和对"民间气息"和"中国风格"的刻意追求表现得相当突出。如果说，莫言是以对"猫腔"和对"凤头"、"猪肚"与"豹尾"这一中国传统的文学结构方式的运用来突出"中国风格"和"民间气息"，并且以此来抵抗文化全球化的话，在李锐那里，以民间口语为主要资源来质疑和试图抵抗"全球一体化"时代处于强势地位的西方文化及其所造成的"文学的权力和等级"，不仅是其《无风之树》和《万里无云》等作品的主要实

践，也是其近些年来最为主要的理论思考。① 在一次韩国会议上，余华在阐述其由韩国学者白乐晴教授的著作《全球化时代的文学与人》所引发的思考时，在对全球化的"同一性"趋势保持"警惕"的基础上，也以伟大的匈牙利作曲家巴托克"从民间旋律中去寻找民族传统中的特别性格"为典范，指出"正是各国家各民族的差异才能够构成全球化的和谐"，"因此在今天，寻找和发扬各自民族传统中的特别性格显得尤为重要和紧迫"，"一个优秀的作家必须了解自己民族传统中特别的性格，然后在自己的写作中伸张这样的特别性格"②，在此意义上，作家笔下的许三观正可被视为这样的"特别性格"。在《真正的民间精神》一文中，作家红柯甚至明确指出西方文学经典《荷马史诗》"比不上"其所拥有的以《江格尔》、《玛拉斯》和《格萨尔王传》为代表的民间资源，③ 而"曾经坚定地认为，作为一个写作者，不应该出来对自己的作品进行诠释和说明"的阿来，面对文学批评界往往单纯地从西方文学资源的角度阐释其作品《尘埃落定》的"盲视"，却"不得不违背自己的原则，出来对这个故事，对故事里人物的民间文化来源作一些说明"，指出作品被批评界"长久地忽略"了的"从人物形象与文体两个方面所受到的民间文化影响"，这样的说明，非常明显地包含着作家对文学研究和文学批评界过度偏重作为强势文化的西方文学资源，而"在具体的研究中，真正的民族民间文化却很难进入批评界的视野"的不满。④ 这些作家在全球化或世界文学背景上对本土民间的突出强调虽然在创作主张和创作实践方面各有侧重，但都共同显示出文化的全球化进程正是近年文学民间意识

---

① 这些思考主要见于其《文学的权力和等级》、《网络时代的"方言"》和《语言自觉的意义》等大量文章，收于《网络时代的"方言"》（春风文艺出版社 2002 年版）和《谁的人类?》（时代文艺出版社 2000 年版）等书。

② 余华：《文学和民族》，《说话》，春风文艺出版社 2002 年版。

③ 红柯：《真正的民间精神》，林建法、徐连源主编：《中国当代作家面面观》，春风文艺出版社 2003 年版。

④ 阿来：《文学表达的民间资源》，《民族文学研究》2000 年第 3 期。

产生自觉的一个相当重要的历史原因，而这种自觉一旦产生，便将在某种意义上与全球化之间构成抵抗性的文化关系。仅仅从我们引述的这些谈论中，就能发现，这些抵抗已经发生于很多层面，它不仅包括创作方法、文体创造与人物性格的刻画，甚至还涉及世界文学范围内文学经典的重构，以及理论批评视野等许多方面。如果考虑到具体的文学创作，抵抗的方面将远不止此。因此，我们对近年文学民间意识的思考，显然不应该局限于本土空间之内，而应在全球视野中进行考察，这样，我们的文学批评和文学研究甚至对某一具体问题的认识（比如莫言对"猫腔"和李锐对"口语"的突出使用），才能避免严重的盲视，并且走向深入。也许，文学批评和文学研究的一项重要任务，便是在全球化的历史语境中与作家的文学创作一起，竭力在诸多方面去发掘本土民间的文学资源，并且将这样的发掘提升到"文化抵抗"的意义，以此去参与全球性的文化对话。

在与文化的全球化进程构成抵抗性关系的同时，民间意识的自觉还对本土空间的主流文化构成了批判，这种批判，主要是以民间文化立场来对现代中国的历史经验进行批判性书写。宏观地看，现代中国的历史进程主要包括了"革命"和"改革"两大阶段，它们也是现代中国最为主要的历史经验。在对"革命"的书写中，无论是清末民初的"国民革命"（李锐：《银城故事》），20世纪上半叶的"民族革命"（莫言：《檀香刑》、《丰乳肥臀》，张炜：《家族》）和中国共产党领导的"革命斗争"（张炜：《家族》，莫言：《丰乳肥臀》），还是1949年以后的革命"错误"（如阎连科《受活》中的"大跃进"）及其所导致的民间苦难（余华：《许三观卖血记》），以及后来的"文化大革命"（李锐：《无风之树》，张炜：《九月寓言》、《丑行或浪漫》，莫言：《丰乳肥臀》），均都受到了基于民间立场的不同方式的批判。在李锐的《银城故事》中，欧阳朗云的"革命"虽然惊心动魄、轰轰烈烈，但却终归于失败，而与此相对的，则是生生不息、自在永恒的民间，所以，作家才分别以牛屎客们的生活和熙熙攘攘、生气勃勃的牛市作为小说的开头和结尾。小说中的"革命"故事固然悲壮和惨烈，但与民间相比，仍不过是匆匆故事，所有的壮怀激烈和风云激荡之后，仍然是"旁若无人"的牛群"平静安详的步子"。所以在小说的开头，李锐才又对既往的史观有着这样的微词，指出"所有关于银城的历史文献，都致命地忽略了牛粪饼的烟火气。所有粗通文字的人都自以为是地认为：人的历史不是牛的历史。所以，查遍史籍你也闻不到干牛粪烧出来的烟火气，你也查不出那些长角居民的来龙去脉，你更不会看到牛屎客们和繁荣昌盛的银城有什么干系。只有银城的主妇们世世代代、坚定不移地相信，如果没有牛，没有便宜好用的干牛粪饼，就没法安安生生地过日子，就没有银城和银城的一切"。《银城故事》中，李锐显然是在以由牛、牛粪、牛屎客和主妇们所构成的民间历史来质疑、改写甚至颠覆着既往的"革命正史"。而其《无风之树》，则又以"矮人坪"人的民间口语讲述着"文化大革命"的荒诞和民间苦难。在张炜的《九月寓言》、《丑行或浪漫》和莫言的《丰乳肥臀》中，"文化大革命"的荒诞（如《九月寓言》中的"忆苦"、《丑行或浪漫》中的"辩论"）、恐怖（如《丑行或浪漫》中民兵的"武斗"）和政治迫害（如《丰乳肥臀》和《丑行或浪漫》中的"暴力"与"孬人队"），均曾受到基于民间立场的批判。之所以说这些批判是源于民间立场，是因为它们既不是革命的自我批判或自我反思，也不是来自于知识分子的启蒙话语，而是从民间的原始存在（前述《银城故事》中的牛、牛粪饼和牛屎客，以及银城的民间日常生活）、原始正义（《无风之树》中的"拐老五"之死和《丑行或浪漫》中"老獾"与"小油焌"父子对于刘蜜蜡的肉体折磨）、原始人性（《许三观卖血记》和《丰乳肥臀》中的原始父性与原始母性）和基本伦理（《丰乳肥臀》和《家族》中属于民间伦理的民间血亲伦理和情爱伦理对于革命伦理的超越）出发，对于形形色色的"革命"进行批判的。

除了对"革命"，近年文学的民间意识还对"改革"进行了批判性的书写。"文化大革命"以后，中国进入了"改革时代"。中国的改革不仅是人类历史上一场相当伟大的历史实践，它还在同时形成了自己相应的庶几可称为"改革文化"的文化心理观念与价值体系。"改革文化"，无疑是"改革时代"中国的主流文化。但随着改革的启动与展开，"改革"及"改革文化"所隐含的偏执与问题也在逐步呈现，对于这些偏执与问题，"民间写作"也从自己的角度进行了书写。总体而言，与对形形色色的"革命"的书写相比，"民间写作"对"改革"的书写远非充分与自觉，但在莫言的《丰乳肥臀》、贾平凹的《高老庄》和阎连科的《受活》等部分作品中，仍然有着一定的表现。《丰乳肥臀》中的文管所长颇具讽刺意味地破坏古塔以兴建大型的游乐场、汪金枝和汪银枝父女侵吞上官金童的"独角兽乳罩大世界"的奸诈与绝情、韩国巨商司马粮的踌躇满志与为所欲为以及他与鲁胜利的钱权结合，特别是在小说的最后，"张牙舞爪的大栏市正像一个恶性肿瘤一样迅速扩张着，一栋栋霸道蛮横的建筑物疯狂地吞噬着村庄和耕地"带给上官金童的恐惧，无不显示出"改革"中的严重问题。而《受活》中的柳鹰雀县长为了以自己的经济成就捞取政治资本，进而实现自己的政治野心，竟然萌生了远赴俄罗斯购买列宁遗体建造列宁纪念堂的疯狂构想，为此目的，他又组织了受活庄的残疾人"绝术团"全国巡演，在满足受活庄农民致富愿望的同时，为其狂想的实现募集资金，而"绝术团"的农民在巡演暴富后，却又受到了"圆全人"丧尽天良的哄抢与讹诈。如此种种，均都显示出"改革文化"中的经济至上主义在《丰乳肥臀》中的文管所长、汪金枝和汪银枝父女、韩国巨商司马粮和鲁胜利市长，以及《受活》中的柳鹰雀和"圆全人"的身上导致的政治病变与道德沦丧，其与作家所张扬的原始人性与民间伦理显然构成了严重冲突。所以这两部小说在最后，都表现出对民间的回归：上官金童怀着对外部世界的巨大恐惧归依于母亲的坟茔，而受活庄人也以退社的方式从一度进入的外部世界彻底退回原来的村庄。饶有意味的是，受活庄人曾经两度进入外部世界：一是在

"革命时代"的竭力入社；二是在"改革时代"以绝术表演的方式竭力加入整个民族的经济主义狂欢，但在最后，却都以横遭"圆全人"的掠夺与哄抢作为结局，小说以"受活人世界"来批判"圆全人"的"革命"和"改革"的历史实践的用意非常明显。作为当代中国不同历史时期的主流文化，"革命文化"和"改革文化"在民间写作中分别被以不同的方式进行了批判性的书写。

民间意识对全球化的抵抗和对主流文化的批判对于避免全球范围及本土空间的文化同质化倾向，进而保持文化的多元、丰富与活力，促进全球化和主流文化的自我批判与自我反思，无疑具有相当重要的意义，但在另一方面，民间意识在突出强调"文学创作的民间资源"① 的同时，亦不应该片面地走向"民间的形而上学"，忽略对其他资源的自觉汲取。莫言在我们前面所引述的关于《檀香刑》的创作谈中，明确指出他为了保持比较多的民间气息，为了比较纯粹的中国风格而"毫不犹豫"地"牺牲"和"减弱"作品的"丰富性"，已很明显地显示出他"民间的形而上学"倾向。实际上，近年文学民间意识的充分自觉也在逐步暴露出它所存在的问题，这些问题，主要表现在以下几个方面：

其一，是对文学的思想力量的忽视。我们可以在大量的"民间写作"中体验到充沛的民间激情，那种感天动地的原始正义、道德感召、生命热力和原始人性，以及民间的博大、永恒与宽广，经常让我们获得巨大的精神震撼与审美享受，但在同时，我们却又能够相当明显地发现它们思想力量的相对薄弱。恩格斯在致拉萨尔的信中曾经期待于文学、我们自然也应期待于"民间写作"的"较大的思想深度"，迄未出现。

其二，在"较大的思想深度"较为匮乏的同时，恩格斯在同时也期待于文学的"意识到的历史内容"的有限，也是"民间写作"的重要问题。一方面，"民间写作"显示出对历史的浓厚兴趣，其中的大部分作

---

① 莫言：《文学创作的民间资源》，《当代作家评论》2002 年第 1 期。

品都以历史为题材，李锐甚至认为，"文化大革命"的历史"应当成为"其"终生追问和表达的命题"①；但在另一方面，"民间写作"却又缺乏对社会历史的切实书写与深刻思考，"历史"在"民间写作"这里，更多地还只是故事或传奇，是文学文本的"故事时间"，这样一来，"民间写作"固然具有丰富的历史题材，却未提供出更加"深厚"的"历史内容"。这也导致了其对形形色色的"革命"和"改革"的书写未能达到应有的深刻，一定程度上，倒显出过分的简单与肤浅（突出的比如《丑行或浪漫》对"文化大革命"的近乎漫画般的书写）。究其原因，可能与作家的历史观念有着相当密切的关系，比如莫言在谈到《丰乳肥臀》的创作时就曾说过："我认为小说家笔下的历史是来自民间的传奇化了的历史，这是象征的历史而不是真实的历史……小说家并不负责再现历史也不可能再现历史"②，李锐也"希望自己的小说能从对现实的具体的再现中超脱出来"③，对于民间资源的偏倚使他们从对"具体"和"真实"历史（现实）进行深刻再现与思考的责任中"超脱"出来，而以民间的方式将历史充分地"传奇化"，这便使得"民间写作"对现代中国历史经验的批判性书写，只能局限于民间的思想文化资源所能允许的视阈之内；

其三，在"民间写作"的艺术层面上，对于民间资源的形而上学化偏倚也导致了相应的问题。比如在人物形象的塑造上，一些主要的"正面人物"——像《丰乳肥臀》中的"上官鲁氏"、《檀香刑》中的"眉娘"、《无风之树》中的"暖玉"、《丑行或浪漫》中的"刘蜜蜡"和《受活》中的"茅枝婆"等——往往形象生动，性格丰富，而很多"反面人物"——像《丰乳肥臀》中的"汪银枝"和"鲁胜利"、《檀香刑》

① 李锐：《重新叙述的故事》，《无风之树》"代后记"，江苏文艺出版社1996年版。
② 莫言：《我的〈丰乳肥臀〉》，《什么气味最美好》，南海出版公司2002年版。
③ 李锐：《重新叙述的故事》，《无风之树》"代后记"，江苏文艺出版社1996年版。

近年文学的民间意识与文化政治问题

中的"赵甲"、《无风之树》中的"刘长胜"、《家族》中的"殷弓"、《丑行或浪漫》中的"老玃"和"大河马伍爷"及《受活》中的县长"柳鹰雀"——往往性格单一,过分地脸谱化。即使在这些较有成就的"民间写作"中,对于"反面人物"的脸谱化塑造,也很容易地让我们想起"文化大革命"当中诸如《金光大道》一类的作品对于"阶级敌人"的塑造。也许,这与民间思维的平面化与简单化特点不无关系。实际上,莫言所"牺牲"了的"丰富性",也许正包含了人物性格的丰富性与复杂性。在全球化时代的历史语境中,"人们在发展、社会范畴和文化态度上的变化,带来了当代地域意识的发展"①,不同民族的人们必然会"感到保存或再现他们民族和地区遗产的需要"②。近年文学民间意识的自觉自然有其必然的历史原因和我们在前面所阐述的重要意义,作为一种本土主义取向的文学意识,我们在寻求和汲取民间资源的同时,却要警惕"民间的形而上学"。在此意义上,我更愿倡导和想象一种不是"封闭"而是向整个人类的一切思想文化资源进行"开放",并且能够自我批判的"批判性的民间写作"。只有这样,我们抵抗与批判,才能增强其有效性,我们瞩望甚高的"民间写作",也才能开拓出更加广阔的未来。

（原载《江苏社会科学》2004 年第 5 期。）

---

① 阿里夫·德里克:《跨国资本时代的后殖民批评》,北京大学出版社 2004 年版,第 107 页。

② ［韩］白乐冲:《全球化时代的民族与文学》,弗雷德里克·杰姆逊、三好将夫编:《全球化的文化》,南京大学出版社 2002 年版。

寻找身份

——论"新移民文学"

吴奕锜

对西方文明怀着深沉的忧患意识的美国政治学者塞缪尔·亨廷顿所提出的文明冲突论，尽管在国际政治学界中引起了广泛的注意和争议，但他的以文明的冲突作为考察后冷战时代的世界格局的理论范式，还是以其独到的视阈为当下的人文科学研究提供了有益的启示。在亨廷顿看来，冷战结束以后决定世界秩序和未来走向的基本力量，已经不是原来的政治意识形态（社会主义/资本主义）的对抗，而代之以不同的文明集团的对抗。人们之间的重要区别不再是意识形态的、政治的或经济的，而是文明/文化的区别。人们要面对的最基本问题是：我是谁？我们的国家/民族身份和我们的文化身份是什么？人们用祖先、宗教、语言、历史、价值、习俗和体制来界定自己，在种族集团、宗教社群、民族身份，以及在最广泛的文化层次上认同文明，也正如他在《文明的冲突与世界秩序的重建》一书中所说的："在当代世界，'他们'越来越可能是不同文明的人。冷战的结束并未结束冲突，反而产生了基于文明的新认同以及不同文明集团（在最广的层面上是不同的文明）之间的冲突的模式。"① 而这种"基于文明的新认同"，在他看来，到了20

---

① ［美］塞缪尔·亨廷顿：《文明的冲突与世界秩序的重建》，新华出版社1999年版，第135页。

世纪 90 年代期间，更多地体现为对族性认同或群体身份问题的关注，"90 年代爆发了全球认同危机，人们看到，几乎在每一个地方，人们都在问'我们是谁'，'我们属于哪儿'以及'谁跟我们不是一伙'"①。事实上，亨廷顿文中所引述的"我们是谁"、"我们属于哪儿"以及"谁跟我们不是一伙"三个问题的主语部分，其所指就是不同的文明/文化主体，而后面的谓语部分，则是对不同的文明/文化主体的求证或曰寻找，换句话说，寻找"文化身份"②（个人的、部落的、种族的和文明的）已经成为后冷战时代处于"认同危机"的人们所面临和迫切需要解决的问题。

如果说，"后冷战时代"是包括亨廷顿在内的国际政治学者们对当今世界政治形态的描述，那么，"全球化时代"无疑是国际经济学者们使用更为频繁的一个词语。"全球化时代"是一个更为软化而又能给人带来无限憧憬的经济学词语，也是当下学界最为时髦的话语之一。人们在兴奋地谈论以跨国资本和信息技术为主要特征的经济"全球化"的同时，也在纷纷讨论着经济的"全球化"是否势必带来文化的"全球化"，以及这种文化的"全球化"是否意味着将来某一天全球所有的文化都会着上统一制作的服装或是像充斥于世界的各个角落的麦当劳一样全都一个味道？

与亨廷顿一类的政治学者关注各自文明集团的文化认同相类似的是，热衷于"全球化"的国际经济学者也对"全球化"语境下不同国家/民族的"文化认同"表现了莫大的兴趣，所不同的是前者着重分析的是不同文明集团之间构成冲突的可能性，而后者所要考察的却是基于经济基础变动之后作为上层建筑的不同文化形态的归属。政治与经济的变动促

---

① ［美］塞缪尔·亨廷顿：《文明的冲突与世界秩序的重建》，新华出版社 1999 年版，第 129 页。

② 英文 identity 既可翻译成"身份"，也可翻译成"认同"，两种译法含义基本一致，故常替换使用。

使人们所作出的思考居然是如此出奇的一致："冷战的结束以及全球化的加速发展已经使得国家（或民族）之间的文化交往变得空前剧烈与频繁，不同民族文化之间的互动与杂交成为当今世界文化的基本'特色'。"① 于是，寻找国家（或民族）的文化身份、重建文化认同成为当今这个世界上所有"共同在场"的人们无法避开的话题！

美国人类学家 M. 米德曾在 20 世纪 80 年代期间提出了"文化上的移民"的概念。她认为，对于今天这个变化如此迅速，价值观念更迭如此频繁的世界来说，老一辈的人都是"文化上的移民"，他们的迁徙并非是空间上的而是时间上的。② 事实上，面对着近 20 年来这个急剧变化的世界，尤其是"全球化"浪潮加速推进的世纪之交，成为"文化上的移民"的并不仅仅是"老一辈的人"，几乎所有的人都会有一种"找不着北"的"认同危机"。查尔斯·泰勒（Charles Taylor）认为，认同问题关系到一个个体或族群的安身立命的根本，是判断是非善恶的标准，是确定自身身份的尺度。"认同危机"的最主要表征就是失去了这种方位定向，不知道自己是谁，从而产生不知所措的感觉："人们经常用不知他们是谁来表达（认同危机），但这个问题也可以视为他们的立场的彻底的动摇。他们缺少一种框架或视野，在其中事物能够获得一种稳定的意义。某些生活的可能性可以视为好的东西或者有意义的，另一些是坏的或不重要的，所有这些可能性的意义是不确定的，易变的，或者未定的。"③ 如果说，像米德所指的由于眼前世界的变化过于急剧频繁，仅仅是"时间的迁徙"就使得那些尚未走出国门的人成为"文化上的移民"的话，那么，我们所要讨论的"新移民文学"，不论是从其创作主体还是表现

---

① 陶东风：《全球化、后殖民批评与文化认同》，《东方丛刊》1999 年第 1 期。

② 转引自武斌《现代中国人——从过去走向未来》，辽宁大学出版社 1991 年版，第 207 页。

③ 转引自汪晖《个人观念的起源与中国的现代认同》，载《汪晖自选集》，广西师范大学出版社 1997 年版，第 38 页。

客体来看，就更是具有时间与空间、文化与物理两方面意义的双重身份的"移民"。

首先，有必要对"新移民文学"作一个描述性的界定，这里所说的"新移民文学"，是特指自 20 世纪 70 年代末 80 年代初以来，出于各种各样的目的（如留学、陪读、打工、经商、投资等），由中国大陆地区移居国外的人士，用华文作为表达工具而创作的，反映其移居国外期间生活境遇、心态等诸方面状况的文学作品。与 20 世纪 60 年代发生于中国台湾的那场流向比较集中（主要为欧美）、成分较为单一（大多为受过高等教育的大学生）的留学热潮不同的是，近 20 年来发生于中国大陆地区的移民浪潮，不管是从流向规模还是从人员的构成成分看，都远要比前者宽泛、复杂得多。我们知道，国际间的移民活动，其最根本的动因来自不同国家（地区）经济发展的不平衡。而从全球经济的角度来看，近 20 年来中国大陆地区的这场移民浪潮，其实也是经济全球化过程中的国际移民活动的一个重要的组成部分。也正是从这一点上着眼，我们将这一部分主要由新移民作家书写、具有鲜明的新移民话语特点的作品称之为"新移民文学"而不冠之以"留学生文学"的习惯叫法。

可以理解，由于与新移民的切身利益有着太过密切的关系，"身份"这个字眼对于新移民来说，往往先与"居留"相牵涉，然后与才文化发生联系。前者表现为法律意义上的居民身份（identity-residential status），后者则归属于精神意义上的文化身份（identity-cultural）。毫无疑问，对于出国不久的新移民来说，"身份"一词的第一要义绝对是法律层面上的。因为，新移民们只有在"物理"地取得了所在国的合法长期居留权的前提下，然后才有资格或者闲暇来谈他们的"精神归属意义上的""文化身份"。在这方面，毕熙燕的《绿卡梦》是一部能较好地满足我们谈论这两方面问题的一个颇有代表性的文本。"绿卡"这两个字，在我们所论及的范围内，不管是其所指还是其能指，它所指涉的只能是也必定是新移民的"居留"问题，也就是前面所说的法律意义上的"身份"

问题。在《绿卡梦》这部作品中，这一法律意义上的"身份"问题，已具体化为玛丽、凯西、苏云这三位女性为实现"绿卡梦"所作出的艰苦卓绝的努力及其所导致的各不相同的结果。遗憾的是她们的结局并不美好，甚至可以说是极为悲惨的。到了小说末尾，"玛丽进了监狱，凯西当了妓女，布莱尔孤苦伶仃，这里苏云又发了疯"；然而，我们的主人公邹易的情况却大为不同。在国内时让恼人的感情问题困扰得不胜其烦的邹易，对传统的爱情婚姻观念早就伤心失望透了。她相信，在遥远的异国他乡，那是一方能够产生不为名利、地位所污染的具有全新的爱情婚姻观念的净土，对她而言这是一种最为实际也最具魅力的文化想象。在同样出色的姜建明与奥斯卡这一中一西的两个男人之中，邹易自己也明白，"以条件论，詹姆斯（姜建明的英文名——作者注）应该更强些。两人一起在异国他乡生活，也会更容易些"，但是本来就是为俗念所苦的邹易，肯定不会放弃那个对她来说有着全新意义的文化想象，更不会为了世俗的目的而付出有可能在将来的某一天重蹈覆辙的代价。看一看作品中的这一段描写是很有意思的：

> （有一天，邹易在门口同时送奥斯卡与詹姆斯出门）两人向不同方向走去。邹易注意到向西边走去的奥斯卡，在逆光的效果下，头发及胳膊、腿上的汗毛泛着金光，将其整个人勾出了一道透明的轮廓。她心里忽然一动。又转过脸看东去的詹姆斯，他也恰好回身向邹易挥手。在下午阳光的刺激下，他整个脸立即皱起来。一副很苦的样子。

再也没有比这样的描写更具有倾向性的了，一"东"一"西"，一"透明"一"很苦"，连两人的去向与形象全都充分符号化！邹易对奥斯卡、詹姆斯这两个"分别凝聚了不同的文化信息的人"的比较选择，事实上也是她的一种文化认同的过程；而她的最终赢得爱情和绿卡的双丰收，似乎也在向读者竭力证明她的文化想象的合理性。

由地区经济发展的不平衡所导致的发展中国家人口大量移居发达国家，是经济全球化进程中的一种趋势和必然产物。在这个过程中，来自第三世界的新移民是以其民族的一种代表的身份进入并与西方世界发生关系的，而他们在这个社会中作为边缘性群体的地位和艰难挣扎的处境，不过是当代世界的权利关系和反映这种关系的民族生活结构在一个西方社会内部的变相复制。这样，当新移民们以一个异族文化的"他者"的身份置身于新的居留国（第一世界）时，势必会出现第一/第三世界的尖锐的二元对立。① 查建英的小说大多都是围绕着这种冲突来构筑她的话语体系的。在她的小说中，建筑在物质丰裕基础之上的第一世界的文化价值以一种高高在上而又无所不在的方式，向因物质的匮乏而显得无能为力的第三世界挤压过来，这一挤压所导致的差异性结果一方面体现为她对小说中中外人物形象的刻画，另一方面则体现为她对处在这样一种二元对立的语境下文化认同的尴尬与困境的描写。在查建英的不少作品中，存在着这样一种有趣的现象，她笔下的外国人，往往能给人留下较深刻的印象，如《丛林下的冰河》中的巴斯克伦和捷夫，《献给罗莎和乔的安魂曲》中的罗莎和乔，《往事距此一箭之遥》中的希拉；而来自第三世界的中国人却反而成了缺乏"明确的指称个人的特定性"，《丛林下的冰河》是最具代表性的一个文本：叙事者"我"的同学朋友都被冠以按顺序排列的 A、B、C、D，至于那三个分别叫兰子、兰子妈和老孔的人，其平凡得不能再平凡的名字并不标示任何独特的意义，他们只不过是传统中国人日常生活的转喻性代表。张颐武在论及这一点时这样认为，查建英之所以这样做，是因为对她来说，"这些人物都是次要的，他们不过是'中国'这一主能指的各种次能指的显现方式而已"。"个体

---

① 张颐武：《代序：穿行于双重世界之间》，载查建英《丛林下的冰河》，时代文艺出版社 1995 年版，第 5 页。

的存在只是一个'民族寓言'式的主题的一个侧面和局部。查建英所写出的中国人不再是如西方人，那样具有纯个人式的境遇，而是一个民族集体的代码。"① 查建英对她笔下的人物的这种态度，其实正是长期的物物挤压在其潜意识的支配下的文本化。

对于"文化认同"的尴尬和困境的揭露，是查建英表现第一／第三世界二元对立的另一种方式。对于查建英作品中那些来自第三世界的知识分子来说，他们要想在自己所选择的新国度中居留下来并融入所在国的主流文化中（尽管实际上未必能做到，但这毕竟是他们所希望并为之努力的），首当其冲的当然是文化（比如西方社会的某些生活方式和价值观念等）的适应问题，但事实上，如果我们把审视的目光扩展到他们出国前后国内外的文化境况时就能发现，现代资讯的高度发展与大陆的改革开放，已经在很大程度上缩短了国内与外部世界的文化落差，看看这一段文字对我们了解这一点会有很大的帮助："日常生活中，中国消费者日日夜夜处于一个广阔的、无可逃避的视觉形象海洋里：电视、录像、电影、告示板、广告、杂志封面，等等。在这个纷繁的世界中，一个自我认同的中国形象在公众和私人的想象世界中建立起来。不论是大街小巷小贩叫卖的杂志封面上和西方时装模特，还是一部黄金时段电视节目中的'洋妞'，中国在自己的全球文化版图上都设计着自己和别人的形象。这样，当代中国的可视性便具有了一种超国家、超文化的政治表现。"② 应该说，拜文化"全球化"之赐，这样的一幅20世纪90年代中国大陆地区的大众文化景观与同时期的西方世界差别并不太大。也正因为这样，我们认为，新移民尤其是他们当中的知识分子，在他们所置身的西方社会中所要解决的，并不是一个一般意义上的文化适应问题，因

---

① 张颐武：《代序：穿行于双重世界之间》，载查建英《丛林下的冰河》，时代文艺出版社1995年版，第5页。

② 鲁晓鹏：《肥皂剧在中国：视觉、性爱与男性的跨国政治》，王春梅译，载《东方丛刊》1999年第1期。

为在他们出国之前，当代中国社会的某些"西化"倾向已经为他们的这种"适应"创造了条件。"确切地说，不是因为他们被'抛到'海外因而发生'适应'的问题，而是因为他们已然在某种程度上'适应'（至少是以为能够较容易'适应'）于西方作为一种'理想生活'的文化吸引，才发生出国问题。也就是说，他们'适应'一种'西化'生活的过程其实在中国已经发生。问题是在这种'适应'过程（无论是在中国还是在其延伸的海外环境）之中，他们始终面对着'文化身份'的矛盾和不确定——在海外的经验只是使这种矛盾和不确定以更尖锐和具体的形式呈现出来。"① 也正是苦于这种"文化身份"的"矛盾和不确定"的困扰，《丛林下的冰河》中的那个"我"，在经过几番寻找几番挣扎之后，还是决定回一趟大陆，希望能借此寻回埋藏在心底的东方理想主义。然而，由于"我"当年的恋人小 D——作品中他是作为理想主义的象征符号——的逝去，在印证了"我"寻找的失败的同时，也宣告了"我"的理想主义的终结。令人更为尴尬的是，重新回到大陆（第三世界）的"我"颓然地发现，自己在这里已然成了一个毫不相干的局外人，只好又兴味索然地回到美国（第一世界）中来，继续"我"在那里的边缘性生存方式。东方理想主义的终结和始终无法真正认同居留国的西方文化，成为共同撑起《丛林下的冰河》的张力。为了强化这种张力，查建英还处心积虑地借用亨利·詹姆斯《丛林中的猛兽》的主人公约翰·马切尔对未来的不可预测性和恐惧感作为贯串小说始终的象征，以突出作者对处于第一/第三世界夹缝中的文化焦虑。"借他人的酒杯浇自己胸中的块垒"，在这里，查建英深刻地展示了一个第三世界知识分子对西方文化认同而又时感惶惑和困扰的这样一种精神情态。

按照赛义德的看法，民族的文化身份本身就是一种被建构的过程，

---

① 钱超英：《"诗人"之"死"——一个时代的隐喻》，中国社会科学出版社2000年版。

它取决于与其相区别、相竞争的"他者"的关系。① 对于新移民来说，从他踏足于新的国度的那一天起，他的身份就发生了变化，成了这个新国家主流文化的"他者"；而从他的民族身份"级别"看，"第三世界"的"出身"于他而言，本身就是相对于现代西方中心话语中的边缘人。这种无法改变的我们/他们、中心/边缘的对立关系，几乎是别无选择地决定了他始终只能以一种游离于中心之外的"边缘化"状态/心态生活在他所选择的国度里。在这一点上，叶凯蒂和她的《蓝土地，远行者》或许是一个很有意思的例子。叶凯蒂只有一半的中国血统。她生长于北京，读的是北京的中文学校，学过雷锋，参加过"文化大革命"，还上过山下过乡。20 世纪 70 年代初期去了美国，最后在德国安了家。② 由于有着这样的与人不同的文化背景和生活经历，中国—美国—德国，北京—波士顿—海德堡，一次次的"到达"，又一次次的"出发"，使得叶凯蒂对远渡重洋的新移民生活有着与众不同的理解。在小说中，对于"到达"了西方——作品中设定为剑城的 H 大学——的主人公安其来说，她时时处于这样的两难境地：既背离了原来的故土，同时又成了自己的定居地的"他者"！所以，虽然她努力地尝试着由边缘向中心靠拢，但时时又有一种发自于内心的力量在牵制着她，阻止她向中心的靠拢，使得她只能一直在释放回忆的"坟地"与描写现实之间的矛盾心理的"魔墙"之间打转③，而始终无法潇洒地真正到达她已经"到达"了的西方文化精英之都，也即西方文化的"中心"地带。在小说的结尾，安其放着可能获得世界最著名学府的 H 大学研究院奖学金不要，却准备到纽约的一个实验话剧团工作，而且是从打杂做起。表面上，她的解释是"我

---

① 请参阅赛义德：《东方学·后记》，三联书店 1999 年版，第 426—427 页。

② 这里所引的叶凯蒂的个人资料，参考了李子云女士的《叶凯蒂其人其文》，载《小说界》1996 年第 1 期，第 131—132 页。

③ 关于这方面的分析，请参阅笔者与人合作的四卷本《海外华文文学史》（鹭江出版社 1999 年版）中"新移民文学"一章。

真的还没准备好走这一步"，但是，骨子里长期处于边缘所造成的对中心的不适应，才是她不想接受这一来得太过突然的现实的根本原因，用小说中安其自己的话说就是："我喜欢在边缘，对中心我有一种恐惧，规矩太多……"

为什么安其会有这么一种自外于"中心"的边缘化心态呢？我们只要看一看叶凯蒂在小说前面所写的"小引"中的那段话就不难明白：

> 作为一个外国人，在异乡（着重号为引者所加）住久了之后，常常会有一种奇怪的感觉，无论你怎样努力，无论从表面上看你有多成功，最终你还是个外国人，刚开始在异乡你的生活被求生的现实问题制约，而且很为新环境所左右。一旦闯出路来，再仔细想，你会发现代价高得惊人。你获得的很多，但失去的也很多，你是否真的到达了彼岸，是否真正离开了家乡，这是一个不容易确定的问题。家乡，过去，历史，是你的一部分，既是你的财富，又是你的负担。我写这小说的一个重要动机就是想讨论这个没有明确答案的问题。

叶凯蒂在这里使用了"外国人"、"异乡"这样的字眼，也就是说，虽然叶凯蒂本人有着一半的西方血统（她的父亲是位原来完全不懂华语的菲律宾华侨，母亲是爱尔兰裔的美国人），但由于她在23岁之前一直生长于中国，接受的是中国式的教育，尽管成年之后离开中国，却依然无法将中国与"祖国"分开，她依然还是把北京当做自己的家乡！了解了这些情况之后，我们就不难理解她所作的如上的一番表述，因而也就理解她为什么会在作品中赋予了安其如此的性格和结局。有着半东半西血统的叶凯蒂尚且如此难以融入西方的中心，对于众多的纯属东方血统的新移民作家来说，其本身的地位以及与生俱来的民族身份也就决定了，尽管他们人在西方，但在作品中所表达的始终只能是一种远离于中心之外的边缘化心态。

斯宾格勒在《西方的没落》中早就说得很清楚，"每一种文化各有自己的观念，自己的情欲，自己的生活、愿望和感情，自己的死亡……在这里，文化、民族、语言、真理、神、风光等等，有如橡树与石松、花朵、枝条与树叶，从盛开又到衰老——但是没有衰老的'人类'。每一种文化都有它的自我表现的新的可能，从发生到成熟，再到衰老，永不复返"①。他强调的是，"文化"这一观念本身就是建立在人与人、民族与民族之间不同的前提之上的。实际上，在当今世界的一百八十多个国家中，文化的一元化一体化几乎是不可能的，因为多元民族/国家与世界性的移民浪潮，使得文化的多极成分越来越重。也正因为这样，构成这种越来越重的"文化的多极成分"中的一部分的世界性移民浪潮的主体也即那些国际移民，当他们的移民活动得以实现之后，究竟会如何去寻找适合于自身生存的文化身份，去建立自己与那个新世界的文化联系，这都是些值得我们深入地去探讨的问题。

（原载《文学评论》2000 年第 6 期）

---

① 奥斯瓦尔德·斯宾格勒著，齐世荣等译：《西方的没落》，商务印书馆 1963 年版，第 39 页。

全球化?本土化?

——20 世纪拉美文学的二重选择

陈众议

    20 世纪拉丁美洲文学的任何一次骚动几乎都伴有"全球化"与"本土化"的讨论,只不过时移世易,话语略有不同罢了。比如,20 世纪 20年代的一次争论是围绕着"民族性"与"世界性"这个话题展开的,最初的导火线是墨西哥作家巴斯康塞洛斯(1882—1959)发表于 1925 年的一本叫做《宇宙种族》的小册子。此翁开宗明义,对"拉丁美洲种族"进行了豪气冲天的不二界定。他说:"拉丁美洲种族的显著特点是她的多元性。这种多元性决定了她的无比广阔的宇宙主义精神⋯⋯"① 与此同时,他开始遍访拉美各国,游说米斯特拉尔、阿斯图里亚斯、聂鲁达等人为他的"宇宙主义"思想摇旗呐喊。巴斯康塞洛斯的努力得到了以壁画大师里韦拉、西盖罗斯、奥罗斯科为首的墨西哥文学艺术家联合会的支持。该会在一份声明中宣称:"我们的艺术精神是最健康、最有希望的艺术精神,它植根于我们极其广泛的艺术传统⋯⋯"②

    巴斯康塞洛斯的"宇宙种族"说包含着一种模糊的"本土全球化"

---

    ① 巴斯康塞洛斯:《宇宙种族》,《巴斯康塞洛斯全集》第 2 卷,墨西哥图书人出版公司 1958 年版,第 903— 942 页。

    ② 何·克·奥罗斯科:《自传》,墨西哥迪亚娜出版社 1970 年版,第 69 页。

意念，这与源远流长的美洲主义思想（也即博利瓦尔思想）一脉相承。对巴斯康塞洛斯而言，拉丁美洲的民族性与世界性是可以画等号的。由于种族构成和对一切先进思潮的兼收并蓄，拉丁美洲成了名副其实的世界性区域，她的艺术表现也最能得到世界的认同。巴斯康塞洛斯常常拿墨西哥壁画的成功来说明"宇宙种族"的巨大的创作潜能和普世精神。他认为某些土著主义作家对民族主义的理解有很大的片面性，认为一味地纠缠历史、沉湎过去、不敢正视未来、不愿走向世界、不能敞开胸襟是极不可取的，甚至是极其懦弱的。

与"宇宙种族"说相对立，土著主义、本土主义或地域主义（本土主义或地域主义是对土著主义的一种发展。从文学艺术的角度看，它的表现对象已从单纯的印第安人及印第安文化拓展到了拉丁美洲的混血儿世界，表现手法也远比土著主义丰富多彩）作家更关注社会现实，他们（如雷布埃尔塔斯、蒙西瓦伊斯等）试图通过文学艺术暴露社会不公，进而改变社会面貌。他们批评巴斯康塞洛斯的"宇宙种族"思想是掩盖阶级矛盾、民族矛盾、种族矛盾的神话，并不能真正解释拉丁美洲错综复杂的民族特性。雷布埃尔塔斯坚信民族性即阶级性。在他看来，拉丁美洲尚处在国家要独立、民族要解放的关键时刻，千百万印第安人、黑人和其他有色人种尚处在水深火热之中，广大劳动人民仍在苦难的渊薮中苦苦挣扎，何谈"宇宙种族"？[①] 总之，在本土主义者看来，拉丁美洲的民族性乃是印第安人的血泪、黑人奴隶的呐喊和广大劳苦大众的汗水。他们认为，印第安人的草鞋、黑人奴隶的裸背、工人农民的麻布斗篷远比"哗众取宠"的壁画运动和矫揉造作的形式主义更具民族性，也更能引起世界人民的关注与认同。

不消说，巴斯康塞洛斯的"宇宙种族"说从大处着眼，确有掩盖阶级矛盾、回避现实问题的倾向。而土著主义着眼于美洲印第安文化，把

---

① 雷布埃尔塔斯：《仙人掌》，《墨西哥人》1938 年第 3 期，第 71 页。

印第安文化当做"美洲文化"的主要基石。这虽然带有一定的狭隘民族主义色彩，但作为拉丁美洲文化寻根运动的重要组成部分，土著主义的崛起标志着拉丁美洲人民的觉醒。这在文学方面表现出了两个令人瞩目的现象：一是古印第安文学的发掘整理（如《波波尔·乌》等古代印第安神话大都是在这个时期发掘整理的）；二是土著主义文学的兴盛。

众所周知，土著主义文学最早可以追溯到浪漫主义时期。但那是针对"西方的没落"而言的一种理想主义，即美化了的"原始"。而20世纪三四十年代（个别地区甚至更早）的土著主义文学却是反映了剥去伪装的赤裸裸的社会现实。厄瓜多尔作家豪尔赫·伊卡萨的《瓦西蓬戈》（1934年）、秘鲁作家西罗·阿莱格里亚的《金蛇》（1935年）和《广漠的世界》（1941年），以及墨西哥女作家罗莎里奥·卡斯特利亚诺斯的集大成之作《巴龙·伽南》（1957年）等，既是色彩暗淡、格调阴郁的印第安村社的风俗画，也是揭露帝国主义和统治阶级暴行的控诉状。

20世纪三四十年代风行的宇宙主义思潮很大程度上仍受巴斯康塞洛斯思想的影响，但当它作为一种文化思潮流行起来的时候，"宇宙"的含义便不可避免地发生了变化。"宇宙主义"思想的积极倡导者阿方索·雷耶斯大而化之。他的名言是："拉丁美洲是世界筵席的迟到者，但她必将成世界的晚到的筵席。"① 宇宙主义作为拉美先锋派文艺思潮的集成，开启了拉丁美洲文学多元化发展的闸门。他们因立足于美洲文化的多元性而主张放眼世界，来者不拒地实行"拿来主义"。这并非有意轻视印第安文化，而是把侧重点放在了借鉴西方及外来文化之上。因为此时的拉丁美洲作家已经具备走向世界的自信与能力，而且找到了一条适合于自己的发展道路：整合。

20世纪初叶无疑是西方文学发展的一个充满探索和创新的时代，思

---

① 《雷耶斯选集》，墨西哥埃斯帕萨出版社1941年版，第33页。

潮更迭，流派消长，令人眼花缭乱、无所适从。但是，随着第二次世界大战的爆发，先锋派思潮迅速消退。这时，一直处于"边缘"地位的拉丁美洲作家的"赶潮"之风也随之冷却，他们开始审视和反省自己。于是，由巴斯康塞洛斯提出的"宇宙种族"思想和与之对立的土著主义思想迅速转换生成为一种包容性极强的整合精神。阿方索·雷耶斯作为这个时期拉丁美洲"最完备的文人"和宇宙主义思想家，对拉丁美洲文学的发展产生了重要作用，尽管他自己没有创作出鸿篇巨制，但他的散文和诗作打破了狭隘民族主义的禁锢，明确提出了"艺术无疆界"和"立足本土、放眼世界"的思想，既是兼收并容、广阔无垠的"宇宙主义"精神的有力见证，同时又不排斥本土资源。

虽然西方文学发展到 20 世纪后半叶，大多呈现出你中有我、我中有你的复杂局面，但不同的审美和价值取向依然存在。和几乎所有的魔幻现实主义作家一样，加西亚·马尔克斯是他这个时代的本土主义者。用他自己的话说，"现实是最伟大的作家"，而他只不过是"借用了外祖母的叙述方法"。

只要将马尔克斯和博尔赫斯放在一起比较，这一点就格外的显眼。他的代表作《百年孤独》作为 20 世纪后半叶拉丁美洲文学的重要代表，对"全球化"的态度就极其悲观。小说既反映了热带小镇马孔多的兴衰，同时也是对整个拉丁美洲，乃至人类文明历程的象征性表现。

在原始社会时期，随着氏族的解体，男子在一夫一妻制的家庭中占有了统治地位。部落或公社内部实行族外婚，禁止同一血缘亲族集团内部通婚；实行生产资料公有制，共同劳动，平均分配，没有剥削，也没有阶级。原始部落经常进行大规模的迁徙。迁徙的原因很多，其中最常见的有战争和自然灾害等，总之，是为了寻找更适合于生存的自然环境。

《百年孤独》中的马孔多就诞生于布恩蒂亚家族的一次迁徙。何·阿·布恩蒂亚和表妹乌苏拉打破了两族（其实是同族）不得通婚的约定俗成的禁忌，带着 20 来户人家迁移到荒无人烟的马孔多。何·阿·布恩蒂亚好像一个年轻的族长，经常告诉大家如何播种，如何教养子女，如何饲养家禽；他跟大伙儿一起劳动，为全村造福。他是村里最公正、最有权威和事业心的人。

山中一日，世上千年。马孔多创建后不久，神通广大，四海为家的吉卜赛人来到这里。他们带来了人类的"最新发明"，推动了马孔多社会生产力的发展。何·阿·布恩蒂亚对吉卜赛人的金属产生了特别浓厚的兴趣。这种兴趣渐渐发展到了狂热的地步。人类历史上，正是因为生产力的不断发展，特别是随着金属工具的使用，才出现了剩余产品，出现了生产个体化和私有制，劳动产品由公有转变为私有。随着私有制的产生和扩展，使人剥削人成为可能，社会也便因之分裂为奴隶主阶级、奴隶阶级和自由民。手工业作坊和商品交换也应运而生。小说中写到，村庄很快变成了一个热闹的市镇，开设了手工业作坊，修建了永久性商道。此时，马孔多出现了三个不同的社会阶层：以布恩蒂亚家族为代表的奴隶主"贵族阶层"，他们主要由参加马孔多初建的家庭组成；以阿拉伯人、吉卜赛人等新一代移民为主的"自由民"阶层，他们大都属于小手工业者、小店主或艺人；以及处于社会最底层的"奴隶阶层"，他们多为土著印第安人，在马孔多所扮演的基本上是奴仆的角色。

岁月不居，光阴荏苒。何·阿·布恩蒂亚的两个儿子相继长大成人，乌苏拉家大业大；马孔多六畜兴旺，美名远扬。其时，"朝廷"派来了第一位镇长，教会派来了第一位神父。小镇的阶级关系也发生了深刻的变化。以地主占有土地、残酷剥削农民为基础的封建主义从"奴隶制社会"脱胎而出。何·阿·布恩蒂亚的长子何·阿卡蒂奥大施淫威，占有了周围最好的耕地。

然后便是自由党和保守党之间的旷日持久的战争。自由党人"出于人道主义精神"，立志革命，他们在何·阿·布恩蒂亚的次子奥雷良诺上校的领导下，发动了32次武装起义；保守党则"直接从上帝那儿接受权力"，为维护社会的安定和信仰的纯洁，"当仁不让"。这场战争俨然是对充满戏剧性变化的英国资产阶级革命和法国大革命的艺术夸张。紧接着是兴建工厂和铺设铁路。马孔多居民被许多奇妙的发明弄得眼花缭乱，简直来不及表示惊讶。火车、汽车、轮船、电灯、电话、电影及洪水般涌来的各色人等，使马孔多人成天处于极度兴奋的状态。不久，跨国公司、法国艺妓、巴比伦舞女和西印度黑人等席卷了马孔多。

马孔多发生了如此巨大的变化，以至于所有老资格居民都蓦然觉得同生于斯、长于斯的镇子格格不入了。上帝仿佛有意要试验马孔多人的承受力和惊愕的限度。终于，马孔多人罢工的罢工，罢市的罢市，向外国佬举起了拳头。结果当然不妙：独裁政府毫不手软，马孔多人遭到了惨绝人寰的血腥镇压，数千名手无寸铁的工人、农民倒在血泊之中。这是资本主义和垄断资本主义时代触目惊心的社会现实。

最后，"国际化"（或者"全球化"）的终极代价是："雨下了四年十一月零二天……这时，《圣经》所说的那种飓风变成了猛烈的龙卷风，扬起尘土和垃圾，将马孔多团团围住……按照羊皮纸手稿的预言，就在奥雷良诺·巴比伦破译羊皮纸手稿的最后瞬间，马孔多这个镜子似的（或者蜃景似的）城镇，将被飓风从地面上一扫而光，将从人们的记忆中彻底抹掉，羊皮纸手稿所记载的一切将永远不会重视，遭受百年孤独的家族，注定不会在大地上第二次出现了。"[①]

我们不知道马尔克斯是否过于夸大其词，但起码有一点是值得肯定的，那就是他面对"全球化"的这种无奈与恐惧，这种忧患意识与危机意识。但是反过来看，把"全球化"拒之门外既不可能也不明智。因此，两难境地仍是摆在拉美及所有发展中国家面前的残酷现实。与加西亚·马尔克斯不同，博尔赫斯从一开始就遵循了纯粹"宇宙主义"的"普世性"写作路数。就小说而论，博尔赫斯的创作生涯起始于一场

---

① 加西亚·马尔克斯：《百年孤独》，波哥达黑绵羊出版社 1980 年版，第 347 页。

"游戏"。用他自己的话说，"是一个少不更事者的任性游戏，他不敢写小说，所以就篡改和歪曲（并非都出于美学目的）他人之作以谓自娱"①。"游戏"的结果便是被冠之以《世界性丑事》（又译《恶棍列传》）的系列小说。后来，博尔赫斯声名鹊起，许多事情不说清楚就有不端之嫌。于是，他不得不开出清单：《心狠手辣的解放者莫雷尔》来自马克·吐温的《密西西比河》，《作恶多端的蒙克·伊斯曼》来自赫伯特·阿斯伯里的《纽约匪帮》，《横蛮无理的典仪师小介之助》来自 B. 米特福德的《日本古代故事》，《老谋深算的女海盗秦寡妇》来自菲利普·戈斯的《海盗史》，《双梦记》来自《一千零一夜》，等等。因此，"世界丑事"乃"故事新说"，而且有些故事如《双梦记》、《秦寡妇》，几乎是原封不动的翻译或逐字逐句的复述。诸如此类，居然被许多"后人"们恭称为"创作之创作"，他于是也便成了"作家们的作家"。当然，这远不是博尔赫斯的"普世性"或"世界性"写作的终结，而是他的一次任性的开始。它与作家的其他选择殊途同归，并最终营造出小径分岔、回廊曲折的博尔赫斯迷宫：文学的哲学化与"全球化"。

且说幻由心生，人是不能拽着自己的辫子离开地面的。但心是一回事，幻又是一回事。时代风云、人生遭际与作家的嗜好、作家的选择也是如此。二者的联系可能是必然的，也可能是偶然的。只不过作家的选择犹如历史的选择，无法假设。于是白纸黑字，方圆殊趣，读者面对的始终是各色各样的文学、各色各样的主题。至于这些文学、这些主题与作家的遭际、作家的时代关系何如，则是另一个同样大而艰难的话题。

具体说来，在生活和书本之间，博尔赫斯选择了书本；在本土和世界之间，他也毫不犹豫地选择了世界。这样的选择多少应该归咎或者归功于他的家教、他的血统和他的眼疾。但是，这并不排除博尔赫斯从现

---

① 博尔赫斯：《世界性丑事》，布宜诺斯艾利斯埃梅塞出版社 1980 年版，第 3 页。

实生活出发去实现形而上学的超越。比如似是而非的童心，它不仅是博尔赫斯走向形而上学迷宫的一个契机，同时也是他试图襄解和表述的一个主题。为此，他几乎一直把布宜诺斯艾利斯定格在20世纪之初。

这就不仅仅是好与不好，而且还是个是与不是的问题了。

众所周知，儿童意识不到自己是儿童，或者他们心目中的童年和成人心目中的童年并不是一个概念。反过来说，成人心目中的童年是被成人化、理想化了的。这是因为成人已经远离童年且常常拿自己的认知对童年的经历、童年的记忆进行自觉不自觉的歪曲。博尔赫斯对此心知肚明。他认为记忆很不可信，"比如有关今天早晨，那么我可能得到它的某种意象……也就是说，关于童年或者青年，我根本无法接近本真"①。然而，这丝毫改变不了童心在艺术创造中的重要性。文艺批评家施克洛夫斯基在《作为技巧的艺术》一文中说过："艺术知识所以存在，就是为使人恢复对生活的感觉，就是为使人感受事物，而不仅仅知道事物。"②他还由此衍生出关于陌生化或奇异化的一段经典论述。其实所谓陌生化，指的就是人们对事物的第一感觉。而这种感觉的最佳来源几乎一定是童心。它能赋予见多不怪者以敏感，从而使他"少见多怪"地发现事物、感受事物。援引博尔赫斯援引的一句话说，"天下无新事"，或者"所有新奇都来自忘却"。

这是所罗门名言的两种说法，博尔赫斯从培根那里转借过来表示童心的可贵和易忘。而这种易忘和可贵（二者相辅相成），恰好给博尔赫斯提供了背反的余地、虚构的余地。比如那面神乎其神的镜子和那个玄之又玄的迷宫，始终被他当做儿时的感觉、儿时的意象写来写去，尽管真实与否值得怀疑（我更相信它们来自书本，服从于他形而上学的需

① 罗德里格斯·莫内加尔：《博尔赫斯传》，上海东方出版中心1996年版，第117页。

② 张隆溪：《二十世纪西方文论述评》，三联书店1986年版，第75页。

要）。关于这一点，只消检验一下他不同时期的诗歌即不难发现。为了逃避现实并纵身遁入虚无主义，他必须借助镜子和迷宫之类把事物与意象、存在与认识、现实与梦幻的关系颠倒过来。而童年的邈远、童心的模糊又那么真切地实现了他对世界、对存在、对人生的怀疑：虚无。这是博尔赫斯狡黠之处，也是他的立场所在——遗憾的是他始终指向抽象，却很少关注形象，以至于多数作品富有哲学意味而缺乏文学气息。而艺术之所以偏爱童心、偏爱感觉，就因为它们更感性，也更形象。

镜子与物体、迷宫与世界、梦幻与现实、书籍与宇宙等，在博尔赫斯笔下乃是何等的确定而又不确定：它们被一而再再而三地颠倒过来。于是，镜子不再是镜子，而是无限繁衍的"交媾"；迷宫也不再是迷宫，而是世界复杂的本质；梦幻也不再是梦幻，而是现实虚无的显证；书籍也不再是书籍，而是宇宙浩渺的载体——譬如《皇宫寓言》中的诗，譬如《红楼梦》里的梦。谁也不知道究竟是诗创造了皇宫，还是皇宫创造了诗；也不知道是红楼孕育了梦，还是梦孕育了红楼。博尔赫斯甚至完全以《红楼梦》第一和第五、第六回为出发点和终极目标，不仅说《红楼梦》是幻想小说，而且认为其"令人绝望"的现实主义描写的唯一目的便是使神话和梦幻成为可能、变得可信。

诸如此类，不一而足。但回头看去，博尔赫斯却是猛走了一段"弯路"的：从一个讴歌革命的"表现派诗人"到钟情自然的"惠特曼传人"到崇尚创新的"极端主义分子"到偏爱游戏的"弗罗里达派作家"……他一直在选择，一直在徘徊，直至最终义无反顾地遁入虚无主义并永远成为那个古老家族的一员，这使他长期与绝大多数拉丁美洲种种现实主义作家格格不入。

然而，时移世易，博尔赫斯从一个时代、一个世界的不屑变成了另一个时代、另一个世界的不凡。这其中倒有了许多被选择的因素。尽管这种选择归根结底仍取决于他的选择。作为民族虚无主义者，博尔赫斯张开双臂拥抱外国文化，尤其是西方文化。这使得他在民族运动、社会主义思潮高涨的五六十年代，被认为是堕落的"外国作家"。而当世纪末意识形态淡化，社会主义运动处于低潮的时候，博尔赫斯又成了一个让许多人顶礼膜拜的偶像。

当然，博尔赫斯现象不仅仅是文学与整个意识形态以及"全球化"或"本土化"的关系问题那么简单。但是，由于博尔赫斯们和马尔克斯们出现，"全球化"与"本土化"这个现实中的两难问题在文学中得到了"迎刃而解"：南者南，北者北，风马牛不相及。同时，间于其中的种种"第三河岸"（见吉马朗埃斯同名小说）纷纷破觚为圆，各显其能。

（原载《外国文学研究》2003 年第 1 期）

现代印度文学与世界文学

侯传文

1923 年，德国著名印度学家温特尼茨作了一篇题为《印度文学与世界文学》的讲演，成为比较文学研究的名篇。他所谈的印度文学与世界文学基本局限于古代，因此其侧重点是印度文学对世界文学的影响。[①] 近代以来的世界历史转换使东西方文化发生了位移，印度文学与世界文学的关系也必然有一种新的面貌。笔者没有温特尼茨的大学问和大手笔，不敢续写《印度文学与世界文学》，只是追随大师之后，考察一下现代印度文学与世界文学的横向联系。

一

19—20 世纪是印度文学的现代转型时期，在这一时期，与世界文学的横向联系对印度文学的现代化起了非常重要的作用。19 世纪初，随着西方式教育在印度的开展和出版印刷业的发展，西方文学也以各种方式被印度人所接受。一时间，阅读和谈论西方文学名著成为印度知识分子中的时尚。泰戈尔曾经回忆说："莎士比亚、弥尔顿和拜伦是我们那个时代的文学之神，他们的作品所包含的内心激情的力量，极大地震撼着我

---

① 金克木：《印度文化论集》，中国社会科学出版社 1983 年版。

们的心。"又说："我们的心，从童年到老死，一直在英国文学的模子里铸造。"① 这种风尚对新兴的印度近代文学产生了深远的影响。这种影响是多方面的，首先是在思想观念上，印度新文学借鉴西方近代发展起来的科学、民主、人道思想作为批判封建主义和宗教迷信的武器。在西方人文主义思想和文学观念的影响下，印度文学抛弃了出世离欲的宗教文学观念和传统神话题材，使文学面对现实、面向人生，实现了由以神为中心向以人为中心的转换。其次是文学体式的全面更新，出现了与印度传统文学迥然不同的新形式的小说、诗歌和戏剧。

在这个过程中，英语教育发挥了重要作用。英国统治印度时期，英印殖民政府大力推行英语教育，同时英国传教士为了传播基督教，也在印度创办英语印刷出版机构和进行英语教育的各种学校。印度资产阶级知识分子中的改革派也提倡英语教育，如罗易曾于1832年写信给印度总督，要求在印度普及英语教育。官方的推行和民间的传播相结合，使英语迅速取代波斯语成为印度的官方语言和文化人中的通行语言。近两个世纪以来，英语一直是印度的流行语言和时尚语言，不少作家用英语进行写作，在20世纪形成了举足轻重的印度英语文学，现代和当代都出现过杰出的印度英语诗人和小说家。不仅如此，英语语汇和表述方式还大量进入印度各地方语言，对其文学语言产生深刻影响。印度独立后将印地语定为国语，但不仅国语没有英语使用广泛，而且国语本身也受到英语的冲击，印地语日常语言中大约有4000多个单词来自英语。印度历史上曾经发生了多次外来文化冲击下的文学语言的重新整合，第一次是公元前17世纪雅利安人的到来，使梵语成为凌驾于其他语言之上的文学语言。第二次是公元10世纪前后开始的穆斯林的入侵和统治，使波斯语成为官方语言和宫廷文学语言，对印度

现代印度文学与世界文学

---

① 泰戈尔著，倪培耕译：《生活的回忆》，见刘安武、倪培耕、白开元主编《泰戈尔全集》第19卷，河北教育出版社2000年版，第206、208页。

中古时期的文学语言产生了深刻的影响。17世纪后西方文化的影响和英语的推行使印度的文学语言发生了第三次大整合，对印度的文学语言产生了深远的影响。可以说，印度文学的现代化与印度文学语言的第三次整合是同步的。

<h2 style="text-align:center">二</h2>

印度文学与世界文学的横向联系在近代、现代和当代表现出不同的时代特点。

近代印度文学主要受到宗主国英国文学的直接影响，并通过英语接受西方其他国家文学的影响。以加尔各答为中心的孟加拉地区是英国在印度经营最早的地区，是英印殖民政府的大本营，因而在西风东渐的大气候中得风气之先。致力于印度社会和宗教改革的启蒙运动和致力于文学革新的启蒙文学都首先在孟加拉地区发生。印度启蒙文学的先驱罗姆·莫罕·罗易于1828年创立了宗教和社会改革组织"梵社"，借鉴基督教和西方文化对印度教进行改革。他创办报刊，建立印度学院，用孟加拉语和英语写作散文，宣传启蒙思想，都是在接受西方文化影响的基础上进行的。青年孟加拉派的代表人物也都是较早接受西方文化影响的进步知识分子。该派领袖狄洛吉奥在印度学院讲授英国文学和历史，同时写作诗歌。诗人和剧作家迈克尔·默图苏登·德特少年时代曾在印度学院读书，他非常喜欢拜伦、华兹华斯、弥尔顿等英国诗人，并开始用英语创作诗歌。1843年他改信基督教，并进入英国人开办的主教学院学习。19世纪60年代又曾旅居英国和法国多年。他最早将欧洲的自由体诗和十四行诗引入印度文学，他的代表作长诗《因陀罗耆的伏诛》取材于印度古代史诗《罗摩衍那》，但在手法和风格上更多地受到西方史诗，特别是弥尔顿的《失乐园》的影响。班吉姆·钱德拉·查特吉被公认为现代孟加拉语小说之父，但他的第一部小说是用英文写成的。他以历史小说著称，他的小说以离奇的情节和浪漫感伤的情调取胜，多表现男主人公的英雄气概和女主人公的自我牺牲精神，在这方面主要受到英国历史小说家司各特的影响，所以班吉姆被称为"孟加拉文学的司各特"。

著名诗人泰戈尔虽然厌恶刻板的英国式教育，但仍受惠于英国文学。少年时代家庭教师就教他读莎士比亚的名剧《麦克白》，并尝试用孟加拉语进行翻译。后来，他接受父兄的意见去英国留学，为了提高英语水平，他坚持通读了一些英文的西方文学名著，包括但丁、海涅和歌德的作品，并作了一些翻译和研究。他还为了读海涅和歌德的作品而学习德语。从那时他在杂志上发表的《撒克逊和盎格鲁撒克逊文学》、《诺曼底和盎格鲁诺曼底文学》、《但丁和他的诗》、《歌德》等文章，可以看出他的学习兴趣和所下的工夫。泰戈尔原打算学法律，但在英国一年半，他花了数月时间在伦敦大学旁听英国文学。青年时期的泰戈尔非常崇尚英国文学，非常推崇莎士比亚、华兹华斯、拜伦、雪莱、济慈等诗人的作品。他的诗歌创作中有着近似英国浪漫主义文学的激情，他因此被称为"孟加拉文学的雪莱"。同时，他的《国王与王后》、《牺牲》等早期戏剧也深得莎士比亚戏剧的精妙。中年时期泰戈尔曾经对自己所受的英国文学的影响进行反思，认为这种影响更多的是刺激而不是营养。①

由于地理位置和传统影响，印度中西部19世纪60年代才出现新型学校，进行英语和现代西学教育。因此主要分布在印度中西部的印地语和乌尔都语文学对西方文学的接受稍晚一些。如果说东部的孟加拉语文学主要接受了英国文学的影响，那么西部的印地语和乌尔都语文学则更多地借鉴了其他西方国家的文学。如印度近现代文学的另一位巨匠伊克巴尔，1905年留学欧洲，先后在德国的海德堡大学和英国的剑桥大学研究哲学，1908年以论文《波斯玄学发展史》获德国慕尼黑大学的哲学博士学位。留学期间，他广泛学习和研究了西方各种哲学思想和文艺思潮，

① 泰戈尔著，谢冰心译：《回忆录》，人民文学出版社1988年版，第104页。

对他的世界观的形成和文学创作风格都产生了深远的影响。哲理诗《自我的奥秘》和《无我的奥秘》主要表现他的宗教哲学思想，其中关于自我的思想深受康德、叔本华、柏格森和尼采等西方哲学家的影响，其"完人"思想是尼采超人哲学和伊斯兰教先知崇拜的结合。其诗集《东方信息》是为回答歌德的《西东合集》而作。长诗《贾维德书》则借鉴了但丁《神曲》的构思方法，写诗人在精神导师鲁密的引导下游历天国，遇到东方和西方、古代和现代的许多圣贤哲人，诗人同他们一起探讨宗教、自我、国家等问题；后来遇到魔鬼撒旦和一些卖国贼，看到他们可耻的下场，最后，圣者为他启示了生活的奥秘。作品在内容和形式上都受到但丁等西方诗人的影响。

<h1 style="text-align:center">三</h1>

现代时期，印度文学的横向联系在深度和广度上都有所发展。从文学接受的广度来说，由近代时期的以英国为主发展到对世界文学的全方位接受，特别是随着马列主义在印度的传播，俄苏文学成为本时期印度作家接受的重点。另外，中国、日本、阿拉伯、伊朗等东方各国和地区的文学也被纳入接受视野。就文学接受的深度而言，这时期在外来文学影响之下，形成了一些具有相当规模、产生重大影响的文学思潮和文学现象。如在马列主义和俄苏文学的影响之下，出现了进步主义文学思潮；在西方非理性主义哲学和现代主义文学的影响之下，出现了实验主义和现代主义文学思潮。另外，由于英国文学的持续深入的影响，出现了大量的英语文学，其中不乏杰出的作家作品，由此印度英语文学成为印度文学的重要分支。与此同时，印度文学开始走向世界，由单纯的文学输入转向文学输出。

普列姆昌德是现代印度杰出的现实主义作家，他创作初期主要接受俄国作家托尔斯泰的影响。1914 年他在写给朋友的信中说："直到现在我还不知道我应该选择哪种写作风格……最近我在读列夫·托尔斯泰的小说，于是，又倾向于他的风格了。"① 他还用印度风格改写了托尔斯泰的23篇民间故事，题名为《爱之花》。普列姆昌德对下层人民具有深刻的同情心，他像托尔斯泰一样站在宗法制农民的立场上，否定封建贵族、英国殖民统治和资本主义工业文明。俄国的十月革命也为普列姆昌德打开了一个新天地，他很自然地把目光转向了俄苏文学。由于俄国革命的影响，他认识到"未来的时代必将属于工农"。他在给朋友的信中说："我现在几乎是一个坚定的布尔什维克主义信仰者了。"② 他的长篇小说《仁爱道院》中，十月革命和托尔斯泰的影响都有明显的表现，同时也形成了作品思想的矛盾，即暴力和非暴力的矛盾。当然，由于甘地主义的影响，普列姆昌德在暴力与非暴力的矛盾中更倾向于非暴力。对于地主的残酷压迫，一些农民选择了暴力斗争的道路，结果他们失败了；而普列姆·辛格尔建立的"博爱新村"则解决了地主和农民的阶级矛盾，代表了作家的社会理想，这也是托尔斯泰为他打下的思想基础。

20世纪30年代兴起的印度进步主义文学思潮具有更直接的国际背景。1935年成立的印度进步作家协会最初是作为"国际保卫文化大会"的印度分会，由印度作家穆尔克·安纳德和沙加德·查希尔在伦敦发起的。沙加德·查希尔是乌尔都语作家，早期创作中已有明显的马克思主义的影响，同时也接受了弗洛伊德精神分析理论的影响。在英国学习期间，他不仅进一步接受了马克思主义，而且对西方的政治、经济和文化危机有了更直接更深刻的认识，因此他认为苏联的社会主义比西方的资本主义更适合印度。在英国左翼人士的支持和帮助下，他和安纳德等在英国的印度进步知识分子发起成立了印度进步作家协会。不久查希尔回

① 阿姆利特·拉耶著，王晓丹、薛克翘译：《普列姆昌德传》，北京师范学院出版社1989年版，第132页。

② 同上书，第225页。

到印度，参与组织全印进步作家协会，从而推动了印度进步主义文学运动的发展。印度进步主义文学的优势和缺陷都与这种国际背景有关，由于接受马克思主义先进思想，与世界社会主义文学紧密联系，使其成为遍及全印度各种语言文学、且持续时间最长的文学思潮，在印度现代文学史上占有重要的地位；然而由于进步主义主要受苏联文学的影响，教条主义和宗派主义的弊端也比较明显。

印度现代主义文学是在西方现代主义文学直接影响下兴起的文学思潮和流派。早在1923年，孟加拉语文学中一些青年作家在达卡创办《怒潮》月刊，发表新潮作品，揭开了印度现代主义文学的序幕。到20世纪30年代初期，印度孟加拉语文学中的现代主义思潮已经具有相当可观的规模，足以同以泰戈尔为代表的传统浪漫主义和以萨拉特为代表的现实主义分庭抗礼。现代主义诗人受西方现代派文学的影响，否定印度文化和文学传统，提倡文学内容和形式的全面革新。他们大多是大学里的英语教师，对西方现代派文学，特别是英美象征主义和意象主义诗歌非常熟悉，因而不乏借鉴和模仿。20世纪40年代在印地语文学中兴起的实验主义也是在西方现代主义哲学和文学思潮的影响下产生的。西方象征主义诗人的创作思想、弗洛伊德的精神分析理论、存在主义以及马克思主义等，都对实验主义文学产生了直接的影响。

印度英语文学是特定历史条件的产物，它是英语媒介、英国文学形式和印度现实生活与思想感情的结合。印度英语文学是伴随着印度近代文学的兴起而出现的一种文学现象。早期的启蒙文学家大都精通英语，有不少人曾用英语进行写作。大诗人泰戈尔也是以他的英语文学知名于世界的，他在1912年访英前夕将自己的部分诗歌翻译或改写为英语，在英国出版，从而产生了世界影响。泰戈尔的成功在印度文坛起了示范和激励作用。20世纪初期印度英语文学的重要作家还有奥罗宾多·高士、曼莫汉·高士、萨罗吉尼·奈都等，他们大都受到英国19世纪浪漫主义文学的影响，创作中具有明显的浪漫主义风格。奥罗宾多·高士曾在英国学习并获得硕士学位，有着深厚的西方文学修养，早年因参加民族运动先后两次被捕，1909 年获释后脱离政治，专事瑜伽修行和哲学著述。20 世纪 20 年代以后，他才重点转向文学创作，先后发表了 5 部诗剧和 3 部抒情诗集，都是用英语写成的。20 世纪 30—40 年代，随着印度现实主义文学的成熟，印度英语文学中也出现了几个杰出的现实主义小说家，其中最有代表性的是穆尔克·拉伽·安纳德。他 1925 年去英国留学，1929 年在伦敦大学获得博士学位。在英国留学期间，他接受了马克思主义，参加了世界反法西斯运动，他的成名作《不可接触的贱民》（1935）便是由英国著名作家 E. M. 福斯特作序，并在福斯特的帮助下在英国出版的。

四

　　印度独立之后，印度和英国的民族矛盾得到缓解，世界文学的信息在印度更加畅通、快捷，作家更加注重自己的文化修养，自觉地面向世界，印度文学与世界文学基本上同步发展，印度文学对世界文学的接受也更加多元化。从文学潮流来看，进步主义文学与世界社会主义文学思潮紧密联系，新诗派和新小说派主要受西方的现代主义和后现代主义影响，区域文学则在传统现实主义与现代主义之间徘徊。各种文学思潮的交叉互动，与整个世界文学格局基本上是一致的。

　　当代印度文学中直接接受西方文学影响的文学思潮和流派是新诗派和新小说派。新一代作家试图以新的话语方式来表达对社会和人生的现代性感受，但在近代印度文学传统中很难找到这种话语方式，他们便把目光更多地转向西方，在 T. S. 艾略特、W. B. 叶芝、波德莱尔、马拉美等诗人那儿获得共鸣、汲取灵感。在印度文学中，他们与 20 世纪 40 年代印地语文学中的实验主义、20 世纪 30 年代前后孟加拉语文学中的现代主义一脉相承，而后两者也同样是西方现代主义文学影响的产物。新小说派与新诗派在产生背景和思想倾向方面并无二致，只是在接受对象方面有所不同，新诗派主要接受的是西方象征派诗歌的影响，新小说派则更多地接受了精神分析、意识流文学和存在主义的影响。

印度现代主义文学的领袖和台柱子阿葛叶（1911—1987）是一位面向世界的作家，他少年时期便阅读了大量的欧洲文学名著，其早期诗歌创作主要受 T. S. 艾略特等西方象征主义诗人的影响。他的早期小说名作《谢克尔传》在构思立意方面受到法国作家罗曼·罗兰的《约翰·克利斯朵夫》的影响，尽管两部小说主人公的性格和人生态度大不相同；在艺术表现上，《谢克尔传》主要受到西方意识流小说的影响；在思想观念上，则主要受弗洛伊德精神分析理论和劳伦斯小说创作的影响。1955年，阿葛叶接受联合国教科文组织的邀请访问欧洲，结识了许多欧洲文化名人，进一步开阔了视野。1957 年阿葛叶访问日本和东南亚各国，促使他对东方传统文化进行反思。1960 年他再次访问欧洲，结识了亚斯贝斯等哲学家，后期创作更倾向于存在主义。

20 世纪 70 年代兴起的非诗歌派和非小说派既是印度新诗派和新小说派的自然发展，又有西方后现代主义文学，特别是其中"垮掉的一代"文学思潮的影响。1962 年，美国"垮掉的一代"代表作家金斯伯格来到印度加尔各答，一些孟加拉语青年诗人将他视为精神领袖，追随其后，并打起"饥饿的一代"的旗号。后来金斯伯格到达贝拿勒斯，又在印地语诗歌中掀起非诗派的浪潮。非诗派代表诗人拉杰格默尔·乔杜里被金斯伯格所吸引，追随左右，体验堕落生活，以致染病早夭。

20 世纪 70—80 年代被压迫文学运动中的贱民文学与美国的黑人文学有一定的联系。1967 年，米林德学院［贱民运动领袖阿姆伯德迦尔（1892—1956）创办的一所贱民大学］院长从美国留学归来，号召贱民作家借鉴美国的黑人文学，在印度社会喊出不同于印度教主流文化的声音。从而进一步推动了印度贱民文学的发展。20 世纪 70 年代印度女性文学的崛起与西方兴起的女权主义运动有着内在的联系。许多女作家接受了女权主义思想，在创作中自觉地从家庭、自我等角度表现女性意识的觉醒。

当代印度英语文学仍然是印度文学与世界文学联系的一个重要方面。印度独立后，英语被确定为官方语言，英语文学发展迅速，在诗歌和小说领域都取得了令人瞩目的成就。印度英语文学作家一般都具有深厚的英美文学修养，他们一方面继承了印度文化和文学传统，另一方面又直接接受了西方文学的影响，是印度文学与世界文学联系的独特现象。英语诗歌方面不仅有以奥罗宾多·高士为代表的传统神秘主义和浪漫主义诗人，更出现了一批在思想和艺术方面大胆探索的新诗人。英语小说方面出现了拉·克·纳拉杨、拉迦·拉奥、阿鲁·乔希等著名作家。他们一般都有在英美国家生活或学习的经历，其创作也深受西方文学影响，在作品的文化背景、题材内容、思想观念等方面，都与西方文化有着千丝万缕的联系。如纳拉杨曾作为访问学者赴美国，并在美国完成了他的代表作长篇小说《向导》；阿鲁·乔希1960年毕业于美国麻省理工学院，1968年发表的长篇小说《陌生人》中有加缪的《局外人》的影子；拉迦·拉奥的代表作《蛇与绳》，是根据自己留学法国时的精神体验和心理感受写成的一部哲理小说。20世纪80年代以后，以萨尔曼·拉什迪（1947—）和维克拉姆·赛特（1952—）为代表的新一代印度英语小说家登上世界文坛，他们大都生活在国外，广泛地接受世界文化的影响。如维克拉姆·赛特曾先后就读于德里大学、牛津大学、斯坦福大学和南京大学，翻译过李白、杜甫、白居易和王维等人的诗作，对东西方文化有深刻的认识和广泛的接受。

<h1 style="text-align:center">五</h1>

温特尼茨在其演讲中说："印度将来对世界文学的贡献要和它过去所贡献的一样多。"①这话是有根据的。印度文学现代化的过程，也是印度

---

① 温特尼茨：《印度文学与世界文学》，见金克木《印度文化论集》，中国社会科学出版社1983年版，第196页。

文学不断走向世界的过程。由于印度现代文学起步较早，成就卓著，因而其对外影响也非常明显，不可忽视。这种对外影响既包括印度文学在西方国家的反响，也包括印度文学对东方其他国家文学的影响。

现代印度文学走向世界开始于 20 世纪初。1912 年泰戈尔前往英国访问，在此前后他将自己的部分诗歌翻译成英文带到英国以诗会友，这些诗歌的深邃宁静的精神和神圣的情感征服了罗森斯坦、叶芝、爱兹拉·庞德、梅·辛克莱等英语诗人、作家和艺术家。梅·辛克莱在给泰戈尔的信中说，那种深深的感动"不仅是因为这些诗具有绝对的美——诗的完美，而且还因为它们把我只能偶然瞥见，往往在痛苦和令人捉摸不定的感觉下才能见到的神圣东西变成了现实"。爱兹拉·庞德后来评论说："这种深邃的宁静的精神压倒了一切。我们突然发现了自己的新希腊。"① 英文诗集《吉檀迦利》由诗人叶芝作序，于 1912 年 11 月由伦敦的印度学会出版。经英国诗人斯杰塔·穆尔推荐，1913 年名不见经传的印度作家罗宾德拉纳特·泰戈尔获得了诺贝尔文学奖。获奖之后，泰戈尔先后访问了欧、美、亚数十个国家，所到之处都掀起一阵泰戈尔热，包括泰戈尔作品的翻译介绍热和争先恐后地听泰戈尔演讲热。我国 20 世纪 20 年代也曾出现泰戈尔热，1924 年泰戈尔访问中国，当时的重要报刊或出泰戈尔专号，或大量发表他的作品和有关评论介绍，一时热火朝天。许多作家接受了泰戈尔的影响，其中比较重要而又明显的有郭沫若、谢冰心、郑振铎、徐志摩等。这些作家分别是创造社、文学研究会、新月派等中国现代重要文学社团的发起人或代表人物，通过他们，泰戈尔诗学对正在起步的中国现代诗学起了重要的启发和激发作用。

伊克巴尔是继泰戈尔之后又一个走向世界的印度现代诗人，虽然他的作品比较早地翻译介绍到英美和欧洲，但他的声誉和影响还是主要集

① 转引自克·克里巴拉尼，倪培耕译《泰戈尔传》，漓江出版社 1984 年版，第 266—267 页。

中在伊斯兰教国家。伊克巴尔用波斯语创作自己的重要作品，其意图也是希望在伊斯兰教世界发挥影响。他不仅作为巴基斯坦的国父受到巴基斯坦人民的敬仰，而且他的作品也在阿富汗、伊朗和阿拉伯各国大量出版或翻译介绍。①

普列姆昌德是较早走向世界的印度现代小说家。早在1928年，普列姆昌德的一些短篇小说就被译成英文、德文和日文在国外发表。他的小说在日本受到读者的热烈欢迎和评论家的交口称赞，其小说《解脱之路》的日文翻译发表在日本著名杂志《改造》上，日本著名作家佐藤春夫写了前言。与泰戈尔相比，日本读者更喜欢普列姆昌德，他的作品中似乎有某种特殊的为日本人所喜爱的东西。②我国1953年开始介绍普列姆昌德的作品，40多年来，他的长短篇小说和文艺论著大部分都译成了中文，成为继泰戈尔之后中国读者最喜爱的印度作家。当代作家浩然和刘绍棠都将普列姆昌德列为自己最喜爱的作家之一。浩然自述他"拜读过普列姆昌德列得短篇小说选和长篇《戈丹》，我激动不已，由此及彼地加深了对中国农村的理解"。③

著名印度英语小说家拉什迪于1981年发表了《午夜的孩子》之后，产生了广泛的世界影响，印度英语小说也开始在世界文坛崭露头角，令人刮目相看。20世纪80年代以来，大批印度英语小说家活跃在印度国内外文坛，他们作为印度人用英语写作，是接受外来影响的结果；同时，他们的作品在西方产生轰动，成为英语文学中不可忽视的力量，也是印度文学对外影响的表现，是印度文学走向世界的标志。

综上所述，由于印度文学现代化的外发性，其横向联系以接受外来

---

① 参阅王家瑛《国外的伊克巴尔研究》，见《东方文学专集》（一），中国社会科学出版社1979年版，第149—153页。

② 阿毛利特·拉耶著，王晓丹、薛克翘译：《普列姆昌德传》，北京师范学院出版社1989年版，第468页。

③ 浩然：《我常到那里遛遛弯儿》，见《外国文学评论》1989年第2期，第121页。

影响为主，以对外影响为辅。在特定的历史条件下，印度文学虽然也有对东方各民族文学的吸收，但更多的是对西方文学尤其是英国文学的借鉴。这一现象在东方文学现代化的过程中具有代表性。因此，对印度文学现代转型的横向考察，不仅有助于认识印度现代文学与世界文学的关系，而且有助于对东方文学的现代化问题的研究。

（原载《东方论坛》2001 年第 2 期）

全球化语境的反思和外国
文学研究的当下使命

张　弘

外国文学研究领域正在经受全球化带来的微妙冲击。各国双边或多边关系的缔结，并未像想象中的那样让世界文学的理想离我们越来越近，相反，本土化日益成为和全球化相对抗的另一极。在后者的视野中，外国文学被当做异己的"他者"，只能妨碍本民族文学与文化的纯洁度，似乎唯有清除出去才能确保民族文学的健康成长。全球化或本土化？两种不同的文化立场造成的抵牾，构成了当前外国文学研究者的困惑。同时问题也绝不简单地只是个非此即彼的选择。像歌德那样，宣称自己是"世界主义者"，或仿效俾斯麦，标榜自己是"民族主义者"，都解决不了文学研究乃至现实处境中的实际困境。复杂性正在于，每一种文化立场都不属于理性的产物。

我认为，外国文学研究要走出当前的困境，首先必须清理全球化语境中出现的一些观点与话语。这实际上即康德所说的"理性批判"，也是理论层面的探讨。诚然，学界更普遍的可能是一种"理论厌倦症"，厌烦了不着边际的舶来新主义与新名词的游戏。对此，德国学者比格尔曾一针见血地指出，那正是"以文学理论与阐释实践的分离为标志的科学危机的征兆"，他进而建议"最有益的做法是，将理论与仅仅是谈论区分开来"①。笔者同意他的观点，并相信只有理论观点的明确性与坚定性，才能确保在这个充满了种种悖论、诡异之辞及言语泡沫的现代世界中不至于迷失。本文也将集中讨论若干相关的理论问题，并由此出发进而寻求外国文学研究的更宽广前景。

一　"本土视角"与"中国中心观"

何谓"本土视角"？讨论这个问题不能不联系与此相关的另一提法，即"中国中心观"（China‑centered approach）。后者的出现至少要追溯到 20 世纪 70 年代末林毓生《中国意识的危机》② 一书，书中为论证五四时期激进的反传统主义的思想资源不是来自西方的现代意识，而是来自中国自己的思想传统，甚至中国走向现代化的道路都无须 19 世纪中叶西方的强力冲击，提出了这个观点。"中国中心观"一望而知是针对西方中心主义而言的，后者侧重于从西方的角度来解释中国现代化进程的启动和现代意识的兴起，把中国自鸦片战争以来的重要变动均归之于西方外来力量的影响，而"中国中心观"则转而从中国的视角来说明这一切，并尽可能采取中国内部固有的、而非西方外部输入的理论观点与价值标准，来评判中国近代至现代的历史事件或文化现象。

"中国中心观"非常适合本土化的情绪。那么它是否能站得住脚呢？只要看林毓生通过五四思想（主要是陈独秀、胡适和鲁迅的言论）与儒家著述的对比，论证前者的"总体式反传统主义"（totalistic antitradition-alism）的思维模式即"智性文化方法"（intellectualistic‑cultural ap-proach）实质来自中国传统思想，就可见其相当勉强，因为首先，它只

---

① 比格尔著，高建平译：《先锋派理论》，商务印书馆 2002 年版，第 55 页。

② Yu‑sheng Lin, *The Crisis of Chinese Consciousness: Radical Antitraditonalism in the May Fouth Era*, Madison: University of Wisconsin Press, 1979.

注意到思维模式而忽略了更重要的思维内涵，而五四思潮不同于传统思想的地方，恰恰在于还提出了许多新的文化观念，如"德先生"与"赛先生"等，它们是传统思想所匮乏的；其次，把中国传统的思想方法归结为"智性文化"也不够全面。事实上，传统思想中也有实践意味和强调物质文化的因素。如《管子》"牧民"篇、桓谭《盐铁论》、《史记》"货殖列传"等均有不少论述；明末清初之际，顾炎武、颜元等人还进一步倡导"实学"，要求士人从事兵工、漕运、桑麻、击技等研究；另外汉代王充的《论衡》也是部重要著作，清代乾嘉年间汪中等人的诸子研究，及阮元专门替有特殊技能的工匠立传的《畸人伟》，都表现出同一思想倾向。

　　尽管如此，"中国中心观"仍造成了强大的影响。在此之前，西方汉学界习惯以"冲击/回应"模式来解释中国现代化的发端，认为中国社会的现代转型是面对西方列强的各方面冲击而作出的一种反应；在此之后，则强调"现代"无非是"传统"的自然延伸，强调二者的互相渗透与不可分离，认为现代化对中国而言乃是它自身内在活力的必由途径。① 这一观点也极大地影响到国内大陆的学者，不少人都纷纷重复五四的"反传统"即来自"传统"的说法，听上去极像在说绕口令，给人以悖论的感觉。

　　当然，"中国中心观"反对欧洲中心主义是有积极意义的，关注中国现代化过程中的本土动因也很必要，毕竟所谓的"欧风西雨"的作用离不开华夏大地自身的环境条件。但其基本规划，还在于对"五四"肇始而"文化大革命"达到极端的反传统主义作一番拨乱反正，以便"存亡继绝"，重新接续上中国悠久的文明传统。我们发现，恰恰在这样做的

---

　　① 西方汉学界前一倾向的代表者有费正清、列文森、芮玛丽等人的著作，后一倾向有史华慈、张灏、萧公权、保罗·柯文等人的著作。详见保罗·柯文著，林同奇译《在中国发现历史——中国中心观在美国的兴起》，中华书局 1989 年版。

同时，"中国中心观"有意无意地忽略了一个基本的历史事实：中国的现代化起步于西方列强的强力推动。不管这对民族自尊心有多大伤害，历史就这样发生了。如没有鸦片和炮舰的侵入，没有一系列失败的对外战争和丧权辱国的议和条约，中国社会仍将在封建体制下延续下去，即使爆发农民起义，也会像已有过的无数次改朝换代一样，在清王朝崩溃后重建一个旧式的皇权政体。

"中国中心观"还认为"现代/传统"或"现代/古代"的对置是虚拟的二元模式，这说法也极成问题。这一对置恰恰在时间性的维度上，表明了现代的自我意识，正好是现代性的最重要表征。现代作为与古代截然不同的新时代，作为通向未来（在此意义上"现代"与"古代"的对置中隐含着"将来"的第三维）的前程远大的新纪元，在意向中构成。缺乏这样一个基本范畴，鸦片战争以后中国社会发生的一切就失去了意义。但"中国中心观"却抹杀了这一重要的观念。史华慈就断言："在人类经验里可能存在着一些极为重要的超越时空的领域，不可能容易地把它们确认为'传统的'或'现代的'"，"中国之'过去'和'现在'未必就作为互不渗透的整体彼此对抗"①。他似乎忘记了，"现代"根本就不属于超越时空的概念，相反它是典型的时间性的。而当西方率先实施现代化和进入现代的情况下，"现代/古代"或"现在/过去"的时间维度的对置又顺理成章地转化为"中国/西方"的空间维度的对置，现代化一定程度变成了西方化。即使新中国成立后"苏联的今天就是我们的明天"的宣传口号或"赶超英美"的"大跃进"，仍反映出现代理想或未来前景的空间化特点。"中西之争即古今之争"（冯友兰语）需要从这个角度来理解。

实际上，"中国中心观"并不像其声称的那样就"超越"了时空。

---

① 转引自保罗·柯文《在中国发现历史——中国中心观在美国的兴起》，第66、78 页。

以中国为中心的视角（它就体现于"中国"的命名中），是古已有之的，古代人从来就把我们周边的地区称为"四夷"，将"夷夏之辨"当做性命攸关的东西。但19世纪中叶以来西方列强的兵戎相见、经济征服、科技优势及价值标准、信仰理念和符号的输入，改变了中国人的宇宙图景与世界秩序观。这个历时久远的中心位置动摇和解体了，虽经"文化大革命"期间竭力营造"世界革命中心"也未奏效，而"中国中心观"不外是借助于方法论模式的又一继续努力。由此可见，"中国中心观"是有明确的时空规定的，空间上是要恢复中国的中心地位，时间上则意味着回到"过去"或"古代"。

"中国中心观"在当前中国学界势力颇盛。按照它的观点，外国文学及其研究不用说失去了任何价值，因为一切都是中国本土具备，一切都会在这块黄土地自然生长出来，在此情况下外国文学研究还有什么必要吗？回答只能是否定的，有关的译介与研讨至多只能用来满足好奇心，它对中国现代文明的建设不仅无益，而且极可能有害。不过事实当然不会如此。

由上述可见，"本土视角"不同于这一"中国中心观"，需要从根本上同后者划清界限。"本土视角"只能从哲学阐释学的意义上来理解，它意味着中国对国外一切东西的接受，从社会体制到意识形态、道德观念、生活方式等，也包括文学艺术与语言符号，都是从自己特定的立场和观点进行的选择与解读。这个过程不可能是原原本本、一成不变的转运和照搬，其中必然体现出接受者先行内在的"视阈"（horizon），由它决定着对受注视者的解析、改制或"再生产"。这一点在中外文学或文化关系的领域中，差不多都会涉及，可以说是普遍现象。有人曾下了一番工夫，专门论述严复译介《天演论》并非对社会进化论的忠实翻译，而是有所"创制"。其实这算不得重要发明，每个译者或翻译作品情况都如此，不过程度有差别而已。

所谓"本土视角"，就是指接受者"视阈"的本土性，换言之中国人要有立足于中国的眼光。这同样是不言而喻的，但区别在于是否自觉。不自觉的"本土视角"可以说人人皆有，但很可能变成情绪性的东西，落入狭隘的民族主义，把本土当成自足的地域而排斥所有外来的东西。自觉的"本土视角"则包含着一种理性的反思，清醒地意识到这一视角乃是此在的规定，所以它既有合理性，也不免有局限性。而且不仅如此，它还清楚地知道"本土视角"只是此在"视阈"的一个方面，不是所有方面。与此同时，它并不把"本土"当成孤立无援的封闭而固定的圈子，而是和"他者"并存，始终处在与"他者"密切互动中的场所；它也注意到，"本土"也在历时而变化，不单是个空间性的范畴，也包括时间性的因素。我们的外国文学研究需要的，应该是这样一种自觉的"本土视角"。

二 区分两种普适主义

谈到"本土视角"，与此相关的另一问题是普适主义（universalism）。随着全球化语境下文化冲突论的提出和民族主义的高涨，也随着后现代主义和新历史主义的流行，相信宇宙万物必有共同性或同一东西的普适主义正在受到置疑和遭到抛弃。一定程度上，本土性就是针对普适主义而提出的对立面，它和"世界大同"的理想不一样，转而强调民族、国家的个别性或个体性。这个问题也是我们必须面对的。试想假如外国文学和中国文学或外国文化与中国文化不再有普适性而只剩下差异性，变得只有隔阂而无沟通，外国文学的研究纵然有必要，又如何有可能？

在这方面，克莱斯·瑞恩提出要区别不同类型的普适主义，对我们是有益的启示。[①] 他反对西方那种意识形态性质的普适主义，它把

---

① 参见克莱斯·瑞恩著，张沛译《新雅各宾主义与后现代主义》，载《跨文化对话》2001 年第 5 辑。

西方人的思想观念和社会体制（如资本主义、人权、民主、议会制度、金融市场等）当成人类普遍追求的、放之四海而皆准的东西，并强行在世界各国推广。在政治上，意识形态的普适主义往往成为西方殖民主义的理论帮凶，成为把自己的信仰和价值标准强加于人的理论依据。它的最新代表是福山的"历史终结论"，福山认为，苏联和东欧的解体标志着西方民主与自由资本主义的世界普适模式的最终完成，历史由此而不再向前迈进。这种意识形态的普适主义，我们同样也是反对的。

与此同时，克莱斯·瑞恩相信，文学艺术具有另一性质的普适性，这是一种"普遍性与特殊性的综合"（synthesis of universality and particularity）。他举了一些例证，说明文学艺术的审美过程就是这样的综合作用，并证明同一性（unity）与多样性（diversity）并行而不悖。显然他在反对意识形态普适主义的同时又赞同文学艺术的普适主义，这肯定了不同国家的文学艺术的可沟通性，肯定了各国的文学有交流和对话的可能，对于打破文学艺术上的"闭关锁国"是有积极意义的。

不过，克莱斯·瑞恩区别不同的普适主义的观点虽颇有见地，但有关论述还局限于经验的范围，仍停留在"共性个性相统一"的辩证思维水平。某种程度上，这种辩证思维在思辨的层面取消了真正的问题。试问，既然共性中有个性，个性中也有共性，二者又有什么区别？最终仍然取消了个性的存在。

事实上，文学艺术的普适主义（乃至整个普适主义），应该而且可以在新的理论基础上得到阐释，那就是由"主体间性"或"交互主体性"（intersubjectivity）而来的"间性"理论。

经由胡塞尔、海德格尔、哈贝马斯哈等人探讨和深化的"主体间性"范畴，在继续承认自我与个别的独特性的同时，指出了多个自我之间通过交互形式而达成的共体性。单个主体的个别或特殊特征仍是毋庸置疑的起始点，但又从自己的事物经验中构造出他人（"他者"）

的陌生感知，并从众多主体的"自我/他者"式的交互同感即移情作用（Einfühlung）中获取一个共体化的关于世界的感知。就这样，主体不再是与世隔绝的单独个体，相反每一个主体既同作为"他者"的其他主体紧密相联，也同众多"他者"构造的世界紧密联系着。就像海德格尔的此在，它同思辨性的"我思"截然不同，既非"无世界的单纯主体"，也不是"无他人的绝缘的自我"，相反活生生地处在时间的维度并生存在世界中，所以"此在本质上是共在"。此在就"在世界之中"，必定要和他人的共同存在照面，"在此在的存在之领会中已经有对他人的领会"。这在此在的生存方式中已经规定好了，"自己的此在的'主体性质'与他人的'主体性质'都是从生存论上得到规定的"。于是作为总体的世界不再是众多乃至无数的此在或存在者的堆积，或为此堆积提供的场所，而是众多乃至无数的此在或存在者和各自建构的世界的复杂的网状交织。① 对这一点，哈贝马斯更从社会交往行为上做了阐发。

以这一"间性"理论为前提，普适性得到了新的界说，获取了新的意义。普适或同一的状况，不再取决于亚里士多德所说的"逻辑同一律"，即由逻辑上（比方说通过三段式，这同样属于思辨层面）证明的两个以上的事物之间的相同或相似。相反，普适或同一的状况，体现为差异者之间的可交互能力。于是，得到充分承认的首先是每一个体的特异性，但每一特异个体又置身在群体性或共体性的网状结构中，通过交互形式而和他者认同，获得认同的即具有了同一性。因认同的层面、角度、水准有差别，同一性的程度也不完全一致。这里没有一个绝对的"一"，只有各个等级与梯次的类似或类同，所以"泯灭个体"的顾虑已属多余。而这，与其说是同一性，毋宁说是"类同性"（affinity）。换言

---

① 详见海德格尔著，陈嘉映、王庆节译《存在与时间》，三联书店1999年版，第135、140、143、146页。

之，同一永远是有条件的，无条件的只是差异性、多样性。不过一旦条件充足，差异和多样化的东西就表现出相对的共性，每一物的个别性也会转化成对他者普适的因素。

文学艺术的普适主义应当建立在这样一个"间性"理论的基础上。文学艺术本身是最富有独创性的，愈是优秀的文学艺术愈是如此。本来要证明两部成功作品的同一就不仅不可能，而且毫无意义。但这并不等于二者之间就没有可沟通和可认同的成分。同样道理，不同国家、民族、语言、文化背景下产生的文学艺术虽各有特色，但仍具有普适性。明确这一点，就在理论上为研究外国文学提供了广阔的可能性。我们承认，每一部成功的外国文学作品都是不可替代的"这一个"，但恰恰通过进入中国视野的交往形式，实现了和中国文学与中国文化及艺术审美之间不同程度的普适性。

三 审美现代性与外国文学研究的现实性

说到底，所有围绕着全球化与本土化的对立，及以更简单的形式出现的"中国/西方"的二元对立，都是一种现代性的焦虑。所谓"现代性"，指的是现代化进程或现代社会发展中显现的众多特性与问题，和为确保有关特性、解决有关问题而筹划的各种方案与原则，及围绕这些方案与原则展开的反思、批判与争议。不管研究者把"现代性"这个词的出现追溯到哪个世纪，它作为问题的出现却是后现代的事，这标明了其后瞻性，它乃是人们对现代或现代化的问题的反思与总结。由此，现代性包括了正负两方面的东西，既有现代文明成长发展的特征，也有现代文明暴露出来的缺陷。这是这个范畴的复杂性所在。①

————————

① 国内学界流行着一种见解，单纯把"现代性"规定为正面的东西，这样的理解并不完整，以致我们会看到"反现代性的现代性"这样古怪的说法，其实所指的就是现代性中负面的东西。

在此语境下，我们应当更充分更深刻地认识到文学艺术的重要性。这绝不因为我们的专业关系，而由于文学艺术及其审美功能在现代文明和现代社会建立和发展中占据了相当独特而重要的位置。文学艺术一方面获得了前所未有的独立地位，甚至受到极大推崇，为自己争得了重要的公共空间，取得了和社会并生共存的位置；另一方面又敏锐地感受到现代社会的异化和"图像化"① 的问题，根据自己的理想提出了抗议，发挥了救赎或至少是诊断的作用，并察觉到现代社会体制化及文化艺术产业化对自己独立身份的威胁，既竭力维护自身的生存，又设法适应变动不居的环境。在这过程里，文学艺术追求自主与自律始终是它主要动力，又始终挣扎在新的社会因素的束缚中。从文艺复兴开始，艺术家对庇护人的个人依附关系遭到削弱并最终被切断，但取而代之的是对市场经济及其利润最大化法则的结构性的、非个人性的依赖。不久艺术又以"高雅"趣味相标榜，作为世俗经济的对立面而出现，至少在意识上采取了与市场和大众分离的姿态。不过无论古典主义或启蒙时期，文学艺术都同意识形态保持着一致，把理性当做自己最高的理念，以此同社会建立起新的纽带。到18世纪末19世纪初的浪漫主义，更有意识地强调文学艺术的自主性，并凌驾于正在形成的现代理性社会之上从事批判性的思考。与此同时，经过康德、席勒到谢林的哲学思考，艺术在思想、人格、灵魂中的至高无上地位也在理论上得到确立，它通过抽象化完全从现代社会抽身出来，充当谢林所说的"唯一和大全"（Ein und Alles），这等于是以艺术为形态的新的"上帝"。但艺术被赋予的崇高神圣使命和它在日益强大的市场经济中的发展境况完全不相称，于是19世纪末的

---

① "图像化"是海德格尔的提法，指用概括性的图像化表象代替世界的丰富性和无限性。他在《世界图像的时代》（1938）一文中指出了现代性的几个根本性质的图像，除了科学、机械技术、"文化政治"与"弃神"外，艺术进入美学的视界和被视为人类生命的表达也是其中之一。见孙周兴译《林中路》，上海译文出版社1997年版，第72及以下各页。

审美主义（即唯美主义）转而企求与现代社会的生活方式达成和谐。这个企图，在适应现代生活、促进文学艺术的世俗化与产业化方面获得了成功，但在坚持艺术独立不羁的品格方面遭到了挫折。20世纪的现代主义先锋派就在后一方面进行了突围，无论形式与内容均力求疏离大众社会，目的是重新替文学艺术找回自主的身份。

西方的文学艺术就这样承载了现代性，它自身构成了"审美现代性"，艺术的自律性及其在现代社会的困境即是其最主要特征。而它的历史形态，在西方文学的发展过程里得到了具体而生动的展示。别的不提，单说艺术家与艺术的主题，从歌德《威廉·迈斯特的学习年代》到巴尔扎克的《幻灭》，从狄德罗《拉摩的侄儿》到卡夫卡的《饥饿艺术家》，从乔伊斯《艺术家青年时代的肖像》到黑塞的《纳尔齐斯与歌尔德蒙》，从多斯·帕索斯的《三个士兵》到托马斯·曼的《死在威尼斯》及《浮士德博士》……真可谓层出不穷，不胜枚举。

应当指出，正由于这一点，外国文学研究在现代性问题的研讨与解决上，是占据着一个特殊的优势地位的。任何对西方现代性的研究，都离不开对表现在外国文学领域的审美现代性的研究，否则就是残缺不全的。以卡林内斯库的《现代性的五副面孔》为例，"现代主义"、"先锋派"、"颓废"、"媚俗艺术"、"后现代主义"，哪一方面能脱离文学艺术的探讨？正如该书"导论"所说的，在过去的大约150年里，"现代性"及大量相关概念，一直被用在艺术或文学语境中。因此外国文学中的现代性问题，并不单纯是理论的建构，也是实证的存在。

对同样遭遇了现代性、现代性实际也是"本土视角"焦点的中国来说，通过外国文学的译介与研究，至少能获得三方面的收益。第一，提供了一个具有丰富内涵的窗口，用以了解西方现代性问题的广博内容，以便有所参照，更好地把握本土的现代性。由于这一参照不是纯思辨性的结论和原则，而是形象和想象的产物，所以更有张力也更具反思性。第二，熟悉审美现代性在西方的发展进程，懂得文学艺术独特的命运，懂得它的长处、弱点和经历的曲折道路，坦然面对文学在资本社会中的"无功能"，加深对文学艺术"不用之用"的伟大价值的理解，并增强对其发展远景的信心。第三，在上述前提下，帮助、促进和推动国内本土围绕着现代性而开展的文学创作、文学批评与文学研究，包括外国文学研究本身。

从这里，不难发现外国文学研究的现实指向。当它用一种超越的眼光，考察西方文学的形态与特征时，实际也在通过另一潜在的审视，关注本土的文学、文化与文明的发展前程。其深层是中外两种文学艺术与文明的比较与观照，是双方的优劣互补和共存并进。这应该就是外国文学研究的当下使命，也是它的现实性所在。当形而上学的维度在现代思想的质疑下消解以后，文学的理想已从彼岸世界回到了现实世界，但这并不等于文学的艺术审美就跌落为日常生活中的娱乐、消遣甚或点缀，以致相应的文学研究也降格为可有可无的东西。那种相当普遍的怀疑或焦虑："文学是否还有用？文学研究是否还有用？"虽事出有因，但并无真正根据。一旦文学艺术与文学研究聚焦于全球化带来的以现代性出现的种种实际问题时，它的力量将重新得到体现。

显然，广大的外国文学工作者，应当在更自觉更充分地把握审美现代性的前提下，进一步搞好外国文学作品的翻译、介绍、评论与研究。对当前国外文学界与国内外研究界和翻译界出现的各种动向，要采取分析的态度，在抵制庸俗作风的蔓延的同时，锲而不舍地追求文学艺术的独立地位、审美品格与批判精神。对那些为追求商业利润而迎合低级趣味或有意炒作新闻热点的做法，不应该盲目追随，一律照搬。在这里，需要有一种守护和坚持的精神。惟其如此，才不至于有负外国文学研究的当下使命。当然，在强调外国文学研究应积极应对全球化和现代性问题的同时，丝毫也不排斥或贬低它在学理上的严格要求，因为只有这样，才足以保证有关的结论和研究成果是站得住脚和具有说服力的。

四 结语

现在我们已不难达成共识：全球化并非简单的一元化，即由某个强国吞并若干弱小国家，最终建立起一个单极化的国际统一体。这在理论上是错误的，实际上也根本行不通。相反全球化表现为世界范围内各种具有个性特征的不同文化的整合，这一文化整合以现代化为主导，一定程度上并不以人们的意志为转移，原因在于现代文明具有以往文明不具备的优势。当然，现代文明本身也同所有事物一样，有自己的不足与弊端，而这些不足与弊端，恰好在它和其他文明的遭遇中才能清楚地暴露出来，并通过吸收其他文明的长处才得以弥补和改善。说到底，文化冲突就是这一世界性整合过程里，不同文明经过较量和互补而达到的优化。优者自胜，劣者自汰，但这不仅仅就每个文明或文化而言，也适用于每一文明或文化的内部构成。总体上看，优劣远不是绝对的，互补才是生存之道，世界各国发展的实际情况也证明了这一点。

在这个历史进程里，外国文学研究作为跨越语言与文化界限的领地，具有不可比拟的优势。现在的关键是要扎扎实实做好研究工作，通过实际成果作出我们的贡献。蔡元培先生早就精辟地指出过真正的科学研究对中西文化交融的重要意义，他的《北京大学月刊发刊词》写道："研究也者，非徒输入欧化，而必于欧化之中为更进之发明；非徒保存国粹，而以科学方法揭国粹之真相。"后来20世纪30年代因十教授《中国本位文化建设宣言》的发表而引发中西文化孰优孰劣的争辩时，他又强调，必须经过"比较研究"而决定"何者应取，何者应舍"，否则"凭空辩论，势必如张之洞'中体西用'的标语，梁漱溟'东西文化'的悬谈，赞成或反对，都是一套空话"①。在从理论上澄清了有关的观念后，接下

---

① 《申报》1935 年 1 月 19 日。

来就应当全身心地投入具体课题的探究。这既是我们的期许，也是我们的信念。

（原载《外国文学评论》2005 年第 1 期）

外国文学学科的困境与出路

曾艳兵

进入 21 世纪以来，外国文学作为一个学科又一次次面对以下诘问和质疑：什么是外国文学？我们以什么标准研究和评价外国文学？我们为谁研究外国文学？我们必须重新思考和回答这些问题。所谓外国文学，就是指中国文学之外的世界各国文学，而"世界各国文学"是否包括翻译成中文的世界文学？我们既然是研究外国文学，那么，外国人的标准是否就是我们的最高的、最科学的标准？我们的研究成果究竟应该得到谁的承认或者认同？这些问题的提出当然与我们当下的文化语境不无联系。后现代主义消解了那些我们曾经十分熟悉的理念、学科的价值、意义，以及学科与学科之间的界限。后殖民主义理论使我们在研究外国文学时更多地关注和思考我们自己的身份和地位，全球化理论使我们注意到我们的民族文化的传统和价值，文化多元主义则使我们以更加开放的心态接纳异域文化，以改造或重建我们自己的文化。

外国文学与翻译文学

笔者在高校从事外国文学教学和研究工作已二十多年了，但是，有一天突然有人说，你所从事的并不是外国文学的教学和研究，你所教的和研究的其实都是翻译文学，因为你所讲授和研究的外国文学大多是翻译成中文的外国文学作品，而学生阅读的更几乎全部是翻译过来的外国文学。此话有理。的确，我们通常很少通过原文去阅读外国文学作品，尤其是我们不能通过原文去阅读所有那些我们必须阅读的外国文学作品，我们常常只能通过某一种或两种语言去阅读极少数的外国文学作品，几乎没有人能够同时通过各种语言阅读各种外国文学作品，譬如通过希腊语去阅读希腊神话，通过意大利语去阅读但丁，通过英语去阅读莎士比亚，通过德语去阅读歌德，通过俄语去阅读托尔斯泰，通过西班牙语去阅读塞万提斯，通过拉丁文去阅读古罗马的作品，通过梵文阅读古印度作品……但是，我们却可以通过中国众多的翻译家阅读所有这些外国文学的经典作家作品。

如果不是用原著的语言阅读和讲授的，就不能算是外国文学的话，那么，谁能教授和研究外国文学呢？这一任务恐怕谁也无法胜任。因为谁也不能精通那么多的外国语言，谁也不能阅读那么多的外文原著，即便这一切已经成为可能，那么，也没有人能够通过原文明白你所讲授和研究的究竟是什么，你也不可能要求所有的学生在学习外国文学之前先掌握各种相应的外国语言。况且，这样一来，不仅外国文学是不可能的，其他的诸如外国历史、外国文化、外国经济、外国政治、外国宗教等，也似乎都成为不可能的了，因为所有这些内容都离不开语言。

回顾一下我国高校的外国文学教学和研究的历史，无疑会帮助我们进一步理清思路。1949 年以前，我国高校的中文系学生（当时称国文系）是不学外国文学的，他们只学"国学"。外文系学生则只学国外的各种民族语言与之相应的国别文学。很少有学校开设过外国文学性质的课程。1952 年，我国对原有的高等院校进行了一次大规模的院系调整。"随之，教育部制订了师范院校中文系的教学方案。这个新的方案把外国文学规定为师范院校中文系的必修课。"① 从此以后，外国文学作为一门正式的课程进入了中文系的课堂。半个多世纪以来，我国的外国文学教学和研究有了突出的发展和进步。1998 年教育部在中文系专门设立了二级学科"比较文学与世界文学"专业，由世界文学代替了昔日的外国文学。

既然外国文学并不等于不同国别文学的简单相加，它是一种整体性的、综合性的文学研究；既然外国文学的教学和研究对象主要是中文系的学生，而不是外文系的学生；既然在中国有着极为广泛的外国文学作品的读者，而中国文学的发展又极大地受到过外国文学的影响和启发，因此，我们的外国文学的教学和研究就有了存在的理由和无限发展的前景。我们首先必须承认，文学翻译是可能的；其次，我们还必须认识到，翻译文学并不等同于外国文学。

"巴别塔的神话说明一个无可置疑的事实：我们这个星球上的人们并不操同一种语言。因此翻译活动很有必要，它使得被认识世界的不同结构分开来的个人可以进行交流。"② 文学翻译不仅是必需的，而且也是可能的，这已是不争的历史事实。在西方，早在 3 世纪古罗马人就把一大批希腊文学翻译成了拉丁文。在中国，早在远古时代就有了传译之事。《礼记·王制》篇里记载："中国，夷、蛮、戎、狄……五方之民，语言不通，嗜欲不同。达其志，通其欲，东方曰寄、南方曰象、西方曰鞮、北方曰译。"中国文字记载中最早的翻译始于佛经的翻译，最迟当不晚于东汉桓帝建和二年（公元 148 年），译者是安世高。这里的佛经翻译便包括佛教文学的翻译。

外国文学并不等同于翻译的外国文学，这使我们必须将外国文学教

---

① 陈惇：《跨越与会通——比较文学外国文学论文选》，江西教育出版社 2002 年版，第 112 页。

② ［法］伊夫·谢弗勒著，王炳东译：《比较文学》，商务印书馆 2007 年版，第 17 页。

学与比较文学的教学结合起来。意大利著名学者梅雷加利认为："翻译无疑是不同语种间的文学交流中最重要、最富有特征的媒介，我们仅仅对它的一个侧面说几句话。翻译不仅是不同语种文学交流中头等重要的现象，并且也是一般人类生活和历史中头等重要的现象。虽然翻译的最终结果大概是属于语言，而后又属于终点文学范畴的，所以翻译行为的本质是语际性。它是自然语言所形成的各个人类岛屿之间的桥梁，是自然语言非常特殊的研究对象，并且还应是比较文学的优先研究对象。"① 正是因为比较文学，我们真正注意和认识到了文学翻译的价值与意义。与一般翻译研究不同，比较文学的翻译研究绝不仅仅只是一种语言研究，它实质上属于比较文学中的影响研究。这种研究不局限在某些语言现象的理解与表达，也不参与评论其优劣，而是把翻译中涉及的语言现象置入民族、文化和社会这一更为广阔的背景之下来加以考察和研究。

因此，我们在外国文学的教学过程中一方面要把外国文学当做翻译文学来讲授，注意到翻译文学的特点、价值及其局限；另一方面，又应当经常性的将译本与原著进行对照，去考察其中有无增删、更改或杜撰？两种文本之间有何变异？其间出现了什么样的错讹？其原因和效果又是怎样？这样我们才能真正认识到文学翻译的可能性、必要性、丰富性和局限性。

在西方，翻译通常被看成是一种"创造性叛逆"。所谓"叛逆"，是指翻译使作品进入了作者设想以外的语言参照体系，所谓"创造性的"则是指翻译使作品产生了与更广泛的读者进行新的文学交流的可能，使原作置于新的现实之中，并因此而获得了第二次生命。一方面，作品从一种语言进入另一种语言，必然会产生某些不同于原作的因素；另一方面，原作中的某些因素也是无法全部转换成另一种语言的，因此，在翻译中往往要失去一些因素。所以，任何翻译都不可能百分之百地忠实于

---

① 谢天振：《比较文学与翻译研究》，台湾业强出版社 1994 年版，第 160 页。

原作，成为它的复制品。同时，任何翻译都会不可避免地加上了译者的理解、风格等个人色彩，从这个意义上说，翻译便是一种再创造的艺术。也正是从这个意义上说，翻译文学已不再简单地属于外国文学，它也应当属于本国文学的一部分。譬如，以"五四"时期为例，"翻译文学不仅仅是新文学产生与发展的背景，而且从对象的选择到翻译的完成及成果的发表，从巨大的文学市场占有量到对创作、批评与接受的广泛而深刻的影响，都作为走在前台的角色，直接参与了现代文学历史的构建和民族审美心理风尚的发展，翻译文学是中国现代文学的的有机组成部分"①。

外国文学不等于翻译文学，这是因为即便较为忠实的译作也会产生与原作不同的作用和意义。譬如，美国著名哲学家弗洛姆在《被遗忘的语言》里从卡夫卡的《诉讼》的权威英译本中引了开头的一句话："Someone must have been telling lies about Joseph K, for without having done anything wrong he was arrested one fine morning."（一定有人诬告了约瑟夫·K，他没有干什么坏事，在一个晴朗的早晨却突然被捕了。）然后弗洛姆从语言的角度分析说，"to be arrested"有两种意思，一是被警察拘捕；二是一个人的成长发展受到阻碍。小说从表面看，用的是这个字的第一义，但在象征意义上，也可以从它的第二义去理解：K意识到自己被捕了，同时，自己的成长也受到了阻碍。英国牛津大学的伯拉威尔教授认为，弗洛姆的理解完全是从英文的arrest出发的，事实上，卡夫卡使用的原字是verhaftet，这个字在德语中只有arrest的第一义，而没有它的第二义。② 从这里我们可以看出，由于两种不同的语言及其文化的差异，任何翻译都会在某些地方并在某种程度上起到原作没有的作用和意义。

---

① 秦弓：《论翻译文学在现代文学史上的地位》，《文学评论》2007年第2期。
② 参见陈惇、刘象愚《比较文学概论》，北京师范大学出版社2000年版，第216—217页。

综上所述，我认为，真正的外国文学教学，仅仅讲授翻译文学是不够的。我们不仅应该指出翻译文学的"创造性"及其"叛逆"之处，以体验译者的甘苦和作用，还应尽可能地与原作进行比照，以辨析和欣赏不同语言文学的独特韵味和魅力。当然，正如"我们不能通过原文去阅读所有那些我们必须阅读的外国文学作品"一样，我们也不可能将所有的翻译文学与原文进行比照、辨析和研究，但我们至少可以通过两种或多种译本（包括不同语言的译本，譬如英译本）进行比照分析，以便最大可能地接近我们的目标和理想。

外国文学与后殖民文学

后殖民主义理论是 20 世纪 90 年代以来从国外学术界译介过来的一种后现代主义理论，它对众多相关学科产生了重大而深远的影响。后殖民主义通常是指在欧美文化与其他文化的关系问题上，对欧美帝国主义文化霸权及其引发的第三世界文化问题的一系列理论研究。后殖民主义是一个在所谓殖民地、殖民主义问题解决后又产生的新问题；而"新"并不是出现了新问题，而是对旧问题有了新认识。后殖民主义文化批评其实是西方文化传统内部的一种自我扬弃和整合，是对西方文明的主流话语进行改写。所谓"后殖民"不是指获得独立后的殖民地国家的知识分子对前宗主国文化所进行的批判，而是宗主国（metropolitan）培养出来的一部分来自前殖民地国家知识分子在他们自己置身其中的学术营垒中的反戈一击。他们以一种受到压制和排斥的"他者"（Other）文化为参照，对主流文化进行质疑和批判。

所谓"他者"，就是"指主导性主体以外的一个不熟悉的对立面或否定因素，因为它的存在，主体的权威才得以界定。西方之所以自视优越，正是因为它把殖民地人民看作是没有力量、没有自我意识、没有思考和统治的能力的结果"。"对欧洲的中心地位、技术成就以及发展模式的笃信，把对于异域的好奇心和兴趣中性化，这些都是很难改变的。西方的准则就是人类通行的常规，世界就该是这种样子。因此 T. S. 艾略特在《荒原》（1922）中，把支离破碎的社会图景和多国语言的呓语不是安排在恒河平原，而是安排在伦敦，不是没有道理的。一般说来，欧洲在引用外国文化时所表达的是对自己的关怀。殖民地的文化只是宗主国在自我质询时使用的催化剂。"①

　　从这个意义上说，中国的外国文学研究甚至连后殖民文学都算不上，只能算是殖民文学；连"他者"也算不上，只能算是"他者"的复制品。"外国文学研究在我们的文学乃至文化领域内所扮演的角色，正是一种'殖民文学'或'殖民文化'的角色。我们所从事的事业，从本质上看与那些外国传教士们所从事的事业没有什么不同，我们甚至比他们做得更好，因为我们是如此深谙中国的文化和民众心理，我们能如此熟练地操作我们的语言。可以毫不夸张地说，在中国文化的纵深地带，随处都可以见到我们推广外国文学和文化的文字。我们简直是完美的外国文化的传播者，是杰出的'殖民文学'的推荐者。"②

　　外国文学教学和研究如何才能避免演变或沦落为殖民文学呢？我想，我们必须坚守自己的立场，运用自己的方法，创造自己的话语，最后才能发出自己的声音。尽管外国文学通常是指我国民族文学以外的全部世界文学，它包括欧美文学与亚非文学两部分。然而，我们在讲授外国文学时能够离开我们的民族文学吗？我们不正是在我们民族文学的基础上理解和认识外国文学吗？如果不与我们的民族文学相对照，我们怎么能够辨别和把握外国文学特征及其价值呢？杨义先生说："因为我们对自己的文化，无论在知识储备上，还是由血肉到精髓的体验上，都具有不可

---

① ［英］艾勒克·博埃默著，盛宁、韩敏中译：《殖民与后殖民文学》，辽宁教育出版社／牛津大学出版社 1998 年版，第 22、164 页。

② 易丹：《超越殖民文学的文化困境》，《外国文学评论》1994 年第 2 期，第 112 页。

261

外国文学学科的困境与出路

否认的优势，也最能说到位，最有发言权。想在世界文化对话上发出自己的声音，不可脱离这种优势；要看出西方理论的所谓世界性是'有缺陷的世界性'，也不可不依凭这种优势……回到自己的文化立足点，是为了认识'我们是谁'，但是'我们是谁'的认识，必须在与文化他者的异同比较中才能看得清楚，甚至必须借用文化他者的眼光才能激发我们的对话的欲望，启发创造性学理的潜能。"①

因此，笔者认为，任何世界文学的研究和教学都必然是"比较"的，因为任何的研究者和教学者都必定是站在自己的位置上，用自己的眼光，凭自己的好恶，根据自己的知识和文化积累去研究和教学外国文学。对于一个研究外国文学的中国人来说，他不可能忽视或否认他自身的现实环境，他与"外国"的遭遇首先是以一个中国人的身份进行的，然后他才是一个具体的个人。作为一个中国学者，无论你借鉴和运用了多少西方的思想和方法，你的研究必然首先是中国的。对于外国文学，你永远是一个"他者"，正如对于中国文学，外国学者也永远只是"他者"一样。对于自我的认识不能仅仅通过自我来完成，必须借助于一个参照，一个不同于自我的"他者"形象来完成。只有在与"他者"的比较中，"我"才能知道自己是"谁"；只有通过"他者"的眼光，"我"才能确认自己的独特价值和意义。"他者"的声音正因为不同于"我们的"才更有价值和意义。因此，我们不必羞于我们的声音不同于外国人的声音，我们只有勇于发出自己的声音才能证明自己的存在。外国文学只有在与中国文学的比较中才能呈现它的价值和意义，反之亦然。美国著名学者赛义德说，"我所做的就是要显示，任何一种文化的发展和维持，有赖于另一种不同的、相竞争的异己的存在"②。从这个

---

① 杨义：《经典的发明与血脉的会通》，《文艺争鸣》2007 年第 1 期。

② 盛宁：《文化困惑与反思——西方后现代主义思潮批判》，三联书店 1997 年版，第 180 页。

意义上说，我们无须去有意地倡导什么"中国学派"，只要我们去研究，就是中国的；只要我们作出了令世人瞩目的成就，我们也就创立了"中国学派"。

在当今跨文化的语境下，民族和国家的交流如此频繁，以至于我们再也无法单一或纯粹地谈论外国文学或者中国文学了。"20世纪是个信息越来越密集的时代，人们可以通过许多渠道来了解外来影响，特别是当许多'外来影响'因素完全融入了本国的日常生活，你根本就无法去辨认它的渠道。"[①] 今天，无论是外国文学，还是中国文学都越来越多包含世界性特征或走向"世界性"。因此，我们的外国文学教学和研究也应当顺应时代和历史发展的潮流，在世界性整体文学的背景和眼光下来理解和认识外国文学。

法国当代理论家皮尔·布狄厄在他的《文化生产场》一书中提出了"文化折射"理论。他认为，社会现象在文学中的反映不可能直接发生，而必须通过文学场的折射。[②] 文学以它的历史、特点以及墨守成规等构成了一个文学生产场，场外的社会现象只有通过折射才能在场内得到反映，而在这一反映过程中场外的现象又必定因为文学场的作用而转换变形，因此，被反映的和反映出来的社会现象最终不可能是全然一样的。从这一意义上说，中国人只能以一个中国人的灵魂来研究外国文学，他的研究必然不同于外国人对外国文学的研究，相反，当外国文化进入中国文化场时，它也不可能是原封不动地照搬外国文化，而必然受到中国文化场的选择、过滤、改造和变形。

---

① 陈思和：《20世纪中外文学关系研究中的"世界性因素"的几点思考》，《中国比较文学》2001年第1期，第19页。

② 曾艳兵：《东方后现代·乐黛云序》，广西师范大学出版社2002年版，第1页。

外国文学与全球化文学

全球化是 20 世纪末出现的一种社会现象。它既指一个过程，也指一个模糊的完成状态。"'全球化'从来就不意味着平等（事实恰恰与之相反，随着时间的推移，贫富之间的差距还会扩大，也正是在这一点上全球化的进程同殖民主义的进程相互纠结在一起）。"① 随着第二次世界大战后冷战的结束，国家之间不同集团的敌对关系渐渐转变为各种不同的商业关系和金融关系；随着社会和科技的发展，世界各国之间的交流日益增多，互相融合、互相依存，正在走向一体化或所谓的"地球村"。现代的交通运输方式改变了人们的生产方式、生活方式和思想方式。经济全球化正使得民族和国家的边界日益消失。现代传媒和互联网络改变了人类日常生活的结构组织和认知方式。每一个人都可以同时了解到世界上正在发生或进行的事情，每一个人都可以同世界任何其他地方的他人进行交流。世界上的一切都可以出现在我的电脑屏幕上，近在眼前。当然，全球化的实质，依然是推行全球资本主义。它涉及政治、经济、文化等诸多方面，影响到社会的结构、意识形态和人们的日常生活，关系到社会发展和人类进步以及每个人的利益。全球化的出现源于生产力和生产关系的发展和变化，它从根本上改变着社会结构和人们的生活，因此它是资本主义发展中的一个新阶段。全球化的本质是新的帝国主义的扩张。

全球化的趋势不可避免，全球化的进程使每一个国家都进入了它的轨道。全球化以前只是作为交流的概念，但现在已被作为全球资本主义的逻辑和策略，在它的影响下民族国家的生产和市场已被纳入单一的范畴。哈贝马斯认为，在全球化时代民族国家主权将会终结。现代社会的

---

① ［日］三好将夫：《"全球化"，文化和大学》，见杰姆逊等编，马丁译《全球化的文化》，南京大学出版社 2002 年版，第 196 页。

各种规约，比如国际组织协会等，使得民族国家的主权行为必须先行遵守这些条规和约定。一些跨国公司在全世界许多国家有它的机构，为全世界的投资者所有，在劳动力最便宜的国家生产产品，并在全球范围内销售。而这些公司并不忠诚于一个单一的国家或政府。全球资本主义的欲望对传统的人类交往和再现形式的构成了挑战和破坏，跨国资本主义以其占统治地位的意识形态和科学技术正在全世界消除差异，把一致性和标准化强加给人们的意识、情感、想象、动机、欲望和兴趣。"体现新时代特色的政治学不是民族主义而是全球主义，其信奉的价值观是：以全球性为参照系，在全世界范围形成看法并认定意见相同者们。全球性的运动并不一定都是全球主义的运动，但来自全球性的压力趋向于推动它们朝全球主义方向走。"①

在这种全球化文化背景下，我们的外国文学教学和研究是否会成为文化帝国主义的一部分呢？当欧洲人将他们的宗教、科学、文化推向全世界的各个角落时，他们是否也同时在以他们的科技、观念、社会制度和行为准则来"化全球"呢？全球化是否就意味着文化的多元化将被文化的同质化和同步化所取代？我们的本土文学、民族文学在全球化大潮的冲击下是否会衰微、弱化，甚至灭绝呢？而我们的外国文学教学和研究是否在为此推波助澜、摇旗呐喊呢？在全球化时代，外国文学何为？

早在 1827 年歌德就提出了"世界文学"的概念：

> 我愈来愈深信，诗是人类的共同财产。诗随时随地由成百上千的人创作出来。这个诗人比那个诗人写得好一点，在水面上浮游得久一点，不过如此罢了……不过说句实在话，我们德国人如果不跳开周围环境的小圈子朝外面看一看，我们就会陷入上面说的那种学

① ［英］马丁·阿尔布劳著，高湘泽、冯玲译：《全球时代》，商务印书馆2001年版，第221—222页。

究气的昏头昏脑。所以我喜欢环视四周的外国民族情况。我也劝每个人都这么办。民族文学在现代算不了很大的一回事，世界文学的时代已快来临了，现在每个人都应该出力促使它早日来临。①

歌德所说的"世界文学"恐怕与"全球化文学"风马牛不相及。文学发展的趋势和未来似乎大大地出乎歌德的意料。我们的外国文学教学和研究应该走向歌德所提出的世界文学，而不是全球化文学。世界文学强调异质化，全球化文学强调同质化；世界文学是多样统一，全球化文学则是统一多样；世界文学保存了尽可能完整的民族文学的丰富性和独特性，全球化文学则最大限度地贯彻标准化和一致化原则。全球化时代的外国文学应该去全球化特征，突出民族文学、世界文学和比较文学的特征。

总之，随着中外文化交流的频繁、普遍和深入，国外专家学者对外国文学的选择、评定越来越限制，甚至规定着中国人对外国文学的认识和界定。中国人与外国人对于外国文学认定也越来越接近，甚至趋于同一。这种情况固然意味着中国人对外国文学认识水平的提高，中国学者与国外学者认知水平的同步，但也隐藏着中国学者独立思考和原创精神的弱化和丧失。如果我们对这种状况不加以警惕的话，最后中国学者发出的有关外国文学的声音，便可能只是一味地重复和复制国外学者的声音，变得越来越可有可无，索然无味。因此，我们说，外国文学并不完全等同于中国的外国文学，正如中国文学并不一定等同于西方的中国文学一样。我们曾经因为外国人对中国文学的不同认识和阐释启发了我们的思考，对中国文学意义和价值进行过解构和重建；我们也是否应该对外国文学有自己的理解、认识和阐释，以便外国人能够借用"他者"的

① ［德］爱克曼辑录：《歌德谈话录》，朱光潜译，人民文学出版社1978年版，第113页。

眼光和视角来重新认识和理解他们自己的文学？如果我们清醒地意识到这一点，那么，外国文学在跨文化的视野中就一定会呈现出别样的风景和韵味。

（原载《天津师范大学学报》（社会科学版）2008 年第 1 期）

老问题　新语码
——也谈全球化语境和文学研究

刘　纳

一

"全球化"使中国学术界又获得了新热点，我找来一套《全球化论丛》，翻开其中一本由中国人编译的西方学者的论文集《全球化与世界》，第一篇文章的第一句话就说：

"每个人都在谈论全球化。"①

"每个人"？是指什么范围的"每个人"？谁能相信，地球上的"每个人"都会对"全球化"感兴趣？

而"全球化"确实使中国文学界又找到了一个可供讨论的话题。处于焦虑而疲惫的氛围中，近年来中国文学研究只得借助文学以外的话题引发学术生长点，这当然有充足的理由：在社会形势和思想趋势变动如此剧烈的年代，文学确实无法企望自足性。

说起"全球化"，我们首先想到的是金融风暴、跨国资本、互联网……据说，"虽然有许多关于全球化的论著，但这一概念仍然不够清

---

① 阿兰·伯努瓦：《面向全球化》，王列、杨雪冬主编：《全球化与世界》，中央编译出版社1998年版，第1页。

晰，有人认为，全球化是一种超越民族、国家的发展，还有人认为，全球化表明了由于金融资本的增加而带来的资本与劳动之间的新型对立关系，或者熟练劳动与非熟练劳动之间的重新分离。一些人把全球化看做是世界贸易的扩张，包括南方的新兴国家（伴随跨国公司的全球化策略），而另一些人则强调信息革命所引起的交流的扩大"①。甚至有西方学者指出："'全球化'一词本身甚为令人好奇，就其'全球'（globe）比喻整个地球或行星而言，该词并不甚精确。"② 无论我们是否相信"全球化"即"全球经济一体化"已成现实或者是可靠的预言，只要稍稍关注国际形势，都会承认国际贸易和国际金融交易的大幅度增长所造成的世界经济格局的变化。

经济变动总会影响文学，而近年来的文学变动与人们所说的"全球化"趋势有相同的背景和动因，即计算机和电子信息业的迅猛发展。数字技术使以往的时间观念和空间观念产生巨大的改变，在经济领域特别是金融领域，互联网"减少了长距离交易成本，并使世界任何地方的'实时'交易成为可能，从而为价格体系的建立提供了重要、及时的信息——过去，这些信息通常要花几周时间才能到达某些金融中心"③。互联网不但改变了世界的经济格局也改变着世界各民族的文化和文学，然而，应当区分的是，它对于经济金融和对于文学的影响就其程度和性质来说是大不一样的。计算机、互联网实现了信息传递的提速，经济贸易、金融交易的实时性具有绝对重要的意义，而文学书写方式的提速即以键盘、显示器代替纸笔与传播方式的提速绝不至于具有同等重要的意义。网络也使文学作品的"实时"传播和阅读成为现实，原本可能烦琐可能

① 阿兰·伯努瓦:《面向全球化》，王列、杨雪冬主编:《全球化与世界》，中央编译出版社1998年版，第2页。

② 查尔斯·洛克:《全球化是帝国主义的变种》，王宁、薛晓源主编:《全球化与后殖民批评》，中央编译出版社1998年版，第44页。

③ 阿兰·伯努瓦:《面向全球化》，王列、杨雪冬主编:《全球化与世界》，中央编译出版社1998年版，第2页。

困难可能漫长的出版过程的各个环节被省略了。无论谁，只要拥有联网电脑，都可以随时成为网络作家，都可以随时将自己输入的文字抛到网络上。由此而造成的作家与非作家身份转化的随机性和文学与非文学界限的模糊冲击并改变着以往的价值体系。互联网确实使文学发生了很大的变化，但这变化绝不能与经济的变化相提并论，贸易业务和金融交易很可能"差之分毫，谬以千里"，而对于文学来说，自身的、恒定的素质永远是最重要的。

关于商品原则在文化领域无孔不入的渗透，已经有过诸多讨论和阐释。文化工业的形成将精神产品的生产与出售纳入了商品经营的轨道。随着社会商品化程度的不断增大加深，利润原则越来越多地替代艺术评价尺度，文学批评的广告化正模糊着艺术与非艺术的基本界限。近些年来中国学者经常引证美国学者杰姆逊关于以往时代与现时代文化的比较论述："在过去的时代，人们的思想、哲学观点也许很重要，但在今天的商品消费时代里，只要你需要消费，那么你有什么样的意识形态都无关宏旨了，我们现在已经没有旧式的意识形态，只有商品消费，而商品消费同时就是其自身的意识形态。"① "德国的古典美学家康德、席勒、黑格尔都认为心灵中的美学这一部分的审美经验是拒绝商品化的；康德将人类活动分为三类：实际的、认识论的和美学的；对康德以及其后很多美学家甚至象征主义诗人来说，美、艺术的最大长处就在于其不属于任何商业（实际的）的科学（认识论的）领域，这里的科学认识是从不好角度来理解的。美是一个纯粹的，没有任何商品形式的领域。而这一切在后现代主义中都结束了。"② 杰姆逊来中国宣布此时代与彼时代的大区别是在 20 世纪 80 年代中期，到了 90 年代，他对现时代特征的概括得到

---

① 杰姆逊：《后现代主义与文化理论》，陕西师范大学出版社 1987 年版，第 23 页。

② 同上书，第 129 页。

中国学者的广泛认同，同时，面对从西方传来的诸如全球化时代、自由市场时代、传媒时代等交叉重复的时代定义以及种种冠以"后"字的时代界定，中国学者主要从独异性的角度理解现时代，着重关注现时代与以往时代的区别，特别是现时代与以往时代文化的区别。

进入20世纪以来的中国，社会政治生活和经济生活不断发生巨大的变化，因而以10年为单位的"年代"就有了尤为突出的意义。每一个年代的人都能找出充分的理由体认自己所遭逢的时代的独特性。追随着时代的变化，20世纪中国文学也因变化频繁而步履匆匆。我们无法低估政治形势、时代思潮、社会心理对文学的巨大影响。绝大多数作家学者不会对时代的变化无动于衷，大多数作家学者总是能够接受时代的一般观念——或出于真诚，或出于迎合。早有人指出，20世纪的中国文学大体10年一变，匆匆变化中，没有一种文学思潮发展得很丰满，没有一种文学理论形成很成熟的风格。

我想起了几十年间极常见、极常用的一个词："形势"。自进入20世纪以来，中国知识分子几乎时时感到"形势逼人"。我的老师唐弢先生在20世纪50年代末写过一篇题为《形势》的短文，写他在屋里听到急迫的敲门声，有一个声音说："我是'形势'"，于是深感形势逼人，心潮激荡。这篇短文没有收入《唐弢文集》，而如今我在讨论"全球化"的热潮中想起了它。《形势》真实地传达了中国知识分子紧跟形势的急切和唯恐跟不上形势的惶恐，这种急切和惶恐几乎贯穿了一个世纪，甚至形成了惯性，在对"全球化"话题的讨论中我们不是又能感受到类似的急切和惶恐吗？

何必那么急切？何必那么惶恐？

中国文学近年来所发生的变化，未见得都是"全球化"趋势的必然结果，但既然变化是发生在以"全球化"趋势为背景的时期，文学便无法回避这一背景的影响。尽管如此，并非存在着阿兰·伯努瓦所说的"每个人都在谈论全球化"的事实和必要性。

二

由"全球化"引发的"前沿"问题所覆盖的，其实是一百多年来百争不厌的老问题。中西文化究竟是各具特色的平行关系，还是中优西劣或者西优中劣，还是近世以来存在着时间差——西方先进，中国落后了？这样一个说简单便简单得直截了当，说繁复就繁复得包罗万象的问题，自 19 世纪末起就困扰着中国人。一百多年来，几代人为这样一个无法回避的话题耗竭心力。甚至可以说，20 世纪中国人文方面的杰出人物无不在对这个问题的展开中显示出自己的杰出。以中、西方为切入角度的运思方式，支配着、主宰着一个多世纪以来中国文化人的理论思维和艺术思维，围绕着"传统与现代"、"东方文化与西方文化"、"民族化与欧化"这些永远写不完的题目，中国人已经不厌其烦地做了一个世纪文章。正当又一个世纪之交的人们发现了自己的探讨并无多少新意的时候，"全球化"问题使持续了百年的中西文化之争获得了新的语码，陈旧的逻辑思路有机会经概念的转换而纳入时代语境，"西"／"中"的对峙与对话转换为全球/本土、中心/边缘等新近引入的概念。从杰姆逊那里学来的"第三世界文化"与"民族寓言"，从赛义德那里学来的"东方主义"，使争辩了一百年的老题目获得时代气息，也使这一次在全球化语境中的讨论与争辩比以往的文化论争更显窘迫和混乱。

如果说一百多年来百争不厌的中西文化问题已经连环地套着数个悖论，那么，当今全球化语境中的全球/本土之争则充满更为紧张的矛盾，无论当真相信"全球经济一体化"已成现实，还是认同也是来自西方的"全球胡话"的说法，无论将信息技术革命所推动的经济格局的变化视作中国文学发展的一种机遇，还是看成一种威胁，中国学者依然主要从民族独特性的角度关注文学的命运。这种关注当然是有充分理由的：文学以语言为媒介，与其他所有的艺术形式相比，文学与"本土"的关联最为密切。身处以国家为单位的世界秩序中，文学作者的民族归属感自然格外强烈。

谁也无法否认民族与民族文化的独特性，特别是对于我们这个历史积淀十分深厚，又长期处于经济弱势的民族来说。同时不能不顾及的是生活在同一星球的人类各民族毕竟走着大体相似的社会发展的路途，在文学领域也执著地坚守着一些万变不离其宗的恒常性因素。文学与人类生存普遍问题的关联远远重要于地域文明的差异。尽管我们能从不少高鼻碧眼的人那里切实感受到民族优越感，也越来越多地从诸如美国情报局插手文化冷战的一类故事中得出西方文化输入与其政治经济战略相关的结论，然而，难道我们因此就能把西方与西方文化视做一个整体？那么该怎么样解释我们对那些言必提到的西方学者与作家的敬重？

自从 20 世纪初鲁迅等启蒙先驱体验到"中国人要从'世界人'中挤出"的大恐惧，中国人/世界人便成为中国人文化思考的一对重要范畴。这里，"世界人"是几乎可以等同于西方人的，不该忽略和不该忘记的，是鲁迅曾经从外国文学里明白了的"一件大事"："世界上有两种人"[1]，当然不仅仅两种。民族造成了人之间的差异。在西方民族和东方民族之间，区别更为显著，至今，民族和国籍，不仍旧是表明一个人的属性的重要的一项吗？但是，作为社会中的人，其身份认定包含着丰富的内容，与宗教、性别、经济状况、受教育程度等相比，民族的区分不见得是最重要的。而从文学的角度看，大于民族性的人性，小于民族性的个性，其重要性都不亚于民族性。鲁迅说曾经从俄国文学中"明白了""压迫者和被压迫者的区分"[2]，而在"五四"时期，文化先驱和文

---

① 鲁迅：《南腔北调集·祝中俄文学之交》，人民文学出版社 1980 年版，第 48 页。

② 同上。

学作者们"因为对于偏隘的国家主义的反动",大抵养成一种"世界民的态度"①,那时有过"文学的统一观"即"世界的文学"的介绍和提倡:"世界的文学就是世界人类的精神与情绪的反映;虽因地域的差别,其派别,其色彩,略有浓淡与疏密的不同。然其不同的程度,固远不如其相同之程度。"② 实际上,整个 20 世纪中国文学呈现的现代性因素,几乎都能指认出西方文学的影响。自"五四"以来,歌德和马克思论述过的"世界文学"前景始终为中国作家提供着一种向往和一种参照——虽然在不同时期有不同的理解和阐释。

在近年来"全球化"的讨论中,马克思、恩格斯在《共产党宣言》中关于"世界文学"的著名论述常被文学学者所引用,"过去那种地方的和民族的自给自足和闭关自守状态,被各民族的各方面的互相往来和各方面的互相依赖所代替了,物质的生产是如此,精神的生产也是如此,各民族的精神产品成了公共的财产。民族的片面性和局限性日益成为不可能,于是由许多民族和地方的文学形成一种世界的文学"③。而且,人们在所谓的"全球化"语境中才开始注意到也才开始觉察,以往中国人与"全世界无产者联合起来"的号召相联系的马恩描述的"世界文学"其实是属于资产阶级的,"资产阶级,由于一切生产工具的迅速改进,由于交通极其便利,把一切民族甚至最野蛮的民族卷到文明中来了,它的商品的低廉价格,是它用来摧毁一切万里长城,征服野蛮人最顽强的仇外心理的重炮。它迫使一切民族——如果它们不想灭亡的话——采用资产阶级的生产方式。它迫使它们在自己那里推行所谓文明,即变成资产。一句话,它按照自己的面貌为自己创造出一个世界"④。有论者指出:

① 周作人:《旧梦序》,商务印书馆 1924 年版,第 2 页。

② 郑振铎:《文学的统一观》,《小说月报》13 卷 8 号 (1922 年 8 月)。

③ 《共产党宣言》,《马克思恩格斯选集》第 1 卷,人民出版社 1995 年版,第 277 页。

④ 同上。

"马克思和恩格斯于 19 世纪中期写的文字也许在他们那个时代显得奇怪，但是对我们这个时代的极其恰当的描述。"① "马克思和恩格斯在谈到世界体系时所用的术语，可能与今天把全球竞争视为一种崭新的开始的那些人使用的术语极为相似。"②

"Globalization"在中国的译名"全球化"与我们多年来所说的"世界"怎样怎样，从词义上并不能辨析出多大的区别，而且，马克思和恩格斯在《共产党宣言》中所描述的资产阶级世界体系与当今人们对"全球化"的界定是那样吻合，以至我们能感到，虽然时光已经过去了一个半世纪，"民族的片面性和局限性日益成为不可能"这一当年已经显示出的趋向只是在新的时代条件下有了很大的扩展而已。倘若把"全球化"看做一种挑战，这挑战早在一个多世纪前就已出现，电子信息业和卫星技术的迅猛发展只是使这种挑战更显豁、更严峻罢了。

不同于在很长的时期里中国作家学者对"世界文学"怀有热情的期望，在近年来的"全球化"讨论中，人们更多地传达出警惕的态度："全球化"趋势和"全球化"话语是不是一个圈套？一个陷阱？

三

我们已经读到西方学者对"全球化"话语中所设置的圈套的揭示。

一位美国学者写道："全球化作为一种话语似乎变得越来越普遍，但是对它的最热情的宣传是来自旧的权力中心，尤其是来自美国，因而实际上更加剧了对霸权企图的怀疑。"③ 一位英国学者在题为《全球化是帝

① 阿里夫·德里克：《全球性的形成与激进政见》，王宁、薛晓源：《全球化与后殖民批评》，第 6 页。

② 克里斯·哈曼：《全球化——一种新正统观念的批判》，王列、杨雪冬：《全球化与世界》，第 157 页。

③ 阿里夫·德里克：《全球性的形成与激进政见》，王宁、薛晓源：《全球化与后殖民批评》，第 2 页。

国主义的变种》的文章中写道："对全球化的这种主题化本身就是一种话语的特定文化模式的扩展：作为挪用的解释，作为权力的话语，作为逻辑和数理逻辑的逻各斯。""谈到全球化，在我看来简直就是危险的事，它与帝国主义者的令人眩目的修辞诡计共谋……"①

对圈套的揭示会不会是另一个圈套？

西方出版物的汉译本铸就了今日中国的学术语境。在当今的所谓"全球化"语境下，一切话语都可能被指认为话语圈套。当中国学者以从西方学来的"东方主义"作为理论武器透视"五四"以来中国文学走过的道路，发出"谁的现代性"的质疑，往日引以为自豪的精神成果与艺术成就便蒙上了西方霸权主义侵入的阴影。百年间西方影响下中国文化与中国文学的"现代"性质正面临被解构命运。不但对于20世纪中国文学的任何言说竟都禁不起追问，甚至连追问也禁不起追问了，为政治家、社会学家、经济学家们所关注的全球化趋势中的"亚洲价值"问题，也启迪着唯恐充当后殖民主义批判对象的中国学者从本土角度探讨应对西方话语霸权的策略。这样一个坚持本土立场的切入角度似乎将强化中国文学对于西方文学的对抗感，激励中国作家在对全球/本土紧张关系的体认中把写作纳入提高民族地位的抗争。但这一姿态马上会被指责为中了西方话语圈套并且会被指认出以本土特色取媚西方的嫌疑。

自从中国人知道了后现代主义理论家所揭示的"商品化的逻辑"，我们已经可以用这种逻辑去解释许多文化现象。杰姆逊说："商品化进入文化意味着艺术作品正成为商品，甚至理论也成了商品；当然这并不是说那些理论家们用自己的理论来发财，而是说商品化的逻辑已经影响到人们的思维。"② 于是我们已经不知道还有什么不是商品，还有什么不能

---

① 查尔斯·洛克：《全球化是帝国主义的变种》，王宁、薛晓源：《全球化与后殖民批评》，第51—52页。

② 杰姆逊：《后现代主义与文化理论》，陕西师范大学出版社1987年版，第129页。

被贩卖。"商品化的逻辑"是可怕的，对"商品化的逻辑"的揭示也是十分可怕的，当我们知道了"崇高"可以用来贩卖，"死亡"可以用来炒作，"先锋"可以用来标榜……我们很容易对一切"崇高"、一切"庄严"、一切"纯洁"以及其他的"一切"统统产生怀疑，怀疑它们是否只体现了用来贩卖的一种姿态或者一种策略，怀疑它们背后隐藏着什么负面意图。

我们又从福柯那里知道"权力无所不在，这并非因为它拥有将一切会聚在它的不可战胜的一致之下的特权，而是因为它随时随地都会产生，或者，更明确地说，在任意两点的关系中都会产生权力。权力无所不在，并不是因为它包含一切，而是因为它来自一切方面"①。我们知道了福柯给"权力"所做的新定义："权力，不是什么制度，不是什么结构，不是一些人拥有的什么势力，而是人们赋予某一个社会中的复杂的战略形势的名称。"② 我们知道了权力关系产生出"真理的话语"，形成"话语霸权"，我们还知道了"反话语"能够构成抵抗"话语霸权"的策略。于是，面对应接不暇的来自西方的形形色色的理论著作，我们热衷于识别哪些体现了"话语霸权"，哪些隐藏着话语策略和话语圈套。我们一次又一次急急忙忙地转换话题，改换语码，中国学者刚刚把"全球化"视做难得的机遇，就已经得知这不过又是一个话语圈套。究竟"全球化"是话语圈套，还是针对"全球化"的"反话语"是话语圈套？

"商业化逻辑"、"话语圈套"等说法的引入使中国学者变得聪明了，变得透彻了，对话语背后的指涉形成了眼里不揉沙子般的敏感。然而，连揭露圈套的人也会被指认出置身于另一个圈套中。在所谓"全球

---

① ［法］福柯著，尚恒译：《性意识史》，《福柯集》，上海远东出版社 1998 年版，第 345 页。

② 同上书，第 346 页。

化语境"下，中国文学研究者处境的微妙性在于：无论你说什么，都可能有人指认出你是中了西方话语霸权的圈套。那么，我们还能怎样言说，还是干脆"失语"？如果我们认为中国文学研究还值得做下去，那便只有：管它圈套不圈套！

（原载《社会科学研究》2004 年第 4 期）